メディアワークス文庫

# 天詠花譚
## 不滅の花をきみに捧ぐ

梅谷 百

# 目　次

今日、私はここで死ぬ。

そう確信しながらも、生きることを諦められずにいる。

涙で前が見えない。必死で足を動かしても、まるで空を蹴っているようで手ごたえを感じない。何とかあの光のもとまで、と思っていくら走っても、一向に近づかない。

私、前に進めている？　この足は地面を蹴れている？

――この手の中のものは、しっかり守れている？

「――……っ！　――っっ……！」

遠くから、怒鳴り声が聞こえた。小さな悲鳴が漏れる。強張った体で手の中のものを強く抱き抱えたけれど、汗で滑り落ちそうになって慌ててもう一度抱え直す。

その間も無数の足音は途絶えることはなく、獲物を執拗に追いかける野犬のように執念深く追ってくる。背後から聞こえる声は、何を話しているか聞き取れない。でも怒号だということはよくわかり、声が響くたびに全身を殴られているかのように体が強張る。

お父様どうしよう。お母様、怖いよ。お願いだから助けて。私、どうすればいい？

私にはこんな重大な御役目、果たせそうにないよ。

涙がさらに溢れてもう走っているのか歩いているのかもわからない。でも前に進むのを諦めた途端に死ぬことなんて、私でもわかる。

「早く、こっちだよ！」

突然小さな手が、私の手を掴んで力強く引く。

言われるがまま誘導され、私は向かっていた光から引き離される。私を導きながら走っていた優しそうな少年が静かに立ち止まり、私の手の中のものに目を向けた。

「――さっさとそれ渡してくれる？　抵抗するなら殺すけど」

世界を凍てつかせる声に、私は飛び上がって一人駆け出す。

闇雲に走っていると、先ほどとは別の少年が暗闇の中に立っているのが見えた。

その時、木の根に足が引っかかった。倒れ込む衝撃を想像して歯を食いしばる。でも一向に痛みは感じない。代わりに感じたのは、私の肩を支える誰かの手。

「――こっち」

暗闇の中に立っていたあの少年が、倒れ込んだ私を抱きとめ、無表情のまま私の手を引いて走り出す。

敵？　それとも味方？　わからない。混乱するけれど、彼は私の手の中のものに一瞥もしない。――この人は、大丈夫。繋いだ手の強さに、次第に味方だと思えてきた。

夕闇の中、ようやく目指していた橙色の灯りがともる建物に辿り着いた。すると私たちを阻むように、突然木陰から十人ほどの人影が走り出してきた。慌てて足を止める。

あれが何の建物か知らない。でも中から漏れ出る光はあまりに暖かそうで、あそこに入れば助かると勝手に思い込んでいた。

期待が大きかった分、落胆も大きい。心臓が痛いくらいに震えている。

聞き取れない言葉を喚きながら私たちを取り囲み、その中の一人が前に出る。

「その手に持ったものを渡せ」

ようやく聞き取れた言葉は、聞いたこともないような不思議な抑揚をしていた。耳障りな声に顔を顰め、絶対に渡さないと、さらに強く抱え直す。

「抵抗するな。おとなしく渡せば命までは奪わない」

嘘だ、と確信するほど、彼らは殺気に満ちていた。向けられる鋭い眼差しを受けて、玉のような汗が額から噴き出す。反射的に足を後ろに引いた時、背後にも同じような殺気を纏った人たちが私たちに向けてにじり寄る。どうしよう。殺される——。

「それ、よめる？」

少年は淡々とした口調で私に尋ねる。顔を上げると、建物から漏れ出る淡い橙色の光が、少年の瞳に映り込んでいるのが見えた。

柔らかい光とは対照的に、まるで死んだ魚の目のような、虚ろで、昏い瞳。

恐怖も、諦めすら感じさせず、ただ夜の湖面のような静かさを湛えている。

その目を見ながら首を縦に振る。

私が微かに発した言葉を聞き取り、少年が口を開く。繋いだ手に力が込められた。

「——」

その瞬間、全てが消し飛んだ。

上下左右、何もわからない。どこに自分が立っているか、今自分が何をしていたのか理解できない。ただ、何か大事なものを持っていたような気がする。

真っ白い世界で、自分の手を開いたり閉じたりしてみても、それが何だったのか、大事だったのか、そうでもなかったのか思い出せず、悲しみだけが襲ってくる。

何を持っていたのかしら。いいえ、持っていたのではなく、誰かが私と手を繋いでいた。辺りを見回してみても、ただただ白い世界の中にいる。他に誰かいないかと耳を澄ましてみると、遠くから泣いている声がした。

その声に向かって、足を前に出す。

上ずった高い声は、子供のものかしら。しばらく歩いていくと、白い世界の中に、誰かがぽつりとしゃがみ込んでいる。赤い振袖を着た少女が泣いていた。大きな朱色のリボンをつけた垂れ髪で、顔が髪に隠れてよく見えない。

「あの——どうしたの？　大丈夫？」

声をかけると、彼女はゆっくりと顔を上げる。見開かれた大きな瞳が私の目を射抜く。

これは、——私。

# 序章

「──っ！」

体が大きく震えた。勢いよく手をついて起き上がると、長椅子が悲鳴を上げるように軋んだ。瞼を押し上げて見開いた目に、遠くまで続く青い海が飛び込んでくる。

太陽の光が水面の上できらきらと輝いてはいたけれど、波はひたすら穏やかで、まるで誰かの瞳と同じで死んでいるかのようだった。

上がった息を整えようと何度も深呼吸し、額に浮いた汗を手の甲で拭う。

いつの間にか眠っていた。

数日に渡る船旅に慣れた証拠だとは思うけれど、誰でも出入りができる甲板に置かれた長椅子で、夢を見るほど眠り込むのは危険だ。

何もなかったかと念のため辺りを見回す。

少し離れたところにいた金髪の外国人男性が、優雅に本を読みながらお茶を楽しんでいる。反対側に目を向けると、洋装のアジア人女性が船員と談笑している。

大丈夫、何もなかったみたい。

十一月の秋風は少し肌寒いけれど、差し込む日差しは熱を持っている。

何か夢を見ていたはず。でももうすでに内容をあまり覚えていなかった。

ただ胸にしこりのような気持ち悪さが残っていて、それが悪夢だったと訴えている。

鬱屈した感情を振り払うように、ぐっと伸びをして固まった体をほぐす。その時、夢の中と同じような泣き声が波の音の間に響いていることに気づいた。

長椅子から立ち上がって辺りを見渡すと、十歳くらいの少女が手すりに摑まりながら肩を震わせて泣いている。着ている白いワンピースが海と空の青に映えて眩(まぶ)しい。レースをふんだんにあしらった大きな桃色のリボンが彼女の豊かな黒髪を束ね、風に吹かれて手を振るように揺れていた。思わず駆け寄って、声をかける。

「あの――どうしたの？　大丈夫？」

あれ？　私、同じ言葉をどこかで紡いだ。

気づいた時にはか細い肩に自分の手を置いていて、彼女はゆっくりと顔を上げた。

見開かれた大きな瞳が私の目を射抜く。

既視感のある光景に、引(ひ)き攣(つ)った唇から悲鳴が零(こぼ)れそうになった。

もしかしてまだ夢は続いている？　疑うより前に、少女の瞳から大粒の涙が溢(あふ)れた。

「だ、大丈夫……です」

少女はひっくひっくとしゃくりあげるように泣いている。大丈夫、という言葉を到底信じることができないような泣き方に、気づけば背を擦っていた。でも彼女の涙は止まることはなく、さらに背を震わせる。

「落ち着いて。大きく息を吸って」

今にも過呼吸になりそうな少女に、不安になりながら何度も話しかける。でもいっそう少女の呼吸は乱れていった。

「どうしよう。ねえ、少し座ろうか」

青い顔でふらついている彼女をその場に座らせた時、自分の顔に影がかかった。

「体調が悪いの？　話せる？　大丈夫よ。落ち着いて」

迷いなく駆け寄って、少女に話しかけた女性は、先ほどまで船員と談笑していた人だった。彼女は柑橘系の爽やかな香りを纏っていて、病人を前にしても揺らがずに溌剌とした口調で少女を励ましている。思わずほっと胸を撫で下ろす。

でも少女は泣きすぎて息ができないのか、今にも意識を失いそうだった。

「船医を――」

腰を浮かせた私を彼女は押しとどめる。

「待って。誰か『解読できる人』がいれば何とかなるんだけど……」

「解読……。あ、あの、よければ私が。回復魔法のページも持っています」

名乗り出た私に、彼女は目を丸くした。でもすぐに彼女は「幸運だわ」と呟いて、持っていたバッグから、花の模様が彫られた茶色の杖を出す。

私は自分の胸元のロケットペンダントを指先で弾いて開ける。

その中から回復魔法の魔導書のページを呼び出して、左手をかざし、解読する。

彼女の左手に自分の右手をそっと重ねると、彼女は杖を持った右手を少女に向ける。

「――フェブリクラーレ！」

彼女がその言葉を紡いで杖を振った瞬間、淡い銀の光が放たれて少女の体を包んでいく。呼吸音がすぐに優しいものとなり、頬にも赤みが差す。少女が瞼を開く頃には涙も止まっていた。

「……お姉さんたち、ありがとう」

少し掠れた声で少女がお礼を言ったのを聞いたら、自分の口元が自然と綻んだ。

「落ち着いた？　どうしたの？　よければ話して」

女性が少女を傍の長椅子に座らせる。少女は俯き加減で口を開いた。

「実はこの間日本で大きな地震があったことを聞いて、悲しくて……」

またじわりと少女の両目が濡れる。

「大きな地震……」

呟くと、少女ではなく女性が頷く。

「十月二十八日のことね。濃尾地方で大きな地震があったと新聞に書いてあったわ」

「うん。実はおじい様やおばあ様が住んでいる場所で、二人が無事かどうかわからないの……。早く日本に行って無事なのを確かめたいのに、まだまだ時間がかかるってお母様が……。だからすごく不安で……。どうしよう」

またすぐに過呼吸になりそうなほど狼狽しはじめた少女に、どうしたら落ち着くのかわからず、ただ背を擦って見守ることしかできなくなる。そんな私とは対照的に、潑剌とした声で女性が「きっと大丈夫よ！」と励まして笑顔を見せる。

「さっき、船員さんと地震のことについて話していたの。どうやら帝の許可が出て、宮中お抱えの魔法部隊が捜索や救出、街並みの回復を行って、すでに復興したって聞いたわ。だからきっと大丈夫」

　少女は女性の言葉に、パッと目を輝かせる。

「ほんと？」

「ええ、本当よ！」

「……でも、復興したって言っても、おじい様たちが無事かどうかわからないよ」

　少女はまたすぐに泣き顔になった。どうしていいかわからず、女性と顔を見合わせる。けれどお互いに困った顔をしたまま、戸惑いが増すばかり。

「——どうかしましたか？」

　顔を上げると、金髪碧眼の二十代後半くらいの白人男性がにこにこと微笑みながら私たちを見下ろしていた。彼は先ほど少し離れた場所で、お茶を飲んでいた男性だった。

　流暢な日本語を話す白人男性は、少女の目の前に、美しい花の模様が刺繡されたハンカチを差し出した。

　そしてまるで蕾が開くようにふわりとハンカチがめくれ、中からカラフルなキャンディの包みが姿を現した。

少女はわあっと弾んだ声を上げて身を乗り出す。少女の小さな手に、キャンディをめいっぱい載せ、その美しいハンカチで彼は少女の目元の涙を拭った。

「可愛らしい小さなレディに差し上げます。ほら、甘い飴玉を食べたら落ち着きますよ。だからもう泣き止んで」

優しい笑顔を向けられた少女は、淡麗な顔立ちを見つめながら何度も頷く。

「こんなに美しい飴玉、ありがとうございます。お母様と一緒にいただきます！」

弾んだ声を上げた少女は、お礼を言って駆け出していく。元気そうな足取りに、ようやく安堵して息を吐いた。少女を見送ったあとに、私は二人に向かって深く頭を下げる。

「あの、ありがとうございました。私一人ではどうすることもできませんでした」

「わたしもよ。泣き止まなくて困っちゃった。貴方が来てくれてよかったわ」

彼女は男性に向けて微笑む。すると彼ははにかむように笑んだ。

「急に話しかけてしまって驚かせたらどうしようかと思いましたが、貴女がたが困っているのを放っておけなくて、不作法に話しかけてしまいました。でもこうやってお話できたのも何かの縁ですね」

「縁……。確かにそうですね。あの、よろしければ夕食を共にしませんか？」

提案した私に、溌剌とした女性は、すぐに大きく頷いた。

「もちろん嬉しいわ。是非」

一人の夕食は飽き飽きしていたと、彼女は朗らかに声を弾ませる。

「貴女がたのご迷惑にならなければわたしも参加させてください」

「お二人ともありがとうございます。嬉しいです。それでは後ほど食堂で」

お互いに顔を見合わせて深く微笑んだ私たちは、各々歩き出す。

足元がぐらりと揺れる。波が出てきたのかしら。よく見たら、沈みかけた太陽はどす黒い雲に呑まれていた。

「――嵐が来るのかしら。さっきから船が揺れているわね」

彼女は不安げな顔をしながら、シャンパンソースがかかったハムを、美しい所作でフォークとナイフを使って口に運ぶ。

「少し波が高くなってきたのがわかりますね」

運ばれてきたチキンカレーを掬うと、スプーンの上でゆらゆら揺れている。

「大きな船だから、転覆することはないでしょう。心配することはないですよ」

クランベリーソースがかかった焼いた七面鳥を、外国人男性は音もなく切り分けて平らげていく。その様子を見ながら、スプーンをカレーの中に沈ませて、二人に向き直る。

「あの、私、蓮花と申します。香港から日本に向かう途中です」

「蓮花さんは香港の方なの？　すごく日本語がお上手ね！」

「ありがとうございます。はい、香港で生まれ育ちました。日本語は近くに日本人が住んでいたので、幼い頃から教えてもらっていました。そのおかげで、今回、国費で日本に留学することになったんです。日本に行くのは初めてなので、緊張しています」

「日本からも多くの人たちが欧州とかいろんな場所に留学生として派遣されているようだけど、優秀でないと駄目だと聞いたわ。蓮花さんはすごいのね！」

手放しで褒めてくれる女性に、どうにもいたたまれない気持ちになる。次を促すように横に座っていた男性に目を向けると、彼がフォークとナイフを置く。

「わたしはロイです。フランスに住んでいましたが、貿易の仕事で世界を巡っています。八年前から日本と懇意に取引を行っていて、今回は香港から日本に向かう途中です」

「へえ。ロイさんは貿易商なんですね。ロイさんも日本語がとてもお上手ですね」

「蓮花さん、褒めていただいてありがとうございます。一年の内、半年以上日本にいて、それが八年ですから、もう日常会話で困ることはほとんどありませんよ」

そう言って彼は女性に目を向ける。自分の番だとわかったのか、彼女は咳払い(せきばら)をした。

「わたしは椿(つばき)。日本人だけど、美芳国(めいふぁんこく)で医療魔法を使って貧しい人々を助ける活動をしているの。日本へはちょっと事情があって帰るところよ」

美芳国。上海(しゃんはい)辺りにあり、元々清国(しんこく)に属していたけれど、阿片戦争(あへんせんそう)後に独立した魔法国家。美芳国では魔法使いは非常に優遇されて富を牛耳っているが、魔法を使えない普通の人たちの扱いは目も当てられないほど酷い。医者にもかかれずに食べるものもなく、ただ朽ちるように死んでいく人たちが沢山いる。

「もしかして、《ホワイトローブ・ウィッチ》と呼ばれるグループですか？　魔法を使って無償で病気や怪我を癒し、町から町へと渡り歩いているという……」

「ええ。わたしはまだ参加して数年だけどね」

「それはすごい。国を越えて、無償で人助けをするなんて君は天使だよ」

　ホワイトローブ・ウィッチたちの噂はよく聞いた。私もそんな風に生きることができたら、と思うと、目の前の女性がものすごく羨ましくなる。

「ありがとう。知っていると思うけど、日本ではまだ魔法は限られた人たちのために使われているでしょう？　でもせっかくこんな素敵な力を授かったんだったら、もっと必要としている人のために使いたいと思っていたの。そんな時、ホワイトローブの活動を噂で聞いて、日本を飛び出しちゃった」

「君はわたしの知っている日本の女性とは違っていますね。志があったとしても、女性一人で渡航するなんてすごく恐ろしかったでしょうに……」

　彼の言葉に、椿さんは照れくさそうに鼻の頭を掻く。

　さっきから彼女の背筋はすっと伸びていて、食事の所作も美しい。裕福な生まれだというのは立ち居振る舞いからすぐにわかった。でもそれを全て捨ててでも自分の信念を曲げずに国を飛び出してしまうなんて、すごく――。

「――大分船が揺れているわ。大丈夫かしら」

椿さんが、不安げに周囲を見回す。確かにグラスに入った水が大きく揺れている。

「わたしが様子を見てきます。貴女たちは食事を続けて」

さっと優雅に立ち上がり、ロイは私たちから離れていく。

「大きな船だから大丈夫だとは思うけれど、不安ね」

大海原で海に放り出されたら、簡単にその行く末は想像できる。

秋の海だとしても夜になれば大分冷える。体の自由は到底効かず、着物やドレスが水を絡め取り、波にもまれて漆黒の海底まで一気に沈んでいくだろう。

そんなことを考えていたら、ロイがバタバタと慌てたように戻ってきた。

「ごめん、二人とも。今、廊下で昼間の女の子と会ったんだ。お母さんがこの揺れで気分を悪くして寝込んでいるんだって。癒しの魔法をかけてもらえないかって君たちを探していて……。もし助けてくれるなら彼女たちの部屋番号を聞いたから案内するよ」

「えっ、大変。すぐにやるわ。蓮花、一緒に来てくれる？」

「もちろんお手伝いします」

椿さんは花の模様が掘られた杖が、自分の手提げ鞄（かばん）に入っていることを確認して立ち上がる。私たちは食事を切り上げて少女の客室に向かった。ロイが先導でドアを開けるとそこは甲板で、大きな雨粒と突風が全身を叩きつけるように襲いかかってくる。

「すごい嵐だわ！　ロイさん、甲板を通るのは危険――」

「一刻を争うので近道です！　気をつけて！」

手すりに摑まって、椿さんは戸惑いながらも激しい雨の中を進んでいく。手すりから手を放すと、そのまま海に落ちそうだった。

ロイが私の前を歩く椿さんに向かって左手を伸ばす。その手を椿さんが取った時、稲光が彼の振りかぶった右手を露わにする。

光に反射して、強く銀色が光った。その瞬間、ガラス窓に映った二重写しのように何かの光景が脳裏に浮かび上がった。

「――っっ」

手の中に、何かの重みが甦る。これは――。

「早く行けっ！」

誰かが、私に向かって叫ぶ。嫌、行けない。置いてなんていけない。

駄目。やめて。待って。私に託さないで。

後ろを見て。お父様に向かって剣を振りかぶった手が見える。

——駄目。殺さないで！

思わず、ナイフを持つその手を、摑んで押しとどめる。

「——駄目っっ！」

その声で我に返った。私の手は雨粒に濡れて、ナイフを持つ大きな手を止めている。

「おい、何を！」

これは、現実……？

憎悪にたぎる青い瞳が、雷光で露わになる。

「邪魔をするなっ！」

思い切り突き飛ばされて、濡れた甲板の上を体が滑る。

呆然（ぼうぜん）としている椿さんに向けて、ロイがもう一度大きくナイフを振りかぶったのを見た時、今までにないほど船が大きく揺れた。

「きゃあっ」

手すりから手を離していた椿さんは、船の揺れで体勢を崩した。私に向かって伸ばした手は虚空を切り、拠り所（よりどころ）を失ったその体は、のけぞるようにして落下し、暗い海に吸い込まれた。

反射的に駆け寄って手すりを摑み、暗い海を覗き込む。

嵐のせいで落ちた音も聞こえない。ただ船に叩きつける波の音がずっと響いている。

黒い海の表面を、呆然と見つめ続けていた。

「どういうつもりだ、蓮花っっ!!」

ナイフを海に投げ捨て、ロイは私の胸倉を摑んで何度も揺らす。

「どうして止めたっ！」

「ロイ、私……」

雷光で浮かび上がるその顔は、今すぐに私も海に突き落としてやると叫んでいる。

「次に邪魔をしたら、《読書会》に報告するからな！」

読書会、と聞いて、一瞬で身が竦む。報告されたらどうなるのかなんて、想像しなくてもよくわかっている。

「自分とお前は一蓮托生。お互いの家族のためにも裏切りだけは許さないからな！」

「ご、ごめんなさい。ロイ。本当にごめんなさい」

謝罪の言葉を口にすると、ロイは私の胸倉からようやく手を放し、大きな溜息を吐いて何度も頭を横に振る。

そして足元に落ちていた椿さんの手提げ鞄を手に取って私に向かって差し出した。

「いいか？　今この瞬間から、――お前は椿に成り代わるんだ」

「えっ……？」

「任務遂行のためには、お前が椿に成り代わるのが一番手っ取り早い」

「つまり私たちがこの船に乗ったのは、最初から私と椿さんを入れ代えるのが目的だったの？」

「そうだ。椿に近付いたのもな。これは読書会の、国の命令だ。国の、命令。──わかるな？」

そう言われたら、私に打ちつけられて冷え切った手をぎゅっと強く握る。雨に拒否権なんてない。いいえ。初めから私は逆らうことなんてできない。今までいろんな任務をこなしてきたけれど、誰かになりすまして入れ代わるなんて、初めて。

不安が全身を駆け巡る。

私が彼女に成り代わることなんてできるのか。あの人のような清廉潔白な生き方なんて、偽りに満ちた道ばかり歩いてきた私には到底できないだろう。それでも──。

差し出された彼女の手提げ鞄を震える手で受け取る。

ぐっと噛み締めていた唇を静かに開くと、血の味が微かに口の中に広がった。

「──わかった。私が《椿》になる」

あんな風にまっすぐな生き方をしてみたいと思った。そんな浅はかな願望が、突拍子もない提案を受け入れるための最後の決断をさせた。

# 第一章　朝真暮偽

# 第一幕

「——月守椿。二十三歳。福岡県出身。七歳の時に魔法の才能があることが判明。父親が県議員を務めていたが、彼の政治活動に不満を持った暴漢に襲われ殺される。母は椿が十歳の時に結核にかかり死去。その後は十八歳まで祖母の家で暮らし、ホワイトローブ・ウィッチに合流するために単身密航。香港到着時に仲間と合流。共に美芳国に密入国し、貧しい人々のために医療魔法を施して各地を巡っていた」

レース編みされた水色のリボンを結び、腰まである茶色の髪を丁寧にまとめ上げる。

クローゼットからリボンと同じ水色に白糸で花の刺繡が施されたバッスルスタイルのドレスを手に取る。選んだドレスは、首元から裾までボタン止めになっているため、かっちりとした印象を与え、肌の露出は少ない。さらにスカートの後ろにバッスルという籠を入れてふくらみをつけることで腰元が大きく強調され、きつく締めたコルセットとの相乗効果でウエストがとても細く見えるはず。

ヨーロッパでは数十年前から流行り、すでに成熟を極めたドレススタイル。

「帰国の理由は、鷹無家の一人息子との縁談のため。縁談を受けるだけで日本への旅費も出してもらえ、もし破談になっても自分の活動の支援をしてもらえると聞いて、久しぶりに日本へ向かっているところだった」

部屋に置かれた椅子に腰かけ、ロイが淡々と私に本物の椿さんの情報を教えてくれる。ロイからは見えない位置でドレスを着用しながら、その声に耳を傾ける。

「縁談……。鷹無家はどんな家なの？　椿の部屋は一等客室だわ。縁談を受けるだけでこんなにいい部屋を用意してくれるなんて、そんなに羽振りがいいの？」

私とロイが泊まっている部屋は二等客室。個室だし悪くはない部屋だけど、今いるこの椿さんの部屋は調度品も部屋の広さも格別だった。

しかもクローゼットの中には、ドレスが数着用意されていた。恐らくこれもその鷹無家が用意してくれたものなのだろう。夜が明けたら横浜に着く。私は縁談に相応しいように、清楚で清潔感のある女性に見えるようなドレスを選び、準備をしていた。

椿さんの荷物は、花模様の杖も一緒に、ほとんど全て海に投げ捨てた。残したものは手提げ鞄に入っていた日記帳だけ。着替えが済んだら日記帳を読み、月守椿という人物の把握が済んだら処分するつもりだ。

「鷹無家は日本で唯一、魔法を公に使うことを許された一族の本家だ。普段から帝の護衛などを務めているが、今はほとんど機能していない」

「それってどういうこと？」

「十四年前に鷹無家の主だった魔法使いの女性が死んだ。婿として迎え入れられた男に魔法使いの素質はなく、現在は貿易商として世界を飛び回っている。一人息子は魔法を使えるが、帝の護衛などの与えられた役目を果たそうとはしていない。魔法使いの家という面はかたちだけのものになり、現在では豪商と呼ばれるほうが多いだろう。俺は同じ貿易商として鷹無家にすでにツテがあって何度も出入りしているから安心しろ」

「椿さんの縁談の相手って……」

「その一人息子だ。お前は任務のために、正体を見破られることなく鷹無家にしばらく留まることを第一目標としろ。それにはその一人息子の了承が必要になるだろう。お前のスパイとしての腕の見せ所だ——椿」

《椿》と呼ばれて、頷く。

水で溶いた赤い紅を唇に乗せる。失敗は許されない、そう思うと手が震える。

船の揺れにも邪魔されず、慎重に紅を刷き、鏡に向かって美しく赤く染まった唇を、無理やり横に広げてにいっと笑む。

失敗は、私やロイだけではなく、お互いの家族全ての死を意味する。

「——大丈夫。うまくやるわ」

私は震えているのを隠すために、指先をぐっと強く握り込んだ。

＊

「あれ？　ロイ様！」

横浜港で下船し、鉄道で新橋（しんばし）駅まで移動したら、駅を出た途端呼び止められた。

「こんにちは！　お久しぶりですね。今香港から戻ってきたところです。あれ？　もしや旦那様がいらっしゃるんですか？」

　声を掛けてきた洋装の若い男性に向けて、ロイはいつもよりも明るい声音で、目じりを下げてにこにこと笑いながら会釈する。

「いえ、旦那様はお屋敷（やしき）にいらっしゃいます。本日はご令嬢をお迎えに参りました」

「そのご令嬢というのはもしや椿さんでは？　その方なら船上でお会いしましたよ」

「えっ、そうだったんですか？　はい、月守椿様です」

「やっぱり！　長旅の中で彼女からお話を伺いました。椿さん！　こっちですよ！」

　ロイと男性の話し声が、かろうじて聞こえる距離にいた私をロイが呼ぶ。伏せていた顔を上げ、気づかれないように深呼吸する。息を吐き切ったら、静かに振り返る。

　男性の目が私を捉えた瞬間、カチッとスイッチが入った。

「……お初にお目にかかります。月守椿と申します。鷹無家の方でしょうか？」

　スカートの端を持ち、背筋をピンと伸ばしたまま右足を斜め後ろに引く。その状態のまま左足の膝を柔らかく曲げ、ゆったりと西洋風の挨拶をする。

微笑むと、男性は顔を赤らめた。

「はっ、はい！　鷹無家の使用人です。旦那様から椿様をお迎えに行くように仰せつかってまいりました。馬車のご用意があります。どうぞご案内いたします！」

「おっと、わたしもご一緒してよろしいでしょうか。久しぶりに日本に戻ってきたので、旦那様にご挨拶したいですし」

「えっと、馬車は一台しかなく、ご令嬢と狭い馬車の中でご一緒されるのは……」

「私は構いません。船上でロイさんと沢山お話しして、よき友人になりましたから」

にっこりと微笑むと、使用人は戸惑った顔をしていたが、「でしたらご一緒に」と言って、私とロイを馬車に案内してくれた。

「――こちらが鷹無家でございます」

使用人がそう言ってから大分時間が経った。森の中をひたすらまっすぐに馬車は進んでいく。なかなかお屋敷が姿を現さないことに不安になったけれど、いつの間にかそれも忘れて、きらきらと緑が煌めいているのを馬車の窓から眺めていた。

森が途切れて一気に光が差し込むと同時に、目の前に豪奢な西洋建築が現れた。ウィーン帝立・王立宮廷歌劇場に似た、ネオ・ルネサンス様式の白亜の豪邸だ。

ロイは鷹無家のことを『豪商』だと言っていたけれど、その商売はとてつもなく成功しているのが、言わずとも邸宅から伝わってきていた。

椿さんの客室が一等だったのも頷けると考えていると、その豪邸から誰かが走り出てきたのが目に入る。それと同時に、馬車が玄関の前に止められた。まずロイが降り、親しげに小柄な中年男性とハグをする。その間に私は馬車から静かに降りた。

「初めまして。月守椿と申します」

ロイとハグをしていた男性は、黒の上品なフロックコートを纏っている。ネクタイも懐中時計のチェーンも、見ただけでわかるほどの高級品。

恐らくこの人が、この屋敷の主。椿さんの縁談相手の父親、鷹無孝仁様だ。

「おお！　君が東洋のナイチンゲール、月守椿さん！　はるばる遠いところから息子のために呼び寄せてしまって申し訳ない。私は鷹無孝仁。貿易商をしております」

にこにこと微笑むその姿は善人にしか見えない。蓄えた髭にふくよかな体形、人懐っこい笑顔。美形すぎず敵を作らない風貌その全てが、商人に向いている。

「いえ、こちらこそとても素敵な客室をご用意いただきまして、二度とないほどの素晴らしい船旅になりました。ありがとうございました」

にっこりと微笑んで、両手でスカートの端を持ち挨拶をすると、孝仁様は「こんなに美しい女性がお越しくださるとは……」と言って目を細める。応えるように笑んでいると、孝仁様が思い出したようにロイを見上げる。

「ロイと椿さんは知り合いだったのか？」

友人に向けるような孝仁様の口調から、二人の仲が良好だと伝わってくる。

「椿さんとは香港から乗った船で偶然一緒になり、長い船旅なので身の上話をしていたら、なんと鷹無家の息子さんの縁談相手として日本に戻ると聞いたんですよ。自分も日本では鷹無家によくお世話になっていると話して、意気投合しました」

「そうだったのか！　すごい偶然だな。――おっと外で立ち話なんて失礼した。宗一郎はまだ大学から戻っていなくて申し訳ないが、屋敷の中で話でもして待ちましょう」

――鷹無宗一郎。二十二歳。孝仁様の一人息子で鷹無家の跡取り。今は帝国大学に通っている。椿の縁談相手。

ロイの話では、話せば気さくな男性らしいが、一人でいることを好むらしく、あまりじっくりと話したことはないそうで、実体は不明。

一体どんな男性なのか会ってみないとわからないけれど、どんな手を使ってでもここにしばらく滞在するしかない。

先を行くロイと孝仁様の背を追って、重厚な扉をくぐろうと足を前に出した時、よく通る声が後方から聞こえて、気づけば振り返っていた。

「まつさん、ただいま！」

「おかえりなさいませ、宗一郎様」

「水を撒いているんですか？　ちょっと待ってください」

詰襟に金ボタンの学生服を纏った男性は、鞄から何かを出そうとして取り落とし、中身を盛大にぶちまけた。使用人たちは彼のもとへ笑いながら駆け寄る。彼は苦笑いしながら地面に転がった杖を拾い、メイド服を着た中年女性に駆け寄っていく。彼女は柄杓を使ってバケツから水を掬い、庭の花に向かって水やりをしている最中だった。

「――バンヴェント！」

弾んだ声とともに彼は軽やかに杖を振る。

わっと優しい風が吹き抜け、バケツから水が舞い上がった。

光を受けてキラキラと煌めくそれは、まるで宝石のように花々に降り注ぐ。

風は少し遅れて私のスカートを揺らす。乱れる髪も気にせずに、目の前の光景に釘付けになる。

虹が現れ、その中で満面の笑みを見せる彼は、年齢の割にとても幼く見えた。

ぼさぼさの鳥の巣のような髪、丸い眼鏡の奥の瞳は光を受けてアッシュグリーンに輝いている。孝仁様とはそんなに似ていない。人懐っこいその振る舞いや表情を見て、何とかなりそうかもしれない、と安堵し、胸を撫で下ろした。

まつと呼ばれた使用人の女性は、まるで母が子に向けるような温かい眼差しを向けている。傍にいた他の使用人たちも彼のもとに集まって、まるで友人のように話している。

ぼうっと眺めていると、彼の目が私を捕らえた。

その瞬間、現実に引き戻されて、小さく体が震えた。

「え、えっと、あの、もしかして君が……？」

慌てたように私の傍に駆け寄ってくる。遠慮がちに尋ねられて、彼があえて言葉にしなかった部分を読み取る。

「はい、月守椿と申します。この度は——」

「ごめんなさい！　僕、まだ結婚とか考えられないんです！　父が勝手に言っているだけで……。だから、すみません！」

両手をパンっと勢いよく自分の目の前で合わせて、深く頭を下げる。

「で、ではそういうことで……、失礼します！」

瞬きをする間に、彼は一気に私の横をすり抜けてお屋敷の中に駆け込んでいく。途中足がもつれて転びそうになっている背中を呆然と眺める。

「……いやあ、うちの息子が申し訳ない」

困ったように頭を掻きながら、屋敷に入ったはずの孝仁様が戻ってきていた。

「実は宗一郎は趣味に夢中で、結婚は目に入らないようで」

「え、え……？　では、なぜ……」

混乱して、正常に物事が考えられない。趣味に夢中って？　一体どういうこと？

「宗一郎は今、帝国大学に通っていて、あと二年ほどで卒業です。卒業前に親としては身を固めてほしくて、これまでもいくつか縁談があったんだが、あの通り本人がその気にならずに今まで全部破談になっているんですよ。椿さんのように美しくて、医療魔法を使って人道活動をしているとなれば、宗一郎も見方を変えると思ったが……」

曖昧に語尾を濁され、気づけば背中に汗が伝っている。

孝仁様の後ろではロイが、引くな、と目で強く訴えかけてくる。

楽勝とまでは言わないけれど、それでもあんな優男なら何とかなりそうだと思った自分を殴り飛ばしたい。ぐっと奥歯を噛みしめる。

ここで引いたら、それこそ任務は終わる。

「あの……、破談は受け入れます。ですが、折角美芳国から日本に帰ってまいりました。私は福岡の出で、すでに両親は亡く、帝都に明るくありません。ホワイトローブ・ウィッチも縁談のために一度辞めて帰国しました。このまま帰れと言われても路頭に迷うようなものです。ご無理を言っているのは承知しておりますが、しばらくこちらに滞在させてもらえないでしょうか？」

縁談に固執すると財産目当てかと思われて警戒されるかもしれない。ここは穏便にもっともらしい言い訳で、滞在を許可してもらうしかない。

「もちろん！　私が無理にお呼びしたのですし、元々そのつもりでした。好きなだけ滞在してください」

「ありがとうございます。それではお言葉に甘えて、しばらく滞在させてもらいます」

滞在の許可が下りて、内心非常に安堵していると、ロイが私たちの傍に歩み寄る。

「縁談の件はとりあえず保留でよろしいのでは？　今の椿さんと宗一郎さんのやり取りでは、話しという話しもしていないですよ。わたしの国ではもっと情熱的に何度も話したり出かけたりしてから決めるものです！」

「そうだな。確かにロイの言う通りだ。とりあえず保留にして、椿さんがよければもう一度宗一郎とゆっくり話をしていただけるとありがたい」

「ええ。もちろんです。私も宗一郎さんとしっかりお話ししたいです」

何も気にしていないというように微笑むと、孝仁様はほっとしたのか口元を緩めた。

これで何とか任務に向けて首の皮がつながった。ロイは――。

目配せすると、ロイが丁重に孝仁様に申し出る。

「できればわたしもしばらくこちらに滞在させてもらいたいのですが、よろしいですか？」

「日本にいる間はいつもじゃないか。もちろんだよ。ロイもゆっくりしていってくれ」

疑うことなく了承してくれた孝仁様に、気づかれない程度に息を吐く。

これで何とか滞在を許された。ロイのフォローに感謝したい。

歩き出した孝仁様とロイを追って、足を前に出す。

鷹無家という白亜の豪邸に、私はようやく足を踏み入れた。

案内された二階の部屋は南向きで、日当たりがいい。ありがたいことに窓から玄関もよく見えて、人の出入りを確認するのにもちょうどいい。絨毯は見事な模様で織り込まれ、優しく足を受け止めてくれる。

天鵞絨が張られた椅子に腰かけると、壁に背をもたれて立つロイの姿が目に入った。

ロイは疲れたように肩を落として脱力する。そして私に向き直った。

「――とりあえず、潜入成功、だな」

「ええ。宗一郎さんがあんな人だとは思わなくて、一瞬ひやりとしたけれど」

「俺も宗一郎のことはよくわからない。鷹無家には何度も長期で滞在させてもらっているが、あいつはいつも部屋に引きこもっている」

孝仁様が、宗一郎は趣味に夢中だと言ったのを思い出す。一体どんな趣味だというのかしら。

「とにかく、本当にお前と宗一郎が結婚したら、逆に身動きが取りづらくなるだろうから、この状態がベストだ。しばらくこのまま宗一郎の縁談相手――婚約者候補として鷹無家で暮らして、宗一郎や孝仁に近づけ。そして――」

ロイの青い瞳が私を射る。その眼光の鋭さに、体が強張る。

「――《表紙》のありかを聞き出し、奪還する」

ごくりと唾を飲み込み、頷く。

「わかってる。でも本当に鷹無家にあるの？」

「あるという噂は聞いた。だが真偽不明だ。探すのが俺たちの任務だ」

真偽不明とは言うけれど、実際に私たちが派遣されたということは、ここにそれがある確率は高いのだろう。

「必ず、任務は遂行するわ。――第八席に誓って」

胸に両手をクロスさせて置き、目を閉じる。瞼を開くと、ロイも同じように「第八席に誓って」と口にし、私と同じポーズで目を閉じていた。

互いに誓い合うと緊張感が薄れ、一つ自分の中に芯が通ったような気分になる。

大丈夫、私たちは必ずやり遂げることができる。

笑顔を向けると、ロイも軽く笑んで部屋を出ていった。

「──蓮花。そんなに気になるの？」

隣に座っていた長く美しい黒髪の女性がくくっと喉を鳴らして笑い、杖を軽く振る。その途端に勝手に馬車の小窓が閉まり、ぴしゃりとカーテンが閉じられる。

「でも……、家族がどこかにいるんだと思うと、私……」

隣に座っていた女性は黒い扇子を閉じたり広げたりしながら、私を静かに見ている。その黒目がちな瞳は、何の感情も映し出さない。ただ、彼女の眉間に描かれた赤い花の絵が、少し歪む。

「そうね。あなたの家族はどこかにいるわね」

心がちぎれそう。さっき小窓から覗いた世界は、荒れ果てていた。

食べるものもなく、やせ細った人々が路上に倒れ込んでいる。日を避ける気力もないのか、だらりと手足を投げ出し、誰もうめき声一つ上げない。

纏っているものも茶色く汚れていて、自分の着ているシルクの真っ白いブラウスを見ると胸が痛む。ぐっと唇を噛みしめた時、一気にカーテンと小窓が開く。

「哀れ、ね。──ネロマ」

赤く染まった唇を歪ませ、軽く杖を振った瞬間、さあっと水があたりに降り注いだ。さっきまで倒れ込んでいた人々は、我先にと口を開けて水を飲み、体についた水滴の一粒も逃さないと舐め取っている。最後に彼らは濡れた地面に唇を寄せ、何とか水分を得ようとしていた。

「欣怡(しんいー)……。やめて！」

こんなものを見たいんじゃない。欣怡ならもっと強力な魔法で水を大量に与えることだって可能なのに、こんな施しなんて……。

欣怡に向かって非難の目を向けると、急に喉が強く締まる。息が、できない。

「魔法の力を持たない人間なんて、どうでもいいじゃない。あれはわたしたち魔法使いのために生きて、そして死ぬのよ」

染み一つない陶器のような真っ白い肌。彼女はいつまで経っても歳(とし)を取らない。初めて会った日からもう十五年近く、いつまでも変わらず若々しい。

それが第八席に座る、この国を統べる大魔法使いとしての姿。

「しん……いー。苦し……。欣怡……」

ぐっとさらに首が締まる。欣怡は私に顔を近づけて、深く微笑む。

その目は私を蔑むように歪んでいた。

「よかったわね。蓮花は《特別》で」

じわりと視界が滲(にじ)む。欣怡に反論できない。

穴の開いていない洋服を纏い、三度の食事をし、今日も温かい布団で眠る。

自分が口ばかりの偽善者だと、嫌になるほど理解している。

　私は欣怡が恐ろしい。

　この十五年の間に刻み込まれた心の傷は、私を従順な飼い犬にするのに十分なものだった。

「口答えはしない。わかった？　そうでないと蓮花を殺しちゃうわ」

　赤い唇がにいっと歪み、その間からまるで獰猛(どうもう)な獣のような白い歯を私に見せる。

「……！」

　さらに強く首が締まり、喉が潰れる。声が出せなかったから、代わりに何度も頷くとようやく力が緩まった。

勢いよく瞼を開く。一気に空気が肺に入って何度もむせると、私の体の下でギッと木が軋む音を立てる。柔らかい感触が全身を包んでいて、カーテンの隙間から光が帯状に差し込むのを荒い息を整えながらしばらく見つめていた。

何とか落ち着いたあとに、のろのろ起き上がる。

ベッドから降りて鏡を覗き込むと、薄っすらとクマのようなものができていた。

悪夢のせいで深く眠れなかった。溜息を吐きながらクローゼットを開ける。するとそこには様々な色のドレスや着物がぎっしりと詰まっていた。


「――おはようございます。宗一郎さん」

声をかけると、彼は腰かけていた椅子から飛び上がるほど驚いていた。

鷹無家に滞在して五日目。ようやく彼と会えた。初日にほんの少し話しただけで、宗一郎さんとは食事をともにとることも、廊下ですれ違うこともなく、姿をちらりと見かけることさえなかった。使用人やロイの話から、どうやら学校から帰ると自室に直行し、ずっと籠もっていたようだった。今日は日曜日。学校も休みだと聞いて、もしかしてと思っていたけれど、朝食は広間で食べる選択をしてみてよかった。

「えっ、あ、貴女は……」

「月守椿です。帝都は初めてなので、しばらく滞在させていただくことになりました」

「そう……、でしたか」

相変わらずの鳥の巣頭。口元は引きつって苦笑い。丸眼鏡の奥の目は困ったように泳いでいる。おそらく、厄介なことになったとでも思っているのだろう。

とても大きなダイニングテーブルのどこに座るか悩んだけれど、使用人が案内してくれたおかげで宗一郎さんの向かいの席に座ることができた。

すると私の前に、宗一郎さんの前にあるものと全く同じメニューの朝食が並べられた。瑞々しいサラダに、スクランブルエッグ。そしてトースト。デザートにリンゴや葡萄が並んでいるのが嬉しい。

「今日は、学校に行かれるんですか？」

話のきっかけとして尋ねると、宗一郎さんは躊躇ったように口を開く。

「い、いえ、休みです……」

宗一郎さんの語尾が消える。さっきから一切目が合わない。他の話題を振っても話は弾まず、すぐに沈黙。いたたまれない微妙な空気の中で、そわそわと所在なげに目を泳がせる彼から、一刻も早くここから逃げたいと思っているのが露骨に伝わってくる。

そんな風にされたら、普通の女性であれば心が折れるわね。

いくら宗一郎さんが結婚に興味がないとしても、今までいくつもの縁談が破談になった理由の一つが、彼のこの態度であれば仕方がないと思ってしまう。

女性が苦手なのかしら。そうなると厄介だわ。私たちにはあまり時間がないから。

「鷹無家は、とても大きなお屋敷で驚きました」

「はは。そうですか……」

「ええ。使用人の方たちもよくしてくださいまして、昨日もぐっすり眠れました」

「それはよかったです」

「あの、いつもお屋敷にいらっしゃる間は何をして過ごされているんですか？」

「ええっと、別に大したことはしていませんよ」

駄目。話が続かない。押し黙った彼にどう仕掛けていこうか悩む。一足飛びに仲を深めることはやはり難しいのかしら。

そんなことを考えているうちに、宗一郎さんの前に並んだ朝食が消えていく。あとはリンゴだけ。それを食べ終えたら、おそらくさっさとここから出ていくだろう。

もしこの機会を逃したら、この先しばらく会えなくなるかもしれない。

どうしようかと悩んでいると、誰かが部屋に入ってきた。

「おや、おはよう。椿さんはよく眠れたかい？」

恰幅（かっぷく）のいい姿を見て、思わず神に感謝したくなる。孝仁様は朗らかに笑いながら、私たちの座るダイニングテーブルに腰かける。

「はい。毎日ぐっすり眠れています」

笑顔を見せると、孝仁様は満足げに頷く。

「宗一郎が女性と楽しそうにしているとは驚いたな」

「えっ、そんなことは……」

「私も宗一郎さんとお話しできて楽しいです」

否定しようとしている彼を制するように、にっこりと微笑んだあと、でも、と悲し気に眉尻を下げる。

「もっと宗一郎さんのお話を聞いてみたいのですが……」

「おお、そうか。宗一郎、今日は椿さんに帝都を案内してあげなさい」

「ええ!?　無理ですよ！」

「そんなことを言うな。そうだ！　二人で上野公園に行ってきたらどうだ？」

宗一郎さんは一瞬目を大きく開ける。その仕草を見て、すぐに宗一郎さんに向き直る。

「私、上野公園に行ってみたいです！　せっかく帝都に来ましたし。是非ご一緒に！」

懇願すると、彼はぽかんと口を開けて呆然としている。

上野公園という場所に何があるかはわからないが、宗一郎さんはその名を耳にした時、興味を示すような仕草を一瞬だけ見せた。

「お願いします！」

念を押すようにもう一度頭を下げると、宗一郎さんは戸惑った顔をしながら、小さく首を縦に振った。

「午後から宗一郎と出かけると聞いたが」

支度をしていた私の部屋に、ロイが訪ねてきた。

「ええ。上野公園に連れていってもらうことになったの。これでもう少し距離を詰められると思う」

野菊の刺繡がふんだんに施された半襟に、同じく野菊の柄が入った赤茶色の振袖。十一月の秋も深まる日々に合っている柄だろう。先日馬車から見た帝都の町を歩く女性たちは、洋装の方もいたけれど美しい着物姿の女性たちが多かった。

日本に行くことが決まった時に着付けや作法も習得したから、せっかくだしとクローゼットの中から着物を引っ張り出した。

「おかしなところはない？」

尋ねると、ロイは私をちらりと見てすぐに「特にない」と答える。日本で暮らしている期間が長いロイの目から見ておかしなところがなければ《日本人女性》としてある程度は合格点なのだろう。

「ねえ、本当に表紙はこの屋敷にあるの？」

「わからない。お前から見ても、わからないか？」

ロイに尋ね返されて、滞在中に歩いた屋敷の中を思い返した。

「特に何も。本当に鷹無家が日本で唯一、魔法を公に使うことを許された一族なの？」

もしも本当に表紙がここにあるとしたら、大勢の人間で守っていると思っていたが、そんな気配もない。もちろんこの広大な敷地をすべて把握できたわけではないけれど。

「——今日上野公園に行くのなら、鷹無家が魔法使いとして優遇されている意味がよくわかるはずだ」

ロイは含み笑いをして、部屋を出ていく。見たほうが早い、ということかしら。

とにかく、今日は大きなチャンスだ。私は姿鏡を覗き込み、髪をまとめ上げていく。

宗一郎さんの好みの女性がどんな感じなのかはわからないが、とりあえず清楚な女性を目指し、最後の仕上げをしていった。


「——えっと、ここが上野公園です」

「わあ、とても広いんですね」

英国のハイド・パークのような、街中に突如現れる巨大な公園。どれくらいの広さなのかは一見してもわからないほどだった。木々は紅葉し、その中を人々が話をしながら歩いている。ベンチでは新聞を読んでいる男性がいたり、将棋を指している人もいる。

木々の下では子供が落ちた赤い紅葉を拾っていて、大人たちはそんな子供を見守りながら何人かで寄り集まって世間話をしていた。少し肌寒い公園の中で、みんな笑顔で楽しそうに過ごしている。

「公園の中には博物館や動物園があります。大きな池――不忍池もありますよ。じゃあ僕はこれで」

「えっ！　ちょっと待ってください！」

まさか帰るつもりですかと強引に袖口を引っ張ると、軽く手に触れた。宗一郎さんは頬を赤らめ、戸惑ったように目を揺らす。

「私、初めてなので迷いそうなんですが……。一緒に来てくださいますよね？」

念を押すと、宗一郎さんは困ったように逡巡したあと、「わかりました」と呟く。

文字通り公園に行ったから、はいそこで終わり、だなんて絶対にさせない。

「こんなに広い公園、素敵です！　楽しみ！」

はしゃいだ声を上げてみるが、それ以上宗一郎さんが何かを言うわけではなく、ただぼんやりとすれ違う人を眺めて、帰りたい雰囲気を露骨に出している。

話題に出したから、博物館や動物園に連れていってくれるのかしらと期待したけれど、ただ歩くだけでそんな素振りはない。仕方なくこちらから話題を振ってみる。

「宗一郎さんは、その博物館には行かれたことはありますか？」

「えっと、はい。何度か……」

——心が折れる。

小さく溜息を吐きそうになって飲み込む。完全に今まで会ったことがないタイプの男性だわ。今も何を考えて、何に心を動かされるのかもわからない。

「——げっ、宗一郎さん！」

突然背後から驚いた声が飛んできた。振り返ると、そこには黒い詰襟姿のそばかす顔の小柄な男性が立っていた。

口を半開きにしてのけぞっているのを見て、声を上げたのはこの男性だと判断する。

一体誰かしら。

疑問に思っていると、宗一郎さんが、「まずい」と小さく呻くように呟いた。きょろきょろと周囲を見渡しているのは、この人の他に誰かいるか探している？

「え、ええ？　まさか逢引きですか？　この女性は恋人？　紹介してくださいよ！　宗一郎さんが身を固めるとなったら、オレら一族にも知る権利がありますよね？」

赤い髪を後ろで束ねた狐に似た顔立ちの男性は、私と宗一郎さんをじろじろと眺めながら勝手に話を進めていく。

「ま、待ってください！　恋人だなんて……そんな！　彼女のことは皆さんには関係ありませんから。それより、一人ですか？」

「上野精養軒で護衛の仕事があったんですよ。今休憩中で、気分転換に一人で公園をぶらぶらしていたところです」

「なるほど。そうですか。では失礼します」

足早に去ろうとする宗一郎さんを完全に無視して、狐顔の男性は依然私を見ている。

何だろう、この空気。無遠慮に眺められて落ち着かない。

「……えーっと、貴女とは初めてお会いしましたよね？」

おかしな問いに、面食らう。これはあからさまに女性を誘う定番の手口だわ。

「あの、名前は？　宗一郎さんとは一体どんな関係です」

まるで取り調べみたい。しかも狐顔の男性は八芒星（はちぼうせい）のマークが入った腕章をつけている。何かしらの公的な仕事に従事しているのかしら。こういう制服めいたものを着ている男性は万国共通して、私たちにとって非常に厄介な人間だと相場は決まっている。

でも、待って。さっき宗一郎さんの一族だと自ら言っていた。それを考えると、今後何かの機会に使えるかも。手駒を増やすために、ある程度仲よくなっておいても損はない。決めたら、一気に自分の中の気持ちが切り替わる。

「はじめまして。月守椿と申します。宗一郎さんの縁談相手として鷹無家に参りました。帝都に来たのが初めてだったので、今日は宗一郎さんに案内をせがんでしまったんです。それより、貴方のお名前をお教えくださいませんか？」

小首を傾（かし）げ、興味があるのだというように軽く身を乗り出す。そして狐顔の男性を見上げながら、にっこりと微笑んだ。

「たっ、楯岡……日嗣です」

ほんのりと頬が赤らんでいる。

「日嗣、さんですね。もう覚えました。下のお名前で呼ばせていただいても？」

「えっ、はい……、も、もちろんです」

ふふっと吐息を漏らして笑む。

「先ほど休憩中だとおっしゃっていましたが、日嗣さんはどのようなお仕事をされているんですか？」

「どのようなって……公務員です。簡単に言うと、偉い人の護衛や魔法に対する取り締まりをしています」

——やっぱり、国家の犬。

内心舌打ちしていたが、それをおくびにも出さず、「治安を守っていただいて、感謝しております。日嗣さんのような方、心から尊敬します」と歌うような口上を述べる。

「いや、そんな……」

褒められて気持ちよくなったのか、日嗣さんは口元を緩める。

「毎日大変ですね。お仕事を頑張る姿は、本当に素敵です……」

じっと日嗣さんを見つめると、のぼせ上ったように頬を真っ赤に染める。そして日嗣さんは言った。

「あの！　よければ……、今度お食事でも……！」

――任務完了。

ありがとう！　と、満面の笑みを振りまきたくなる。

そうそう！　これなのよ！　これ!!

ああ、本当にもう、完全に自信を失うところだった。

世界各地の潜伏先で、東洋の真珠だとか羞月閉花だとか散々称賛された私にとって、男性の好意を得るのは、とても楽なミッション。褒めて褒めて、些細なことでもすごいと尊敬している風に取り繕い、意味ありげにじっと見つめては、目が合えばパッと逸らす。その間も、笑顔を絶やさない。そして下の名前で何度も呼んで、親密さをアピール。

そのうちに、相手も私に対して熱の籠もった瞳で見つめてくる。

ああ、しばらく心が折れることばかりだったから、自信喪失していたけれど、単純に相手が悪かっただけなの！　それだけだから、大丈夫！

そう自分に言い聞かせながら、宗一郎さんをちらりと見ると、ぼーっと空を舞う蝶々を眺めていた。

え、嘘。

嘘でしょ。何なのこの人。ここは、嫉妬する――いえ、百歩譲って少しはこちらを気

にする場面じゃない⁉

完全に私たちより蝶々に気を取られている。ああ、宗一郎さんがわからない。

今度こそ完全にぽっきりと心が折れそうになった時、蝶々を追って、宗一郎さんがふらふらと歩き出した。

「えっ、ちょっと宗一郎さん！」

「あっ、椿さん！　いつお時間ありますか⁉」

日嗣さんが何か言っていたけれど、完全に無視。駆け足で追いかけると、宗一郎さんが蝶々に気を取られて、張り出した木の枝に頭を打ちつけていた。

あの人、結構ドジだわ。話しかけても戸惑っていることが多くて自信がなさげだし、男性としていいところがまるでない。髪もぼさぼさで、秀でているのは、他の人よりも少し背が高いくらいかしら。

花にとまった蝶々を眺めている宗一郎さんに追いつき、息を整えて話しかける。

「……綺麗な蝶々ですね」

その横顔をじっと見つめて、微笑む。宗一郎さんは私に目も向けずに口を開く。

「何の蝶々かわからなかったので、観察していました」

――本気で心が折れる。

今日何度そう思ったんだろう。すでに百回以上は思っているはず。せっかく笑顔を振りまいたのに、この人は一瞥もしなかった。

最早これは私の力不足だと受け入れて、別の誰かと交代したい。国に帰りたい……。こんなことを思うのも初めて。どうしよう。涙が出そう……。

「――ネロマ！」

「きゃっ！」

パシャッと頬に冷たさが走る。驚いて触れると、指先に水滴がついた。

水が飛んできた方向を見ると、着物姿の少年が、蛇口から勢いよく流れ出る水で手を洗っていた。そこから水が飛んできたのかしら。

――しかもあの蛇口、宙に浮いている。

「あれは……、一体……」

頬を濡らす水滴を拭うのも忘れて呟くと、宗一郎さんは「ああ」と頷いて、蛇口の傍まで足取りも軽く歩いていく。私も彼を追って、ふらふらと近づいた。少年は手を洗い終え、駆け出していってしまった。

「蛇口に向かって呪文を唱えると、水が出て手を洗う場所になるんですよ。――ネロマ！」

宗一郎さんがかざした手に向かって、水が噴き出す。キラキラと輝くそれは、清浄で何も濁っていない透明無垢な水。

「日本ではこの蛇口が普通にあるんですか？」

「いいえ。上野公園は魔法の特別実験区になっていて、この場所だけ、魔法道具の使用が認められています。これも初級魔法のネロマを組み込んで作った魔法道具です」

魔法道具は、魔法によって動いたり、魔法が組み込まれていたりする道具のことだ。

「あの、今、宗一郎さんは杖を使っていませんでしたが……」

魔法を唱える時は、魔力の増幅とコントロールのために杖は必須。この蛇口が魔法をかけることによって動く魔法道具――つまり魔法使い用なら、杖は必要。

でもこれは違う。杖ではなく特定の言葉で起動するようになっている。つまり、魔法使いではない人でも使える万人向けの魔法道具。それはより高度な技術が必要で、簡単に作れるようなものではない。素晴らしいものを前にして、私は密かに興奮していた。

興味は尽きず、さらに疑問が湧く。

ネロマは大気中の目に見えない水分を魔力で集めて増幅し、水を湧き出させる初級魔法。初級魔法はほんの少しの威力しか出ない。小さな火をつけたり、そよ風を吹かせることができるくらい。ネロマも本来なら、手が湿るだけ。

こんなにも大量の水を生み出せるような魔法ではない。

「もしかして、魔法道具である蛇口に何か秘密が……？」

そうとしか考えられない。訝しげに蛇口を見つめる私とは対照的に、宗一郎さんはキラキラした目を私に向けた。――あら？

「そうなんです！　本来ならネロマは些細な魔法ですが、蛇口に組み込んだ機械で威力を増幅させせました。誰でも使えるのでよかったら使ってみてください！」

え、と戸惑う私の肩に手を置き、蛇口に誘導する。

「ほら、手を出してみてください。するとここにネロマと文字が浮かび上がるので、蛇口に向かって呼びかけるだけです。――さあ」

宗一郎さんは私の手を取り、蛇口の下にかざす。するとネロマという淡い緑色の文字が空中に浮かび上がった。呪文を知らなくても、これを読めばいいと誰でもわかる。

――それよりも。

宗一郎さんは私が読むのを待っているのか、左手を私の手に添え、右手は私の肩に置いている。ちらりと盗み見た横顔は鼻先が触れそうなほどすぐ傍にあり、楽しそうにその唇は弧を描いている。

さっきまでの宗一郎さんと、本当に同一人物？

そう疑うほど、アッシュグリーンの瞳はキラキラと輝いている。

「さあ、どうぞ？」

無言のまま宗一郎さんを盗み見ている私にその瞳が向けられて、心臓が跳ね上がった。

「――ネ、ネロマ！」

蛇口から一気に冷たい水が噴き出し、私と宗一郎さんの手を濡らす。

「詠唱できましたね。これを作るのが結構大変で。あまり威力を強くすると手だけではなく全身びしょびしょに濡れてしまうし、弱いと汚れは落とせないので……」

「え？ もしかして、この魔法道具は、宗一郎さんが作ったんですか？」

その瞬間、彼の目が大きく見開かれて目が合った。

とても近い距離に私がいたことに気づいたのか、宗一郎さんは驚いたように勢いよく手を離してあとずさった。

「す、すみません」

「い、いえ……、大丈夫です」

彼の頬が深紅に染まっている。でも私の頬も多分同じ色に染まっているはず。

落ち着かないと。宗一郎さんの意外な一面を見て、動揺しただけ。

男性に心を乱されるなんて、スパイとして失格。

気づかれないように静かに呼吸を整え、何事もなかったように微笑む。

「あの……宗一郎さんが作られたんですか？」

「……え、えっと、はい。僕が作りました」

さっきまでとても楽しそうに話していたのに、身構えたように声音を落とした宗一郎さんの変化が心に引っかかるけれど、それより先に心が浮足立った。

「素晴らしいです！」

思わず大きな声を出してしまって我に返り、恥ずかしくなって慌てて俯く。

どうにもペースが乱されてしまって、自分が腹立たしい。

「あの……、早く全国にも、いえ全世界にもこの魔法道具が普及してほしいと思います。そうしたら、水道設備がない場所でも、誰でも気軽に使えますし……、この綺麗な水は誰かの命を救うと思います」

今朝見た夢が甦る。この蛇口があの荒廃した世界にあったら全てが大きく変わる。

私の家族ももっと楽に暮らせる。泥水をすするような生活なんて、しなくてすむ。

顔には出さないように堪えていたけれど、本当は自分でも驚くほど興奮していた。

「……そ、そうですね。誰かの生活が豊かになればと思って作ったんです……」

その言葉に、伏せていた顔を上げる。宗一郎さんと目が合うと、さらに頬を真っ赤にしながら、戸惑ったように目を逸らす。

――この人は違う。

私が今まで出会ってきたどんな人とも違う。

誰かの生活を豊かにするための魔法の話をする日が来るなんて思いもしなかった。

もっと話したい。そういう気持ちが一気に沸き上がるけれど、まずは落ち着かないと。

私はスパイだ。宗一郎さんの前では、個人的な感情なんて出してはいけない。

私は今、《月守椿》だから、《蓮花》の感情なんて、必要ない。

ぐっと着物の下で拳を強く握る。冷静になるように頭の中で十まで数える。沸き上がる感情を押し込めて、ゆっくりと口を開いた。

「……宗一郎さんは、優しい魔法を使う人なんですね」

何を言うべきか悩んだ。話を逸らそうと思ったのに、押し込めきれなかった感情がポロリと勝手に落ちた。

しまった、と後悔したと同時に、宗一郎さんの目が私に向いた。

もちろん今まで、何度も目が合った。でも、しっかりと私を見ていると確信したのは、今が初めて。

「優しい、魔法ですか。そんなこと……」

ありません、かしら。でも一向に宗一郎さんから続きの言葉が落ちることはない。

静かに宗一郎さんは歩き出す。私も無言で彼の背を追っていくと、不忍池に出た。水面に浮かぶ、枯れて朽ちつつある何かの植物の葉を眺めながらゆっくり進む。

池の周りには男女や子供連れの家族がいて、楽しそうに時間を過ごしている。

私の国とは正反対の光景だ。

「優しい魔法……」

宗一郎さんがそっと呟いたのを聞いた。顔を上げると、宗一郎さんは着ていたインバネスコートのポケットから杖を出す。

それは漆黒の杖だった。

漆黒なんて珍しい。その杖は一体何でできているのか尋ねようとした時、宗一郎さんは池に向かって黒い杖を振る。

「ルルディーザ！」

漆黒の杖から柔らかい金の光が放たれたあと、池に浮いている朽ちた葉からにょきにょきと茎が伸び、桃色の蓮（はす）の花がぽっと一つ咲く。

それを見て、思わず笑顔になる。周りにいた人々から歓声が上がり、嬉しそうに蓮の花を指さしている。宗一郎さんを見ると、蓮の花を見て穏やかに笑んでいた。

これは、紛れもなく《優しい魔法》。

純粋に誰かを喜ばせるだけの魔法なんて、私は使ったことがないかもしれない。

沸き上がる切なさにも似た感情に、唇を噛みしめる。

指先で首にかけたチェーンを引き、ロケットペンダントを取り出して開く。薄紫色の光とともに、中に納められた多くの魔導書のページから一枚呼び出す。

「あの、私が解読しますので、よければ詠唱してください」

右手を差し出すと、宗一郎さんは躊躇ったけれど、手を重ねる。

ページに手をかざし、浮かび上がった文字を目で追う。

──解読完了。私が伝えた言葉を聞いて、宗一郎さんが杖を振る。

「──リアンロトス！」

その瞬間、むせかえるほどの蓮の花の香りが襲ってきた。

広い池の奥から桃色が波となって押し寄せるように、わあっと一面蓮の花が咲いた。

十一月の寂しい池に似合わない光景。

花を咲かせる時に使う《ルルディーザ》の初級魔法ではなく、わざわざ解読者と詠唱者の二人で使う中級魔法の《リアンロトス》にしたのは、単純に私が《解読者》であることを宗一郎さんに伝えたかったから。

ただそれだけ。でもまさか、こんな。

リアンロトスの魔法は今までも何度か使ったことがあるけれど、十数輪くらい咲いただけだった。今回も同じくらいかなと思っていたのに、その何百倍もの花が咲いた。

「──あの、椿さん!!」

肩を摑まれてがくがく前後に揺らされて、ようやく我に返る。気づいたら、宗一郎さんが頰を紅潮させてキラキラと目を輝かせていた。

「は、はい」

「君はすごい解読者だ！　協力してほしいことがあります。一緒に来てください！」

飛び跳ねそうなくらい興奮している宗一郎さんは、私の手を摑んだまま駆け出す。

そこでようやく、周りの人々が私たちに向かって笑顔で拍手していることに気づく。

ただ花を咲かせただけなのに、あんなに喜んでくれた。

そう思ったら、なぜかとてつもない達成感を感じる。

どんなに難しい任務をこなした時よりも、満ち足りているのはどうして？

そういえば、さっき、宗一郎さんが初めて名前を呼んでくれたような――。

繋いだ手を見つめる。足は軽やかに地面を蹴ろうとするのに、時折もつれそうになる。

「ちょ、ちょっと待ってください。着物だとうまく走れなくて……」

「そうでした！　すみません！　――ファルシア！」

公園の片隅に置かれていた四角い小箱に向かって宗一郎さんが声を上げる。すると箱が開き、中から自転車が飛び出してきた。

「じ、自転車⁉」

目の前に現れた黒い自転車は、ヨーロッパで見たことがある安全自転車と同じもの。

「はい。この箱の中に自転車が何台か収められています。ネロマと同じように呪文を唱えると、箱が開き自転車を出すことができるんです。上野公園は広いので、誰でも自由に取り出して乗れますよ」

よく見ると、同じような箱が道の途中にぽつぽつと置かれている。

もしかしてこれも宗一郎さんが考えたのかしら。尋ねようとした私を宗一郎さんは軽々と抱え上げて自転車の後ろに乗せる。

「本当は上野公園の中だけで楽しむものなんですが……、秘密ですよ」

ははっと楽しそうに笑い声を上げて、宗一郎さんがペダルを踏み込む。

「──君と一緒ならもっといろんなことができそうだ！」

宗一郎さんが左手をハンドルから離して杖を振る。

「──フェイル！」

スピードを上げる初級魔法。わっと私の長い髪が一気に風に乗り、景色がどんどん移り変わっていく。振り落とされそうで、思わず宗一郎さんにしがみつくけれど、全く気にしていないようだった。

このまま空も飛べそうなスピードに、なぜか自分の唇が綻んでいる。

ほんの少し、世界が変化した。

一面の蓮の花を横目に、私たちを乗せて自転車が走っていく。

鳥の巣のような宗一郎さんの髪が風に乗って軽やかに弾んでいるのを見て、別の世界の扉を開いた時のように、自分の心も弾んでいることに気がついた。

# 第二幕

「──あの、ここは？」

「神保町（じんぼうちょう）です」

宗一郎さんは私を自転車に乗せた時と同じように、抱えて降ろしてくれる。

それにしても神保町ってどこかしら。町名だけ教えられても全くわからない。

「こっちですよ」

宗一郎さんに手招きされて、困惑しながらも言われるままにあとを追う。

三省堂（さんせいどう）書店と書かれた看板が目に入り、周囲をよく見ると本を売っているお店が多いことに気づく。

「神保町は書店街ですか？」

「書店街とまではいかないと思いますが、近くに学校が多いのでおのずと書店が多いですね。ここの東京堂（とうきょうどう）書店は去年できたお店です」

学校が多いという言葉通り、道行く人々は学生ばかりだった。同じ服を着ている若い男性たちがこちらをちらちらと窺うように見ている。

「それにしても、椿さんが魔法使いだったなんて驚きました」

「え、ええ。孝仁様からお聞きになっていませんでしたか？」

「聞いたような……。聞いていないような……？　いや、聞いたかも？」

首を傾げる宗一郎さんを見て、《月守椿》のことなんて、全く興味がなかったと思い知る。宗一郎さんにとって椿は数ある縁談相手の一人で、相手がどんな人なのかもどうでもよかったんだろう。

本気で私に興味がなかったことを知って落ち込みたくもなる。

「こちらですよ」

三省堂や東京堂書店があった通りから、一本入った裏路地に足を踏み入れると、一気に雰囲気が変わる。まるで外国のスラム街のような異様な雰囲気。香港や東南アジアの街角のように、本、杖、装束などと書かれた極彩色の看板が、圧迫感を生みながら雑多に並び、地面には逃げ場のない空気が淀んで留まっている。

狭い路地の両側には、小さな箱を何個も積み重ねる形で建物が聳え立っていて、それらが空を削っているせいで日も届かず、足元が薄暗くて心もとない。

しかも、誰もいない。それがまたこの場所の異様さを際立たせている。

ここは、本当に日本なのかしら。何とも言えない不安に襲われた時、宗一郎さんは足を止めた。気がつくと、彼の前には今にも朽ち果てそうな木の扉があった。

看板すらかかっていないし、引き戸の金属の取っ手は今にも取れそうで、右上の板がベロンと剝がれている。

もしかしてここに入るのかしら。大丈夫なのかと尋ねようとした時、宗一郎さんは漆黒の杖をコートから取り出して「――リベアス！」と、開錠の初級魔法を唱えた。

ガチャリと音を立てて鍵が開き、扉が勝手に開く。その先に広がる光景に声を失った。

「――ここは、魔法使いのための書店なんです」

狭い路地とは打って変わって店内はとても広く、天井まである古めかしい大きな茶色の棚が、壁一面ぐるりと置かれていた。あのみすぼらしい扉の先に広がる世界とは到底思えない。まるでヨーロッパの古代図書館のようだった。シャンデリアは華々しく、埃っぽい独特のアンティークの香りが部屋を満たしている。その中で、ところ狭しと様々な物が棚の中やテーブルの上、床に転がるように無造作に並んでいる。

巨大な剣、いかにも古そうな本。世界の海図に、真珠がふんだんに使われた髪飾り。

――そのどれもが青白く光り輝いている。

その光に魅せられて、吸い寄せられるように目を離せなくなる。

「ふん。誰かと思ったら宗一郎か。女連れとは珍しいな」

呆然としていた私の意識を引き戻すように、物陰から小柄で目つきの悪いおじいさんが姿を現す。蓄えられた真っ白い髭はとても長く、腰までありそうだった。

「あはは。……椿さん、この店の店主の尾倉さんです」

「初めまして、月守椿と申します」

「ふん。宗一郎が連れてきたということはこの方も魔法使いか？」

「はい、椿さんは解読者だそうです」

「ということは、見えているか？」

唐突に尋ねられて、どうしようか悩む。見えているけれど、わからないふりをしたほうがいい？ いえ、解読者なら、これが何かわからないと魔法は使えない。ただ、知りすぎていると逆に怪しまれる。無難な答えを返しながら、彼らに語らせたほうが最善だ。そこまで瞬間的に決めると、スイッチが入る。

「は、はい……。青白く光って見えます。もしかして、これは《アサナトの魔導書のページ》では？」

困惑したように眉尻を下げ、自分の声を震わせる。

「こんなに沢山あるのは初めて見たので、少し……、怖いです」

「そうか、まだお嬢さんは駆け出しの魔法使いと言ったところか。お嬢さんが言う通り、青白く光って見えるのがすべて魔導書のページだ」

「やはり……」

怯えたように身を震わせると、私の反応に満足したのか、店主の尾倉さんはにやにや笑いながら髭を撫でる。

「ご存じの通り、アサナトの魔導書のページには、一ページに一つずつ魔法式が封じ込められている。元々は本の形をしていたが、ある時、魔導書の危険性に気づいたとある魔法使いが紐を解き、すべてバラバラにして世界各地に散逸させた。この店ではそれらを収集して、しかるべき人間に販売しておる」

なるほど。この店の佇まいから考えると非合法の店なのだろう。

尾倉さんは私と宗一郎さんを置かれていた長椅子に座らせる。一息吐くと、宗一郎さんはわくわくしたように私に体を向けた。

「椿さんにはしっかり発光して見えるんですね！　羨ましいなあ。僕は《詠唱者》なので、ここにある魔導書のページがただの物にしか見えなくて」

解読者が詠唱できないように、詠唱者は解読ができず、魔導書の見分けもつかない。

魔導書のページも解読者が手をかざすことで初めて魔法式の解読ができ、それを詠唱者が詠唱することでようやく魔法が発動する。

つまり、初級魔法を除くすべての魔法は《詠唱者》と《解読者》の二人が揃っていないと発動しない。

私一人で解読はできても、詠唱はできないため魔法は発動しない。

ささやかな初級魔法なら詠唱者一人でも魔法を発動できるけれど、威力は知れている。

　――これは、魔法使いの【枷（かせ）】。

「あの古いカップも、あの絵画も、深紅の壺（つぼ）も、魔導書のページなんですね」

　感慨深げに宗一郎さんが部屋を見回す。宗一郎さんの言う通り、魔導書のページは別の物に変えられていることがある。一般的には紐を解いてバラバラにした魔法使いが、すべてのページが揃わないように、別の物に擬態させて隠したからだと言われている。

「魔導書のページはこれだけ集まった。あとは《表紙》さえあればな」

　尾倉さんから投げかけられた言葉に、身を固くする。急に体温が上がり、耳元で鼓動がうるさいくらいに鳴る。落ち着け。ボロを出さないように慎重に探れ。

「表紙……？　表紙とは何ですか？」

　宗一郎さんに尋ねると、困ったように瞳を揺らした。彼から答えを得るより先に、尾倉さんが豪快に笑った。

「お嬢さんみたいな駆け出しの解読者には、表紙のことなどわからないわな。――いいか？　アサナトの魔導書の表紙には十個の究極魔法の魔法式が書かれている」

「究極魔法……？」

「ああ。国一つ消し飛ばせるほどの威力を持つ、最終兵器だ。表紙を得ることができれば、世界のすべてを手に入れることができると言われているぞ。表紙の前ではどんな人間でもひれ伏すからな」

両腕で体を抱いて、軽く身震いしてみせる。

「そんな。恐ろしいです。でも魔導書のページだけでも、膨大な量の品揃えですね」

「そうだろう。ここ十五年ほどで一気に増えたな。おかげでこの店は潤っているよ」

十五年。その言葉に、ピンとくる。表紙の行方がわからなくなったのは、今から十五年前の一八七六年のこと。

アサナトの魔導書は、表紙のもとへページが自動的に集まるようになっている。日本に表紙があるからこそ、ページが集まってくるのだ。

私とロイは、そのアサナトの魔導書の表紙を奪還・回収し国に持ち帰ることが最重要任務。もちろんバラバラになった魔導書を完全体にすることが最終的な任務でもあるため、魔導書のページも喉から手が出るほど欲しい。

それが今、目の前にある。

心臓が飛び跳ねている。心が急くけれど落ち着け。今はさらに情報収集しないと。

「あの、ここは魔法使いならどなたでも入ることができるんですか？」

尋ねると宗一郎さんが口を開く。

「いえ。ここは、魔法使い同士の紹介制なんですよ。信頼できる魔法使いしか入れないことになっています」

「そうだ。最低でも宗一郎と五回は来い。そうしたら一人でも入れてやる」

「五回だなんて、僕の時は十回でしたよ。尾倉さんは僕に厳しいです」

笑っている二人に合わせて微笑んでみせるけれど、内心動揺していた。五回だなんて、結構難しい。今回やっと宗一郎さんと二人で出かけられたのに、あと何回も……？

果てしないことのように感じていると、宗一郎さんが自分の漆黒の杖を掲げる。

「尾倉さんからお許しが出ると、詠唱者の杖、解読者の箱にこのお店の扉の鍵を魔法で仕込まれるんです。それで初めて自由に出入りできます」

なるほど。私がリベアスの呪文を唱えても、それとは別に鍵がなければ入れないのか。

そう考えると、やはりなるべく早く宗一郎さんと仲よくなるしかない。

とにかく、帰ったら早々にロイに報告しよう。私たちにはタイムリミットがある。

来年の春、桜が咲くまでに国に戻らなければ、家族ともども殺される。

それまでに必ず表紙の奪還という任務を完璧に遂行してみせる。

誓いを新たにしていると、宗一郎さんがおずおずと口を開く。

「実は、椿さんに協力してほしいことがあるんです」

「協力、ですか？　もし私にできることがあればお手伝いします」

私が今すべきことは、宗一郎さんに気に入られること。それが任務遂行への近道だ。

「ありがとうございます！　あの、実は記録する魔法を使いたいんです。一応尾倉さんに探してもらっていたんですが、この量で全然探せなくて……」

「どこかにあるはずなんだが、探すのが大変でな。儂は解読者だから、一度、宗一郎と探索の魔法を唱えてはみたが相性が最悪で、うんともすんとも言わなかったな」

「尾倉さんは僕以外の詠唱者とも相性が悪いじゃないですか！」

確かにこの大量の物の中から、お目当ての魔法式が書かれたページを手作業で探し出すのはとても骨が折れるだろう。

うーん。……そうね。こんなに物が多いのなら、探索と移動の魔法を同時に使うのがいいのかもしれない。

二つ以上の魔法を組み合わせて解読・詠唱するのは上級魔法にあたるから、うまく発動するかわからないけれど、花を咲かせた時のように、もしかしたら宗一郎さんと一緒なら上級魔法も使えるかもしれない。

物は試しと、首にかけていたロケットペンダントから、探索と移動の魔導書のページを呼び出す。二枚のページを重ね合わせて右手をかざすと、青白い光が宙に文字を描く。

「詠唱してください」

宗一郎さんに向かって左手を差し出し、宗一郎さんは躊躇いつつも私の手を取る。

そっと耳打ちすると、宗一郎さんは杖を構え直した。そして——。

「シェルカドル・サレバ！」

宗一郎さんが杖を振った瞬間、青白い光が部屋の中を読み取っていく。そして部屋の片隅から胡桃色の小鳥の置物が羽ばたいてきて、目の前で失速し静かに床に着地する。小鳥に向かって迷わず手をかざすと、それは姿を変えて一枚の紙になった。

ほんのりと青白い光を放つ大きな紙が、徐々に縮まって私のロケットペンダントの中に音もなく納まる。

――所有完了。

解読者は自分の《箱》の中に魔導書のページを入れることで、ページと契約を結び、魔法を占有することになる。《箱》は、口が締まるものであれば何でもいいが、ほとんどの解読者は巾着とか、小さなコンパクトを使っている。私はこのロケットペンダントが《箱》。

「無事に箱に入りました」

そっとロケットペンダントを指先で撫でる。

箱に入れないで紙の姿のまま放置すると、魔導書のページは勝手に消え失せ、しばらく経つと自然発生的に世界のどこかに出没する。

初級魔法は一度覚えると、詠唱者は解読者なしで使えるため、必要なければ暗黙の了解で次の誰かのために手放す。

中級魔法の魔導書のページは箱の中で保管してその都度呼び出して解読した上で詠唱

しないと使えないけれど、解読者の力で模写することができるため、複製を作ったあと、初級魔法と同じく次の誰かのために手放すことが多い。

とりあえずこれで記録する魔法を手に入れることができたから早速使ってみようかな。

顔を上げると、宗一郎さんと尾倉さんがぽかんと口を開けて私を見ていた。え？

「あの、今のって……」

混乱している宗一郎さんを押しのけるように、尾倉さんが声を荒らげる。

「何だ今のは！　上級魔法じゃないのか⁉」

「えっ、は、はい。二つの魔法を組み合わせたので、上級魔法ですね……」

あまりの剣幕に、驚いて息を呑む。

魔法は威力や唱え方によって初級・中級・上級・究極とレベル分けされている。

初級魔法は、威力がたいして出ない、ささやかな魔法。

中級魔法は初級魔法より威力の強い魔法で、一面花を咲かせたリアンロトスがそう。

上級魔法は、中級魔法よりも威力の強い魔法、もしくは魔法のレベルに関係なく二つ以上の魔法を組み合わせる魔法で、絶大な威力を発揮するが、解読者と詠唱者の相性がよくないと威力も半減したり、完全に失敗したりもする。単体の上級魔法のページは、模写も不可能だ。

初級魔法以外は、魔法を使うたびに必ず解読・詠唱が必要で、二人でないと発動しない仕掛けになっている。

「やっぱり上級魔法なんですね。……初めて使った」

「初めて？」

きょとんとすると、宗一郎さんも同じ顔になった。え？　もしかしてまずかったかしら。戸惑いで言葉が出ず、ただ宗一郎さんと見つめ合う。

沈黙に耐えかねた尾倉さんが、宗一郎さんの代わりに教えてくれた。

「儂も上級魔法を使うのを見るのは初めてだ。中級魔法以上は、日本では厳重に管理され、今では鷹無家の者しか使えないんだぞ。まあ、鷹無家の宗一郎と一緒に使うのなら問題はないだろうが、お嬢さんは気をつけたほうがいい」

その言葉に、ひやひやと冷たいものが背筋を落下していく。私の国ではそんな規制はなかった。みんな自由に魔法を使っていた。

しまった。下調べが不十分だった。

「そ、そうでしたね！　す、すみません。しばらく外国にいたものですから、すっかり忘れていました」

店主に簡単にホワイトローブ・ウィッチに参加していたことを話すと、納得したように頷く。苦笑いしながら宗一郎さんを見ると、なぜか頰を紅潮させてキラキラした目で私を見ていた。

「えっと、宗一郎さん、すみませんでした。この魔法を使っていいか、先に聞けばよかったですね。宗一郎さんとなら、上級魔法も使えるかなと大して考えず……」

「いえ。驚きましたけど、大丈夫です。いつも初級魔法ばかり使っていたので、むしろ自分がこんなすごい魔法が使えるとは思わず、すごく嬉しかったです」

照れくさそうに鼻の頭を掻く宗一郎さんを見て、ほっとする。

それにしても今日、宗一郎さんはかなりの数の魔法を唱えている。初級魔法だとしても大抵の詠唱者は二、三個魔法を唱えるとへとへとになるはずなのに。疲労感も見せず、魔法の威力も落ちていないところを見ると、やはりこの人は詠唱者として一流の資質を持っている。

でも、宗一郎さんの解読者はどこにいるのかしら。今まで一人で初級魔法を使うところは沢山見たけれど、特定の解読者が傍にいるのを見ていない。

私の国では相性を見て、勝手にパートナーをあてがわれて組まされるけれど……。

疑問に思って口を開きかけると、突然荒々しい音を立てて入口の引き戸が開いた。反射的にロケットペンダントに触れながら振り返ると、そこには黒い詰襟姿の背の高い男性が立っていた。その後ろには上野公園で会った日嗣さんもいる。

宗一郎さんが、「しまった」と小さく呟く。

「椿さん！　また会えたなんて、これは最早運命――」

「日嗣、黙れ。――宗一郎。お前さっき大通りで、魔法を使って自転車で爆走していたそうだな」

日嗣さんの明るい声を遮って響いたのは、凍てつくような低い声。

「え、ええっと……、そうですね。すみません……」

宗一郎さんと背の高い男性の口調から、ある程度よく知っている相手だと察する。

「駄目ですよ、宗一郎さん。街中での魔法は、特別区以外では使わないと一族の間で決まっているじゃないですか。忘れたなんて言わせませんよ？」

日嗣さんが背の高い男性の陰から顔を出して、宗一郎さんに文句を言う。

「すみません。完全に僕の不注意です」

謝っている宗一郎さんを無視して、背の高い男性が私の前に立ちはだかった。黒髪で短髪。涼やかで鋭い目は、まるで獲物を狙う猛禽(もうきん)類のよう。

「お前が椿、か？　日嗣が騒いでうるさかった。宗一郎とはどんな関係だ」

威圧的な態度に身が竦む。ここは逆らわないほうが賢明だわ。

「月守椿と申します。宗一郎さんとの関係……、ですか。……お友達、です」

「は？　宗一郎の友達？」

背の高い男性はぽかんと口を開けて呆然としている。何かしらその反応。まるで馬鹿にされているような気がしてもやもやする。

　肝心の宗一郎さんは、私の申告に驚いたように目を見開いているけれど嫌がっている様子はない。それよりも何だか嬉しそう……？

「――で、その友達とやらが、二人で何をしていたんだ？」

　苛立ったように背の高い男性が語尾を荒らげる。友達と言ったことに不満なのかしら。

「何とは……」

「今、ドアを少し開けた時、二人で上級魔法を使っていたのが見えた。不忍の池で中級魔法を唱えたことも知っている。中級魔法以上を一般人が唱えることは法律で罰せられると決まっている。宗一郎が中級魔法以上を使うのは鷹無家の一族だから許されるとはいえ、人心を乱すから正当な理由がある時以外は使うなとあれほど――。貴様も解読するな。宗一郎は見逃されても、貴様は逮捕されるぞ」

　ぎろりと睨みつけられて、身が竦む。

　まずい。法律まであったなんて。知らなかったという理由で済みそうな気配はない。

「待ってください。椿さんに解読を頼んだのは自分です！　僕が罰を受けます！」

「宗一郎さん……。いえ、私が……」

「あーもう、どっちが悪いかなんてどうでもいいですよ。法律を破ればオレたち魔法取締官が来て、念のため事情聴取くらいはするってわかってるでしょ。面倒ならもう二度としないでくださいよ。椿さんを危険にさらすのはオレが許しませんから」

やれやれと日嗣さんが疲れたように露骨に溜息を吐く。

もしかして、大事にならずに済む……？ 強張った気持ちがほっと柔らいだ時、苛立ったように日嗣さんが口を開く。

「それにさあ、いつまでも遊んでばかりいないで、本家を継ぐ者として攻撃魔法くらい使って、御役目を果たしてくださいよ。昔は使えたって聞きましたよ。そんなんだから、宗一郎さんより大吾(だいご)のほうが当主に相応しいって言われる——」

「うるさい。日嗣。黙れ」

全てを凍てつかせるような冷たい声。背の高い男性が、冷え切った目を日嗣さんに向けている。慌てて日嗣さんは唇を引き結んだ。

「とにかく、椿、お前は俺たちと一緒に役所まで来い。まずはお前がどんな魔法使いか徹底的に調べてやる」

「大吾、待ってください！ 僕が頼んだだけで、椿さんは関係ない——」

「うるさい。宗一郎は黙っていろ。いちいち邪魔をするな」

大吾、と呼ばれた背の高い男性は、まっすぐにこちらに向かって歩いてくる。

これは抵抗せずに捕まるべき？ でもそれが最善かと問われると、悩んでしまう。

「——エルナ！」

宗一郎さんが唱えた瞬間、大吾さんと日嗣さんは唐突にその場に倒れ込んだ。

「椿さん！　逃げます！」

えっ、と声を出す間もなく、宗一郎さんは私の手を引いて走り出した。

「くっそー！　五秒足止めの小賢しい初級魔法なんて使うんじゃねえ！」

「日嗣。捕縛だ」

五秒経った途端に、大吾さんは腰元から燃えるような赤い杖を引き抜き、空いた手で日嗣さんの肩に触れる。日嗣さんは懐中時計の蓋を外し、中から魔導書のページを呼び出す。それは瞬きするだけのほんのわずかな時間。――速い。

「アレニエラ！」

わっと光が蜘蛛の巣状に広がって、こちらに向かって一気に飛んでくる。

捕まる――！

「ステリア！」

宗一郎さんは私を軽々と抱え上げ、瞬時に魔法で空中に足場となる岩をいくつも作り、そこに飛び移りながら避けた。蜘蛛の巣のような光は、私たちがいた場所の近くにあった棚に絡みつく。そして棚はめきめきと音を立てて粉砕された。

もし捕らわれていたら、骨を折るだけでは済まなかっただろう。捕縛なんて生易しいものではない。あの人たちはこちらが大怪我をしてもいいと思っている。

「椿さん。修復の魔法を解読できますか？　今壊れてしまった棚にかけたくて。そして僕らが外に出た瞬間にドアの前にその棚を置いて出入り口を塞ぎたいんです」

「えっ、つまり修復と移動の魔法ということですか？」

「そうです。君なら二つの魔法を解読して一つの魔法式に組み立て直せると思います」

「でもそれは……、上級魔法にあたりますが……」

「大丈夫です。すでに大吾たちは僕らが中級魔法以上の魔法を使えることは知っていますから、もう一回使っても大した差にはなりません。それよりもこのお店に罪はありませんから」

確かに巻き込んでしまった。尾倉さんは大丈夫かしら。姿が見えずに不安になる。

とにかく、一刻も早く私たちがここから脱出することが、これ以上尾倉さんに迷惑をかけないことにつながるはず。私はすぐにロケットペンダントを開き、修復と移動の魔導書のページを呼び出す。手をかざして一気に解読する。

「――ワンディーナ!!」

宗一郎さんが杖を振ると、白い光が粉々になった棚を包み込み、パズルのピースが組み合わさっていくように素早く修復される。宙に浮かぶそれは、白い光の紐で漆黒の杖とつながっていた。

宗一郎さんはすぐに「リベアス！」と唱えて閉まっていたドアを開ける。そして私たちがドアから出ると同時に漆黒の杖を振ると、つながっていた白い光の紐は切れ、浮き上がっていた棚がドアを塞ぐようにどかりと置かれた。

　砂煙が上がり、私たちは地面に座り込みながらそれをしばらく眺めていると、棚の向こうから「やられたーっ！」と日嗣さんの怒鳴り声が聞こえた。

　宗一郎さんと顔を見合わせて、同じタイミングで破顔する。

「……早く帰りましょうか。きっとすぐに大吾たちは棚を押しのけて出てきます」

「そうですね。帰りましょう。私たち暴漢にあったみたいにボロボロですね」

　笑顔のまま、差し出された手を握って立ち上がる。着物は汚れ、せっかく整えた髪は乱れてしまった。でもそんなこと、もうどうでもいい。

　宗一郎さんが、私に向かって笑っている。昼に屋敷を出た時には絶対に見せなかった笑顔だ。それだけで、今日の任務は完璧にやり遂げたような誇らしい気分になった。


「――ほう。お前ならやってくれると思った。よく宗一郎と距離を縮めたな」

「成り行きよ。自分でも驚いてる」

　ロイはくすくす笑いながら、ティーカップに口をつける。私は鷹無家に戻ったあと、ロイに今日あったことを報告していた。

「それにしても神保町に魔導書のページを売買している場所があったとはな」

「幸運だったわ。場所は把握したけど……」

「完全紹介制か。もっと宗一郎と仲よくなって、自由にその場所に出入りできるようになっておけ。表紙奪還後、国に戻る時に魔導書のページも根こそぎ手に入れるぞ」

「わかってる。ブックハンターのロイでも見たことがない量よ。楽しみにしていて」

ブックハンター。世界各地に散らばる魔導書のページを見つけ出し、政府や個人店に売りつける解読者たちのこと。ロイは貿易商の仕事の傍ら、ブックハンターとして世界中を巡り、魔導書のページをハントしていた。

そして、ロイこそアサナトの魔導書とあの国によって、運命を狂わされた人間だ。

「そういえば、大吾と、楯岡日嗣と名乗る男にも偶然会ったわ。あの二人、解読と詠唱のスピードが驚くほど速くて、能力の高い魔法使いだった」

「そうか。会ったか。あの二人は鷹無家の分家筋の人間で魔法取締官だ。もちろん魔法使いとして素晴らしい素質に恵まれている。特に柳瀬（やなせ）大吾は取締官の中でも非常に優秀で、宗一郎と同い年だが実務の長らしい。しかも宗一郎の代わりに、鷹無家が本来務めるはずだった仕事を一手に引き受けている。仕事にも積極的な大吾を一族の長にしたいと言っている輩（やから）も多いと聞いた」

――そんなだから、大吾のほうが宗一郎さんよりも当主に相応しいって言われる。

日嗣さんの言葉が脳裏をよぎる。

「柳瀬家や楯岡家については、正直俺も探り切れていない。ただ大吾は宗一郎に格別の不満を持っていて、一方的に宗一郎をけなしている。大吾自身も当主の座を奪おうと水面下で画策しているという噂はよく耳に入ってきていた」

確かに、あの人ならやりかねないかも。日嗣さんもそうだけど、二人とも宗一郎さんに不満があるのは、立ち居振る舞いからひしひしと伝わってきていた。

「まあ、正直そんなお家騒動は俺たちには関係ないけどな」

ロイが言っていることは正しい。私には彼らのいざこざなんて関係ない。

でも何かしら、宗一郎さんのことを考えると、不具合が起きているように、言葉にならない不快感が心の中で頭をもたげていた。

今日は本当にいろいろあった。

ロイが部屋から出ていき、髪を梳(す)いたあと、柔らかいベッドの上に横たわる。目を閉じると、そのいろいろがとりとめもなく頭の中に浮かんでは消える。

――僕も人を傷つける攻撃魔法は使いたくありません。

人を傷つける魔法なんて、私も使いたくない。

私だって、本当は――……。

「──蓮花。戻ったのね」

欣怡に強く抱きしめられて、彼女の肩に顔を埋める。欣怡がいつも纏っている、名も知らない白い花の香りが、祖国に戻ったことを実感させてくれる。

「今回はロシア帝国だったかしら？　滞りなく？」

「ええ。何も困ったことはなかったわ。任務もすぐに終わったから」

世界中のありとあらゆる言語はスパイになった時に欣怡の魔法で一気に覚えさせられて、すでに習得済み。生活にも七日も滞在すれば順応する。

今回は馬鹿な男がターゲットですごく楽だった。始末は別の第九室のメンバーにお願いしたから、もう息はしていないだろう。

《第九室》は、我が国のスパイたちが所属する第八席直属の諜報機関の名称。私もそこに所属している。

「でも、疲れたでしょう？　さあ、ゆっくり休んで。──わたしの《特別な子》」

時折欣怡は、私を本当の娘のように可愛がってくれる。気まぐれなのだろうけれど、私を《特別な子》と称し、優遇してくれる。

「欣怡、私のどこが特別なの？」

「ふふ。それは蓮花が一番よく知っているわ。あなたは世界中の誰よりも特別なの。このわたしよりも、ね。だから早く、すべて思い出して」

欣怡に何度尋ねても、同じ言葉しか答えは返ってこない。思い出す記憶なんて何もないし、自分では自分のことを何も特別だとは思えない。周りもそう思っている。

私は欣怡のただの愛玩人形だと陰口を叩かれているのはよく知っている。

「——欣怡様」

いつの間にか、部屋の中に女性がいた。ドアの向こうには数人の男女が控えている。

「どうしたの？」

「はい。読書会の皆様が《もぐら》を捕まえたと。処遇はどうしますか？」

《読書会》は、この国の行政機関の名称。読書会の上に最高位の第八席がこの国の王として君臨する。魔法使いしか読書会に入れず、さらに第一席から第八席まで強さによる厳格な序列が決まっている。

女性はゆったりと杖を振る。杖の先から柔らかな金の光が紐のように伸び、紐が収縮すると同時に、がたいのいい男性が私と欣怡の前に倒れ込んだ。

「あら。せっかく蓮花が帰ってきたのに野暮ね。……はあ。仕方がないわね」

欣怡はスリットが入った白いチャイナドレスから長い脚を露わにして彼に歩み寄る。

「蓮花。解読」

「え？」

「破壊の魔法を解読して」

その瞬間、全身が凍りつく。指一本動かせなくなり、冷や汗が噴き出す。

「え、それは……、できません。あ、あの、申し訳……、あ、ありません」

震える声で何とか拒絶すると、冷め切った空気が一瞬で満ちる。欣怡は蔑むような目で私を足元から頭上に向かって眺める。その時間が永遠のように感じた。

「……はあ。嘘よ。興が覚めちゃった。ねえ、あなた解読して」

女性は恭しく一礼し、ポケットから銀の小箱を取り出す。

彼女は欣怡の腕にそっと触れ、何か耳打ちする。

欣怡が歌うように呟いた。その瞬間、光の紐でつながれた男性の体から血が噴き出し、灰になって崩れ始める。

「――イスタ」

歯を食いしばった私の口元から、悲鳴が零れ落ちる。

欣怡が唱えたのは、破壊の魔法。

声にならない叫びを上げながら男性は何とか逃れようと暴れ、その両目が私を捕らえる。こちらに向かって掲げた指先は、無情にも灰となり崩れ去っていく。

さらさらと滑らかな灰になった男性は最後の最後まで私を見ていた。その両目が消え、気づけば私は男性だったものの傍に、へたりと座り込んでいた。

「この魔法、容赦がなくてとても好き」

欣怡が着ていた金糸の織り込まれた白いチャイナドレスが、噴き出した血で鮮やかな赤に染まっていた。その陶器のような滑らかな頬も微笑んだ唇と同じくらい赤く染まっている。呆然としていると、欣怡の両目が私を捕らえた。

「それにしても、わたしのお願いを断るなんて、おしおきが必要ね、蓮花」

おしおき、と聞いて、勝手に体ががたがたと震え出す。

「さあ、まずはわたしに跪(ひざまず)いて忠誠を誓いなさい」

「……はい。誓い、ます」

胸に両手をクロスさせて置き、目を閉じる。そうすることで、杖を振ったり、箱を開いたりできない。目を閉じるということは、今ここであなたに殺されても構いませんという意思表示。

「――第八席である欣怡と、我が【美芳国】のために、生涯忠誠を誓います」

額に描かれた赤い花の模様が、私を憐れむように歪む。

欣怡は私に向かって微笑んだ。

誰よりも美しく。そして、獰猛に。

# 第二章　雨霖鈴曲

## 第一幕

静かな廊下。

先ほど使用人が一人、パタパタと足音を立てながら箒(ほうき)を手に廊下を駆けていった。午後一時半。いつもなら使用人たちは夕飯の買い出しに行ったり、庭の手入れに励んだり、掃除をしつつ、おしゃべりに興じている。

孝仁様や宗一郎さんがいない時間の屋敷は、緩い空気に満ちていて、私の動向など誰も気にしていない。

私が滞在している棟の西隣にある別棟は、緑を基調にした絨毯やカーテンで整然と揃えられていて、私が滞在している場所とは雰囲気がまるで違った。調度品もないシンプルな廊下は、まるで草のトンネルの中で一人佇んでいるような錯覚を引き起こす。

私は足音を立てないようにそっと歩き、観音開きの深緑の重厚な扉の前に辿り着く。

鷹無家の屋敷に滞在して八日目。上野公園で少しは宗一郎さんと距離が縮まったかと思った。でもそれは私の思い違いだったのか、帰ってきてから三日間、ほとんど宗一郎さんと話ができていない。

わざわざ学校から帰ってきた時を見計らって声をかけても、「こんにちは。それでは」とだけ告げて、さっさと部屋に籠もってしまう。

まだ笑顔で会釈してくれるだけ上野公園に行く前とは違うけれど、ほんの少しでも私に対して興味を持ってくれたかもなんて浅はかなことを考えていた。

それなのに朝食にも夕食にも姿を現すことはなく、全く交流のない日々。

思い上がりも甚だしいのはよくわかった。いろいろと努力しても何の手ごたえもない宗一郎さんに、徐々に焦りを感じるようになっていた。

帰ったら一直線に部屋に籠もるだなんて、一体中で何をしているのかしら。

一人で昼食を食べながら、いらだちとともにふとそんなことを思った。そういう単純な思いつきで私は今、宗一郎さんの部屋の前に立っている。

息を殺して周囲を素早く確認してみたけれど、人の気配はない。念のため軽くドアをノックしてみても、無反応。しめしめとドアノブに手を当て押し開ける。するとガチッと金属がぶつかる音がして、鍵がかかっているのがわかった。

思わず舌打ちしそうになったけれど堪える。用心深い人なのね、と溜息を吐いた時、もしかして、と思い立つ。

――アサナトの魔導書の表紙が、この部屋にある？

心臓が跳ね上がった。逸る心を静めるように深呼吸をし、素早く髪を留めていたピンを使って鍵を開けようと試みるけれど、鍵穴にピンが刺さらない。

これは――、もしや何か魔法がかかっている？

こうなってはお手上げだわ。

がっくりと肩を落とす。もし自分が詠唱者であれば、魔法を使って何とかできたかもしれない。解読者は解読するだけしかできないだなんて、本当に不便だわ。ささくれ立った気持ちを諌めながら、諦めて髪にピンを留め直していると、声をかけられた。

「あら？　椿様？　一体どうなされました」

ハッと目を見張る。小さく体が震えた。

気を取られていて、背後がおろそかになっていた。初歩的なミスだ。

「――すみません、迷ってしまいまして」

微笑みながら、ゆったりと振り返る。すると廊下の先に、中年の女性が心配そうな顔をして立っていた。

この人は、私が初めてここに来た日に、宗一郎さんが魔法で水をまいた時にバケツを持っていた人だ。まつ、と呼ばれていた使用人。あれからしばらく観察してわかったけれど、ここに勤める使用人のリーダー的存在のようだ。

「そうでしたか。こちらは宗一郎坊ちゃんのお部屋がある棟ですよ。よろしければまつが椿様のお部屋までご案内しますね」

　はきはきとした淀みのない声。声音や目線、表情からは特に私を疑っているような気配はない。どうやら嘘には気づかれなかったみたいだ。

「宗一郎さんのお部屋がある建物だったのですね。すみません、まだ不慣れで迷ってしまいました。以後気をつけます」

「このお屋敷はとても広いですからね。お気になさらないでください。ただ、ご自分のお部屋を出られる際にはなるべく使用人をお呼びくださいね」

　はい、気をつけます。と、無知なふりをして微笑む。

　大丈夫、よね？　やんわりとここに近づくなとけん制されたようにも感じる。

　これ以上蒸し返されないように沈黙すると、まつさんは私の前を歩いて私が滞在している部屋まで案内してくれる。

　結局、宗一郎さんが部屋で何をしているのかわからなかった。でも、怪しすぎる。どうにもあの中に表紙がありそうなのよね。

　魔法のかかった鍵を無理やり開錠するのは、一人では無理だわ。やっぱりどう考えても、宗一郎さんと仲よくなって部屋に入れてもらうのが一番手っ取り早い。

　まつさんに変に思われないように、しばらくは静かにしていよう。そう考えて私はまつさんによって閉められる自室のドアを微笑みながらじっと見ていた。

レースをあしらった白いブラウスに、濃紺の丈の長いスカート。バッスルスタイルのストライプのイエロードレス。紅葉が舞い散る唐紅の振袖。

クローゼットの中から様々な衣装を出してベッドの上に並べる。

今日は日曜日。おそらく宗一郎さんは家にいるはず。部屋から出てこないのならば、こちらから訪ねてみるまでと、私は朝から鏡の前で着る服を選んでいた。

未だに一体どんな女性が宗一郎さんの好みなのか全くわからない。どうせならドレスにしようかしら。でも家の中なら素朴なブラウスとスカートのほうが好印象？

振袖でもいいけれど、この間のようにいざという時に走れないと行動が狭まる。

悩みながらうろうろと部屋を歩き回る。窓辺に近づいた時、玄関先に馬車が用意されていることに気づいた。孝仁様はすでに朝のうちに出掛けた。となると——。

短時間で着ることができるブラウスとスカートを慌てて着用する。白いケープコートを手に急いで駆け出すと、玄関の踊り場に宗一郎さんがいた。

「そ、宗一郎さん！　お出かけですか？」

声をかけると、宗一郎さんが驚いたように振り返る。相変わらず見た目などどうでもいいと言いたげな、くたびれたシャツに鳥の巣頭。羽織っているブラウンのチェスターコートもよれている。

「え、椿さん。はい。少し出かけます」

そんな。今日こそ距離を縮めたかったのに。ここで逃したらまた一週間すれ違いの日々を送る羽目になる。

「あの、もしよろしければ、私もご一緒してもよろしいでしょうか？ 少し鷹無家の外に出たいというか、暇を持て余しておりまして」

この言い訳はよくないかも。勝手にどこか観光に行けばいいと言われそうだ。

「──そうですか。ええっと、……それでは一緒に出かけましょうか。椿さんが来てくれるとありがたいです」

宗一郎さんは、照れくさそうに頭を掻く。簡単に了承してもらえるとは思ってもいなかったから拍子抜けする。一緒に来てもらえるとありがたいって、どういうことなのかしら。疑問は湧くけれど、せっかくお許しを得たのだから、深く考えないようにしよう。

髪だけまとめたいとは思ったけれど、宗一郎さんはさっさと馬車に乗り込む。少し時間が欲しいと言ったら間違いなく、先に行きますね、と言って置いてきぼりを食う。

私はおしゃれをすることを諦め、ぼさぼさの垂れ髪のまま、宗一郎さんに続いて馬車に乗り込んだ。

「あの、どちらに行かれるんでしょうか」

相変わらずの沈黙に耐えかねて話しかけるけれど、隣に座る宗一郎さんの反応がない。聞こえなかったかしら、と思ってちらりと目を向けると——寝ていた。

えええええ、嘘でしょう⁉

腕を組んで目を閉じ、規則正しい寝息を立てている宗一郎さんを、ありえないと睨みつける。よく言えばマイペース。悪く言えば、自己中心的。同乗者のことなど、いいえ、私のことなんてどうでもいいと思っているのが露骨に伝わってくる。

でもよく眠れるわね。今ここでこの人の首を掻き切ることだってできるのに。

はあ、と大きな溜息を吐く。よっぽど眼中にないのか、それとも、信頼してくれているのか——。

そんな問いが戯れに頭に浮かんで、馬鹿なことを考えたと唇の端だけで笑う。

答えは眼中にないだとわかりきっているのに……。

これ以上考えていると、全て嫌になって任務を放棄して国に帰ってしまいそう。落ち着くために目を閉じて、深呼吸する。すると自暴自棄な気持ちが薄らいでいく。

揺れる馬車の中で、触れそうで触れない私の腕と宗一郎さんの腕。そこから宗一郎さんの熱が伝わってくるみたい。

不思議。まるで陽だまりの中にいるように暖かい。不意に私の髪を誰かが梳く。恐る恐る、いいえ、興味深げに……。

ふわっと意識が浮上する。瞼を押し上げると、自分の睫毛が何かに擦れて引っかかる。

――え？

「お、起きましたか？」

戸惑いとともに投げかけられた言葉に、一気に覚醒する。驚きのままに飛びのくと、思い切り後頭部を何か固いものに打ちつけた。

「椿さん⁉　大丈夫ですか⁉」

割れそうに痛む頭を押さえて、項垂れる。

そうだ。馬車の中にいた。したたかに頭を打ちつけたのは、馬車の窓枠だった。

え、嘘、ちょっと待って。私、今宗一郎さんの肩に頭を預けて眠っていた⁉

目が覚めた時、宗一郎さんが着ているブラウンのコートの生地に自分の睫毛が擦れた感触がした。しかも今、誰かが私の髪に触れていた。そんなの一人しか……。

恐る恐る顔を上げると、宗一郎さんの頰が赤く染まっていて、慌てて顔を背ける。

――はい、確定。私って本当に馬鹿‼

「す、すみません……、私、眠ってしまっていたようで……」

「い、いえ。僕もいつの間にか寝ていたので、お互い様です。気にしないでください」

相手が寝ていたからと言って、自分も眠るなんてありえない！　殺されたり捕らえられたりしても文句は言えない。スパイとしてあるまじき行為なのは百も承知なのに、どうして気を抜いたの、私！　宗一郎さんといると、自分が全く理解できなくなる。

「恥ずかしい姿をお見せしまして、本当にすみませんっ！　……痛っ」

叫んだら、打った後頭部が響くように痛んだ。眉根を寄せて痛みに耐える私に、宗一郎さんはポケットからハンカチを出し、漆黒の杖を振る。

「──イルグマ！」

瞬時にハンカチが凍りつく。そしてそれを私の後頭部にそっと当ててくれた。

「すみません、僕は回復魔法を使えないので、これで少し冷やしましょう」

私は回復魔法の魔導書のページを持っています、とは言わなかった。自分でもどうして言わなかったかわからない。

ただハンカチの冷たさと、それを押さえていてくれる宗一郎さんの手の熱が心地よくて、もう少しこのままこうしていてほしいと素直に思った。

「……ありがとうございます」

呟くようにお礼を言うと、宗一郎さんは照れくさそうに「いいえ」とだけ言った。私は顔を上げないまま、唇を軽く噛みしめてしばらくそうしていた。


「あの、ここは……？」

痛みが引き、馬車を降りて少し歩くと、赤いレンガ造りの大きな西洋風の建物が木々の間から現れた。レンガは美しく積み上げられ、巨大なガラス窓が均等にずらりと並んでいる。面白いのは、側面は西洋風なのに屋根は瓦葺きだったこと。私の祖国や他国にはない和洋折衷の建物がとても興味深くて目を奪われる。

「ここは鷹無家の貿易品の一つの、生糸を作っている製糸工場です。三年前に突然父が工場ごと購入したんですが、手に入れた時点ではとても労働環境がいいとは言えなくて……。大分改善はしたんですが、十分ではないかなと」

「鷹無家の製糸工場……」

スケールの大きな話だわ。

ジャパニーズ・シルクは世界でも高級品に分類されていて、私もスパイ活動のためにいくつか持っている。生糸は日本の重要な輸出産業だから貿易商の鷹無家が目をつけるのも無理はない。でもこんな大きな工場をぽんと買ってしまえる孝仁様が恐ろしい。

わざわざ来たということは、宗一郎さんは工場の視察でもするのかしら？

「――宗一郎様！」

唐突に、工場から誰かが駆け出してきた。赤い襷をかけた、袴姿の女性。私とは正反対のきりっとした涼やかな目元は強い意志を宿していて、黒曜石のように輝いている。髪を束髪くずしにしてリボンをつけたあと、すべての髪を一本の三つ編みにして、それを折り返してもう一本リボンを使って結ぶ髪型は、まがれいと、と呼ばれる。大きな紺色のリボンが二つも髪を飾っていて、とても華やか。

急に、結い上げてもいないただの垂れ髪の自分が恥ずかしくなった。突然屋敷を出たから、化粧も中途半端だし、着ているのも自室で過ごす時に着るようなもの。自分の頬が熱くなるのを感じて、気づけば宗一郎さんの陰に隠れるようにして立っていた。

「お久しぶりです！　宗一郎様はお元気でしたか？」

「はい。菫さんもお元気そうでよかった」

宗一郎さんの表情は見えなくてわからなかったけれど、聞いたこともないような穏やかな声音に、二人の信頼関係はすでに構築されていると察する。菫と呼ばれた女性は、満面の笑みを湛えていて、宗一郎さんに会えて嬉しいと叫んでいるかのようだった。

絶対に、二人の間には何かある。もしかして、――恋人関係？

「椿さん。こちら、安藤菫さんです」

「お初にお目にかかります。安藤菫です」

いつの間にか二人が私を見ていて、慌てて笑顔を口元に貼りつける。

「初めまして、月守椿です。どうぞよろしく」

微笑んだ私に、菫さんは笑みを返す。けれどすぐにその目は宗一郎さんに向く。

「――もしやいつもの？」

「えっと……、まあ、そうです。相変わらず父が勝手に、ですが」

あはは、と笑う宗一郎さんは完全に困っている。いつもの、と言葉を濁したけれど、恐らく縁談相手なのかと聞いたのだろう。菫さんは悲しそうな表情になった。

——あ。

それだけで、菫さんの宗一郎さんへの切ない思いが伝わってくる。

否定したほうがいいかしら。すでに破談されて、ただのお友達だと言ったほうが……。判断できずにいると、宗一郎さんは私に向き直る。

「菫さんは、僕の家の使用人頭のまつさんの娘さんです。僕と歳が近いこともあって、幼い頃からよく遊んでもらいました。今はこの製糸工場で働いてくださっています」

「まつさんの……。いつもお母様にはお世話になっています」

この間、宗一郎さんの部屋の前にいる時に見つかって、まつさんに連れ戻されたのを思い出す。確かにまつさんと菫さんはキリッとした目元や雰囲気が似ている。

「母が椿様や宗一郎様のお役に立てていれば、娘としても嬉しいです」

凛(りん)とした声音と一本芯が通ったようなすっとした立ち姿。菫さんから目を離せない。

胸の奥がざわめく。不意に生まれた少しの不具合が、さざ波のように大きくなる。

「菫さん！　これをどうぞ！」

宗一郎さんは自分のコートのポケットから小箱を出し、菫さんの前に掲げる。

「これは……？」

受け取った菫さんは戸惑いながらも小箱の蓋を開く。すると音楽が流れ出した。聞いたことのない音楽。日本の歌かしら。でも二人は顔を見合わせて破顔する。二人にしかわからないことを共有しているのを目の当たりにして、胸がちくりと痛んだ。

「すごい！　宗一郎様、こんな素敵なものをありがとうございます！」

「喜んでくれてよかった！　これは蓋を開くと記録させた音楽が流れる仕組みの魔法道具です。中は空なので、何か入れられますので！」

——そうか。そういうことだったんだ。

あの日、神保町で手に入れた記録魔法を、屋敷に戻ってから宗一郎さんと唱えた。あれは初級魔法だったから、一度覚えたら解読者である私がいなくても、宗一郎さんはいつでも自由に使うことができるようになった。しばらく部屋に籠もっていたのも記録魔法を使って、この箱を作っていたから。

それは全部、菫さんのためだった。

「嬉しい！　ありがとう、大事にする。工場に置くね。みんなで聴くわ」

菫さんはとても親し気な口調で宗一郎さんに微笑む。さっきまで敬語を使っていたのは、私の前だから気を使っていたのかしら。そんな遠慮、何もいらないのに。

ただ二人を眺めている私に気づいたのか、菫さんが焦ったように私に話しかける。

「すみません、椿様。仕事の合間に音楽が流れたら、辛い作業や殺伐とした雰囲気も和らぐかもと思って、宗一郎様に蓄音機のようなものを工場に置きたいから作ってくれないかと以前お願いしていたんです。それで……」

菫さんはわざわざ私に経緯の説明をしてくれる。

こういう時、どんなふるまいをするのが正しい？　そんなの一択しかない。

「とても素晴らしいもので私も感動しました。本当によかったですね」

何も気にしていないと、にっこり微笑むこと。

本当はいたたまれなかった。二人の世界の片隅に私がいていいのかしらと思ったら、どうにも悲しくなって、正直、帰ってしまおうかなと思った。

そういう心の変化を、気づかないふりをして心の奥に押し込める。

だって私は任務を終えたら祖国に帰る。

宗一郎さんと仲よくなりたいけれど、それは全部任務のため。二人が恋仲でも、私には全く関係ない。私はそのうち、幻だったかのように一切の痕跡を残さず消える。

初めから、蚊帳(かや)の外。そんなの自分が一番よく知っている。

「実は、椿さんが記録する魔法を探すのを手伝ってくれたんですよ。椿さんはとても優秀な解読者なんです！」

「えっ、そうだったのね！　ありがとうございます、椿様」

「いいえ、お気になさらず。大したことはしておりません」

「そんな。椿さんが手伝ってくれなければ、この箱もできあがらなかったかもしれないですから僕はとても感謝しています。実はまだまだ工場の改善をしなければと思っていて、これからもたまにでいいので、椿さんに助言をもらえたら嬉しいです」

ああ、そうよね。今すごく納得した。

だから私が一緒に行きたいと言ったら断らなかった。

ようやく宗一郎さんの目的が見えてくる。彼は私の魔法の力を利用しようとしている。

「もちろんです。是非お手伝いさせてください」

互いに利用しあえばいい。そうすれば、私もなんの憂いもなく表紙の行方を探ることができる。

やさぐれたように物事を考えてしまうのは、これ以上傷つきたくないと思うから？

全部仕事で済ませられたらいいのに、そうできない部分が存在することに気づく。

今までこんなこと一度もなかった。これ以上、そのイレギュラーな部分に目を向けると、私の守ってきたものがすべて崩れ去ってしまいそうで恐ろしい。

「宗一郎様、よかったですね。椿様がよければ、わたしに工場を案内させてください。宗一郎様にご協力されるのなら、工場を知っておかれたほうがいいと思いますから」

「ありがとうございます。是非よろしくお願いします」

どの道、宗一郎さんが帰ると言わなければ私は帰れない。もうこの感情に蓋をしよう。

そう思って機械的に微笑む。私と菫さんと宗一郎さんはゆっくりと歩き出した。

「わたしは十五歳の時に富岡（とみおか）製糸場に働きに出て、一年三か月の修練期間を終えたあと、しばらく富岡製糸場におりましたが、二年くらい前からこちらで働いております」

「菫さんは一等工女なんですよ」

宗一郎さんが菫さんと顔を見合わせて微笑む。

「一等工女、ですか？」

「はい。工女の技量によって、一等、二等、三等工女と分けられているんです」

「なるほど、菫さんは工女の方々をまとめ上げて教えるような立場なのですね」

素晴らしい、と、にこにこと笑顔を向けると、菫さんははにかむ。

リーダー的存在か。確かに菫さんの佇まいから、人の上に立つ強さや気品を感じる。

「富岡製糸場には立派なフランス式の機械がありましたが、わたしが来たばかりの頃にここにあった機械は、それとは天と地ほどもあるような旧式で作業がはかどらず困りました。そのうちに鷹無家が機械を買い揃えて、宗一郎様も手伝ってくださいまして、大分よくなったのですが……」

そう言いながら、菫さんはレンガ造りの建物の中に入っていく。私も続いて足を踏み入れると、途端にむわっとした熱気と湿気に包まれる。思わず顔を顰めると、宗一郎さんが、柱に頭をしたたかに打ちつけていた。

「だ、大丈夫ですか!?」

「は、はい。眼鏡が曇って、前が見えませんでした。大したことはありません」

確かに、水蒸気が辺り一面満ちている。

「この熱気すごいですよね。蚕が作った繭を繰り返し煮たり蒸したりして、ほぐしていくんです。そのせいでずっと水蒸気が立ち上っています」

もくもくと白く濁る世界の中で、若い女性たちが数名バタバタと忙しそうに動き回っている。彼女たちは何度も額の汗を拭い、とても辛そうに顔を顰めていた。

しばらくここにいるだけなら耐えられそうだけれど、温度と湿度が高い場所にずっといて忙しなく動いていたら、間違いなく体調を崩すだろう。

私たちも長時間そこにいることができず、一旦工場から出た。

「湯の温度を慎重に管理しないといけないんです。繭を茹でる工程で品質の半分が決まるのでとても気を使いますし、この工程のあとも、水蒸気を必要とする作業があって……。冬場は足元が寒いですし、夏場は暑くて大変です」

菫さんが説明をしながら、私たちを近くの応接室に案内してくれる。

長椅子に腰かけると、「環境の悪さを改善したい」と宗一郎さんが言う。

過酷な労働環境を目の当たりにしたら、宗一郎さんがそう思うのもよくわかる。

私もこういう労働環境にスパイとして潜入して働いたことが何度かある。その時の辛さが甦ってきて、私にできることがあれば、と手伝いたくなる。

「まずは換気を強化したいと思っていまして、そういう魔法道具を作れたらと思っています。でも風を起こす初級魔法のバンヴェントでは威力が足りず……」

宗一郎さんは苦笑いして頭を掻く。

「上野公園の蛇口のように威力を増す機械を組み込んだらいかがでしょうか？」

「それは考えたんですが、ずっと同じ威力になってしまうんです。そうではなくて、強弱があったほうがいいかなと思いまして……」

「はい。宗一郎様がおっしゃる通り、ずっと換気し続けると、乾燥したり、湯の温度が下がることもあり得ますし、調節できるとありがたくて」

宗一郎さんと菫さんは困ったように顔を見合わせる。恐らく散々二人で話し合ってこうしたいというものは明確になっているんだろう。

「……わかりました。バンヴェント以外の風の魔導書のページは、いくつか持っていますから、使えるものがないか試してみましょうか」

「ありがとうございます……！」

宗一郎さんは弾んだ声を上げる。

「いろんな魔法を組み合わせて強弱を出せたらいいですね」

「そうですよね！　うまく組み合わせられたら……！」

魔法のことを考えている時の宗一郎さんは、すごく生き生きしている。

その姿を見て、思わず微笑んでいた自分に気づき、慌てて笑みを消す。

「椿さん！　帰りましょう！　すぐに試してみたいんで！」

「えっ、ちょ、ちょっと待ってください……！　あの、菫さん」

菫さんは、私に向き直って首を傾げる。

「小さな引き出しが沢山ついている箱はありませんか？　お持ちだったらいただきたいのですが……」

突然そんなことを言い出した私に、菫さんは怪訝(けげん)そうな顔をしたけれど、少しお待ちくださいと言って、退出した。

「椿さん、僕はすぐに帰りたいんですが……」

「そんなに時間はかかりませんから、お待ちください」

有無を言わせぬようににっこり微笑むと、宗一郎さんは一瞬不服そうな顔をしたあとに、諦めたのか深く長椅子に座り直す。そして気を取り直したように言った。

「椿さんが来てくれて本当によかったです。すみません、急にこんなことに……」

「お気になさらないでください。私にもお手伝いさせてください」

笑顔を見せた私に、宗一郎さんは満面の笑みを返す。魔法のことになると宗一郎さんはまるで幼い子供みたいだけれど、そのぶん途端に心を開いてくれる。それならお手伝いして、距離を縮めるべきだ。

「──お待たせしました。すみません、薬箱しかなくて。しかも壊れていて……」

戻ってきた菫さんは古ぼけた九つの小さな引き出しがある箱をテーブルの上に置いた。

確かに取っ手が壊れたり、角が欠けたりしていた。

「大丈夫です。──宗一郎さん、修理の魔法を解読するので詠唱してください」

私が右手を差し出すと、宗一郎さんは躊躇うこともなく私の手を握る。

ロケットペンダントを開き、修理の魔法を呼び出す。

「──ワンザ！」

漆黒の杖を振ると、金の光が壊れた箱を包み込み、光が弾け飛んで消える。

するとさっきまで壊れていた箱は、まるで新品のように再生していた。

「わっ、すごい……！」

菫さんが目を丸くして箱を見ている。

「さっき宗一郎さんが菫さんに渡した箱は、音楽が一つしか入っていなかったので、もっと沢山の箱に音楽を記録させて、引き出しを開けるとそれぞれ違う音楽が流れるようにしましょうよ。そうしたらもっと楽しんで仕事ができるようになります」

「へえ！　いいですね！　そうしましょう！」

宗一郎さんは、楽し気に頷いて、私の案を受け入れてくれる。

「記録魔法を唱えてください」

もう一度ロケットペンダントから記録魔法を呼び出して解読する。この魔法は初級魔法だから宗一郎さん一人でも使えるけど、二人で唱えたら威力が増すはず。

「――リコリア！」

宗一郎さんの杖から放たれた光が左上の引き出しを包み込む。私はそれを見て、順番に歌っていく。歌声は自動的にピアノ演奏に変換されて記録されるはず。

ウィーンで聴いた《美しく青きドナウ》、アメリカで聴いた《夢見る人》、来月はクリスマスだから《ジングルベル》、パリ・オペラ座で見た《二羽の鳩》で演奏された曲、シューマンや、ショパン、他にも私が好きな曲を何曲か選んだ。

左上から右下まで順番に箱に記録させたあと、静かに引き出しを引いてみると、中からピアノの演奏が流れた。――うん、いい感じ。

「素晴らしい歌声でした！　椿さんはいろんな曲を知っているんですね！」

「椿様、本当に素敵でした！　もしかして外国の曲ですか？」

菫さんと宗一郎さんは興味深げに目を輝かせている。

「ありがとうございます。美芳国でしばらく暮らしていたので、自然と覚えたんです」

本当は世界各地のスパイ活動で、必要に駆られて聞いたものばかりだけど、こうやって役に立つのを見ると、無駄な経験はないと実感する。

「あとは引き出しが自動的に開く魔法と、繰り返しの魔法をかけましょうか」

開錠・開閉させるリベアスの呪文と、繰り返しのリピダナの呪文、さらに動作を記録させると、自動的にその動作を再現するダダユトの呪文。

三つを同時にかけてみようかしら。

完全に上級魔法に当たるけれど、宗一郎さんとなら発動しそうだ。組み合わせる魔法の数が多ければ多いほど難しくなるけれど、どこまでできるのか確認しておきたい。

法律違反だとはわかっているけれど、さすがに今ここに魔法取締官の姿はない。

宗一郎さんには深く告げず、三枚の魔導書のページをロケットペンダントから呼び出して解読する。三つの魔法式を組み立て直して、一つの呪文にする。

「――ダナリベト！」

宗一郎さんが詠唱したと同時に、漆黒の杖から金の光が解き放たれて箱に降り注ぐ。

――発動した。

きらめく光を見ながら、私は興奮していた。

「……なぜか少し杖が重かったような？」

宗一郎さんは杖をまじまじと眺めながら呟く。疲れも全く見せず、首を傾げている姿に、この人は本物だと確信する。

魔法がかかった箱は、自動的に開いたり閉じたりして曲を奏で始めた。

「すごい……。椿様、ありがとうございます。見ているだけで楽しいです。女工たちも喜びます。あの、素敵な曲ばかりなので、曲の名前を教えていただいても？」

菫さんは頰を紅潮させて、箱を眺めている。

「もちろんです。わかりやすいように、目印として引き出しの面の部分に何か模様を刻印しましょうか」

「わあ、嬉しいです！　是非」

何がいいかしら。使うのは女性だし……。

「宗一郎さん、詠唱していただいてもいいですか？」

「はい、もちろんです」

宗一郎さんは私の手を躊躇せず取って杖を振る。

「ダンベーラ！」

杖から放たれた金の光が私の人差し指に乗る。そのまま引き出しの面になぞるように指を這わせると、模様が刻印されていく。バラ、ユリ、チューリップ、パンジー。曲を聴いた国で見た花の絵。すべての面に刻印が終わり、指先を離すと、光も消えた。

「すごい……！　綺麗です！　こんなに素敵なものをありがとうございます」

菫さんは嬉しそうに笑って頭を下げてくれる。喜んでくれているのがわかったら、満足感で胸がいっぱいになった。あの不忍池で花を咲かせた時と同じだ。

——ああ、これがきっと優しい魔法。

「椿さん、帰ったら同じものを作りたいです！　屋敷にも置きたいです！」

子供みたいにはしゃぐ宗一郎さんに、私も笑顔で応える。

「もちろんです。作りたいものが多くて困りますね」

「はい！　椿さんとなら、何でも作れそうです」

私となら、と言ってくれたことに、心がふわりと浮上する。宗一郎さんは箱を手に立ち上がり、早速工場に設置すると言って駆け出していく。私たちも宗一郎さんを追って部屋を出て工場に向かう。

箱を手に、どこに設置しようか悩んでいる宗一郎さんを離れたところから眺めていると、菫さんが深々と頭を下げた。

「あんなに素敵なものを、本当にありがとうございました」

「いえ……。ところで、宗一郎さんが作った箱ですけれど、ここはとても湿気が多いので、すぐにカビたり痛んだりすると思います。だから工場ではなく、菫さんのお部屋に飾ったほうがいいと思います」

大事な人から貰った贈り物が、痛んでしまったら悲しいはず。

それに人の出入りが多いこの場所に置いたら、壊されてしまうかもしれない。

「椿様、もしかしてわたしのためにあの箱を新しく作ってくださったんですか？」

にこりと微笑んで、口を噤む。私が勝手にやったことだ。答えを言ったら気負うかもしれない。そう思って、笑顔だけ返す。

菫さんは困惑したように瞳を揺らし、そして口を開いた。

「あの……椿様。差し出がましいとは思いますが、宗一郎様のお傍であの方を理解して支えてあげてください」

「え？」

「宗一郎様は、背負っているものが大きすぎます。敵も非常に多く、それでもご自分の選んだ道を歩いていこうとされています。椿様のように、宗一郎様を公私ともに理解できる方がお傍にいらっしゃったほうがいいと、わたしは思います」

そう言ったあとに、菫さんの噛みしめられた唇が、小刻みに震えているのを見る。涙を堪えているのかしら。やはり最初に誤解を解いておくべきだった。

「菫さん、実は私、すでに宗一郎さんから婚約について断られているんです。帝都に来たのが初めてだったので、観光ついでにしばらく鷹無家に滞在させてもらっているだけで……。今日ここに一緒に来たのも手持無沙汰だったからで、私はそのうち実家に帰ることになっているんです。打ち明ける機会を失ってしまってすみません。気を回してくださったのに、申し訳ありません」

「そんな……」

「ですから、もし、菫さんが宗一郎さんのことを本当に慕っていらっしゃるのなら、よろしければ私に仲を取り持つお手伝いをさせていただけませんか？」

私はただ鷹無家にしばらく滞在できればいい。二人の仲を取り持つためでも、留まる正当な理由があれば、それでいい。

任務が完了すれば、私は消える。私と宗一郎さんの未来なんて何一つ望めないのなら、せめてあの人には幸せになってほしい。

そう思うのは、彼に大きな嘘を吐いていることに対しての、罪滅ぼしなのだろう。

それなのに、どうしてこんなに胸が痛いのか。

「——……駄目です。わたしがどんなに想っていても、わたしと宗一郎様の間には天と地ほどの身分の差があります。それにわたしには魔法を使う素質もありません」

「ですが——」

「椿様は、宗一郎様のことをどう思っていらっしゃいますか？」

菫さんの瞳が私をじっと見つめる。

宗一郎さんをどう思っているか？　そんなの……。

瞳を逸らして、俯く。返事ができない。私だって菫さんと同じだ。大層な身分も本当はない。そもそも《月守椿》でもない。他国のスパイで、血と泥の中を這いずり回って生きているようなもの。

宗一郎さんは今まで出会ったことのないような男性で、興味は尽きないのは確か。こうやって宗一郎さんとたまに過ごして、私は――。

私は？

「……宗一郎様は椿様と魔法を唱えている時、すごく楽しそうでしたし、椿様を信頼しているように見えました。わたしや周囲の人々に見せないお顔です」

「そんなことは……」

ない？　少なくとも私は、宗一郎さんのことをいつの間にか信頼していたのかも。

彼の前で無防備に眠るくらいは……。

「椿様には椿様のご事情があるのはわかります。わたしも、前向きに自分の事情について考えてみます」

どういうことか疑問に思ったけれど、それ以上何も尋ねることはできなかった。

「あの、宗一郎さん。少しお聞きしてもよろしいでしょうか？」

馬車に乗り込んで製糸工場を出たところで、隣に座る宗一郎さんに話しかける。

「ええ、何か？」

「宗一郎さんはいつもご自宅ではご自分のお部屋に籠もっていらっしゃいますが、何をされているんですか？ 趣味とは一体……」

尋ねると、宗一郎さんはぼさぼさの頭を掻いて、照れくさそうに俯く。「えっと……」と言ったきり、言葉が落ちてこない。痺れを切らして仕方なく私から切り出した。

「間違っていたら申し訳ないのですが、魔法道具を作っていらっしゃるとか……？」

さっき、音楽が流れる箱を作った時、宗一郎さんはとても楽しそうだった。上野公園にも蛇口を作ったり、自転車を収納する箱を作ったりしていたし……。

「ええっと……、はい、そうです」

おずおずと肯定した宗一郎さんに、全てのことが腑に落ちる。

おかしな人。この人の中では魔法に対する価値観が世間一般とまるで逆。攻撃魔法よりも、生活に根差した生活魔法のほうが大事だなんて……。

「どうして宗一郎さんは生活魔法にこだわるんですか？」

尋ねると、沈黙する。以前なら適当にはぐらかされていただろう話題。でも、今なら話してくれるかもしれないと思うくらいには、私たちの関係性もほんの少しずつ変わってきているはず。

私の期待に応えてくれるように、宗一郎さんが口を開く。

「……外国の魔法使いたちは、中級魔法以上も自由に使えると幼い頃に聞きました。でも日本では、僕ら鷹無家の一族だけです」

大吾さんや日嗣さんが中級魔法以上は使うなと口うるさく言ったことを思い出す。

「そうですね。どうして日本ではそんな風になっているのでしょうか」

「えっと、簡単に説明すると、日本にアサナトの魔導書のページが入り込んだのは、数百年も前でした。その時の君主が魔法は世が乱れるからと大々的に規制したんです。ただ、魔法の力を完全に失うのは惜しいと、当時、帝直属の魔法部隊だった僕の祖先とその一族だけは使うのを許されました。それ以外の人々が、魔法使いとして目覚めても、魔法を使用するのを禁じたんです」

囲い込みというものかしら。魔法がオーバーパワーとして認識されて、暴走しないように排除する選択をする国はこの国以外にもある。

「なるほど。それでそのまま、今に至るのですね」

「はい。でも数十年前に鎖国が終わり、外国から様々な物が入ってきたことで、魔法への認識が徐々に変わってきました。魔法が身近になって、抵抗感が薄れてきたおかげで興味を持つ人も増えたんです。ここ十五年くらいで、唱えてみたら魔法を使えたというかたちで目覚める人が多くなりました。ですが僕ら鷹無家の一族以外の魔法使いは日本では表向き認められていません。魔法という存在が恐ろしいものだと思っている人は今もとても多いのが現実です。僕は魔法を、危険なものだとは思ってほしくない。人々の生活を豊かにする便利で楽しいものだと思ってほしいんです」

　宗一郎さんは、真剣な目をしている。恐らくこれが彼の本音なのだろう。

「……だから宗一郎さんは魔法道具を作っているんですね。あれは上野公園の蛇口のように、魔法使いではない人でも使えますし」

　宗一郎さんの考えはわかった。でもどうしてそう思うに至ったのかは聞けていない。

聞いてみたかったけれど、今は話してはくれないのはすぐにわかった。その証拠にこれが限界だと言うように、宗一郎さんは俯いて唇を引き結んでいる。

「――あの、助言だけではなく、私にも魔法道具を作るお手伝いをさせてください」

「え？」

　きょとんとする宗一郎さんに、私も同じようにきょとんとする。

「え、えっと、すみません。意外な言葉で……。魔法道具を作っているだなんて、誰に言っても否定されるので、まさか手伝うだなんて言ってくれるとは思わなくて……」

　確かに魔法の力を持たざる人にその力をわざわざ分け与えるというのは、私の国でもいい顔をされない。魔法は選ばれし者の専売特許。そう思っている魔法使いが大多数だ。

「ホワイトローブ・ウィッチの活動でしばらく外国にいて、悲惨な環境を沢山見てきました。今日の工場よりももっと過酷な労働を目の当たりにしたことも何度もあります。なので、あの上野公園の蛇口を見てとても感動しましたし、宗一郎さんには魔法道具を作る才能があるのですから、むしろもっと作っていただいて、多くの人々が救われたらいいと思っています」

私は嘘で塗り固められているけれど、そう思う気持ちは本当。宗一郎さんが作る魔法道具で、いつか私の家族も救われる日が来るかもしれない。

宗一郎さんは私を呆然と見ていたけれど、パッと目を逸らし、俯きながら小声で「ありがとうございます」と言ってくれた。

「屋敷に戻ったら、早速製糸工場の換気システムを一緒に考えましょう！」

明るい声でそう言った私に、宗一郎さんは目を瞬く。そしてその唇が弓なりになり、一気に破顔する。

「——はい！」

揺れる馬車の中で頷いた宗一郎さんは、私を見ていた。

——椿さんとなら、何でも作れそうです。

そう言ってくれたのを思い出して、私も宗一郎さんに向けて微笑んでいた。

「風を吹かせる魔法を使うのは絶対だとして、自動的に威力を上げたり下げたりしないといけないと思います」

昨日屋敷に戻った時には夜も更けていたから、翌日に魔法道具を作ることになった。宗一郎さんは学校から帰ってくるなり、開口一番にそう言った。

「ええ、宗一郎さんのおっしゃる通りです。吹く方向を調整するのも必要ですね」

「確かにそうですね……」

宗一郎さんは考え込みながら緑の廊下を歩いていく。そして突き当りの観音開きの例のドアの前に立ち、「リベアス」と開錠の呪文を唱える。

あれ？　宗一郎さんは杖を持っていない。それなのにガチャリと音を立てて、自動的に鍵が開く。

「もしかしてドアも魔法道具ですか？」

「え？　あ、はい。昔ちょっと、事情があって改造したんです。僕の声を覚え込ませてあるので、他の人では開きません」

だから私では開かなかったのか。宗一郎さんの声でしか開かないとなると、とても高度なセキュリティになっている。

やはりここに、アサナトの魔導書の表紙が……？

急に跳ね上がる鼓動を押し込めるように、静かに深呼吸する。冷静に、と頭の中で何度も繰り返していると、ギイっと音を立てて、宗一郎さんがドアを押し開ける。

「どうぞ」

思わず、両目を際限いっぱいまで見開いた。

ところ狭しと床に置かれた金属の板や部品、作りかけの機械類。沢山の本やノートが天井近くまで積み上げられていて、いつ崩れてもおかしくはなかった。部屋の中は油の匂いが充満していて、ベッドは一体どこに行ったのか全く見当たらない。

「あの、どこで寝ていらっしゃるんですか？」

急に心配になって尋ねると、宗一郎さんは笑い出す。

「ははっ、ここは作業部屋ですよ。あの奥に僕の寝室があって、そこで寝ています」

宗一郎さんが顔を向けた先には、確かにえんじ色のドアがあった。

「そうですよね……、こんなに広いお屋敷ですから別に寝室がありますよね。安心しました。なぜかここで適当に寝ていらっしゃるような気がして……」

そう言うと、宗一郎さんは目を泳がせる。

「えっと……、そうですね。気づいたら機械に突っ伏して寝ている時はあります」

「やっぱり！　駄目ですよ、風邪をひきますから」

思った通りだった。何となく、謎だった宗一郎さんの行動が把握できてきたような気がする。けらけら笑う私を咎めることなく、宗一郎さんは微笑みながら小さなちゃぶ台を置いて、その上にノートを広げる。座布団を貸してくれて私はそこに座らせてもらった。その間に部屋の中を見たけれど、表紙はおろか、魔導書のページすらない。

軽く落胆した。でもそれよりも今は——。

「椿さんは風を起こす魔法はどれだけご存じですか？」

「いくつかページを保有しています。初級魔法のバンヴェントは宗一郎さんも唱えていましたね」

「え？　よくご存じですね。披露したことがありましたっけ……？」

首を軽く傾げた宗一郎さんに苦笑する。

「初めてお会いした時、庭の草木に水やりをするために使っていらっしゃいましたよ」

舞い上がった水滴が虹色に輝いて、すごく綺麗だった。

あの時からどうにも私は、この人を目で追っている。

もちろんスパイだからということは大前提だけど……。

「そ、そうでしたね。すみません」

きっとこの人は私のことなんて見ていない。初めて会った時も、今も。

たまにその目が私を見ていると実感する時はあるけれど、一時的なものだ。

「気にしないでください。それより風を起こす魔法ですが、中級魔法にあたる、タスヴエント、竜巻状の風を起こす、タラスドのページを所有しています」

「ちょっと唱えてみてもいいですか？」

「え？　ここでですか？」

「はい。お願いします」

不安だったけれど、ロケットペンダントからタラスドのページを呼び出し、解読する。

「――タラスド！」

宗一郎さんが杖を振ると同時に、ぐわっと竜巻状に風が巻き起こる。

やっぱり他の人と使う時より威力が増している！　ちゃぶ台が飛びそうになって二人で必死に押さえていると、次第に風が止んだ。

飛んだノートや本が散らばり、大きな機械類はさすがに飛ばなかったけれど、油の匂いは一気に消えた。そして私の前髪や結った髪がぼさぼさになってしまった。

惨状をしばらく二人で呆然と見ていると、宗一郎さんが肩を震わせて笑い出す。

「全部飛んでしまうかと思いました！　部屋の中がめちゃくちゃだ。大丈夫でした？」

「一応大丈夫です。でも驚きましたよ！　部屋の中で詠唱するのはやめましょう！」

気づけば私も笑いが止まらなくなっていた。何が面白かったのかと問われるとわからないけれど、多分宗一郎さんと一緒に何かをするのが楽しいからだ。

誰かと一緒に同じ時を過ごして、楽しい、だなんて、久しぶりに感じた。

自覚すると、何だかもう、どうしようもないほど楽しい。

「――椿さんの髪もめちゃくちゃになってしまいました」

ふふっと息だけの声で笑いながら、宗一郎さんは私の前髪を指先で整えてくれる。

さりげないその仕草に、心臓が一気に跳ね上がる。

「そ、宗一郎さんの髪もぼさぼさですよ」

直してあげるような勇気は私にはなくて、指摘だけする。宗一郎さんは「いつもぼさぼさなんでいいんですよ」と慌てて鳥の巣頭を両手で撫でつける。

恐らく宗一郎さんは私に対して何とも思っていない。だから平気で触れられる。

そうよね。私ではなく菫さんのことが――。急に、胸に鋭い痛みが走る。

「でも、今の魔法は使えそうですね。淀んだ空気を吹き飛ばすにはちょうどいいです」

宗一郎さんの言葉に我に返る。

「え、ええ。そうですね。他には音楽を奏でる時に使った繰り返しの魔法であるリピダナを使ってみてはいかがですか?」

「いいですね。あとは威力の増幅と減退は蛇口の時に作った機械のシステムをどうにか改良して……、風を吹かせる方向は……どうしようかな」

竜巻状に風を吹かせる魔法を選んだけれど、それでは不十分だ。

「あの、暖かい空気は上に昇ります。逆に冷たい空気は下に溜まるものです。夏場はすべて吹き飛ばしてもいいとは思いますが、冬場は足元が冷えると菫さんがおっしゃっていました。なので、吹き飛ばすより循環させるように機械でできませんか?」

空気を循環させるような魔法は、残念ながら私も所有していない。

「なるほど。循環システムですね……」

宗一郎さんは呟いたあと、吹き飛んだノートを拾い上げてそこに図面のようなものを書いていく。私にはよくわからない計算式や記号で、ノートが埋め尽くされていくのを見ていたら、これこそ魔法のようだと思う。

それにしてもすごい集中力だわ。恐らく私が隣にいることも忘れている。さりげなく立ち上がり、散らばった本を片付けるふりをして部屋の中を見て回る。でもどこを見ても、表紙などない。となると——、宗一郎さんの寝室？

この部屋と同じように鍵がかかっているだろう。そうなると一人で入ることは不可能。それに宗一郎さんがどんな魔法道具を作っているかわからない。他人が入ったことを感知する魔法道具があるとしたら、あまり下手な行動は取るべきではない。

「——大体できました！」

振り返ると、宗一郎さんがノートを掲げて満面の笑みを浮かべていた。

「こんな短時間で、すごいですね！」

驚いて駆け寄ると、確かにノートには図面が書かれている。

「明日大学で、友人たちに見てもらって意見を聞いてきます！」

「え？　ご友人？」

「僕は工学が好きなんですが、同じような友人たちと学校でもいろいろ作っています。魔法は組み込まない普通の機械ですが、きっとこれにもいい助言をくれるはずです。なので、明日また改めて椿さんと話し合いたいです」

はい、と頷く。今まで毎日会えなかった。そう思うと、一緒に何かをやるというのはとてもいい。明日の約束をしてその日はお開きになったけれど、宗一郎さんの部屋がある別棟の灯りは、夜遅くまでついていた。

それから数日、私は宗一郎さんと一緒に魔法道具の開発に勤しんでいた。魔法で金属をくっつけるお手伝いをしたり、機械の核になる部分は宗一郎さんが学友の助言を受けながらあっという間に作ってしまった。

抱えられるくらいの大きさの箱の側面に風の噴き出し口がついている。もっと大きなものを想像していた私には意外だったけれど、宗一郎さん的には、扱うのが女工さんだから、本当はもう一回り小さくしたかったらしい。

「――椿さん」

「はい、宗一郎さん」

お互いの手を重ね合い、私はペンダントから竜巻状の風を起こすタラスドと、繰り返しの魔法であるリピダナの魔導書のページを呼び出して手をかざす。空いた手で解読し、二つの魔法を合わせた魔法式に組み立て直す。

「――タラダナ！」

宗一郎さんが杖を振ったと同時に緑の光とともに風が起こる。そしてそのまま作った機械の中に吸い込まれる。

宗一郎さんと顔を見合わせたあと、彼は起動スイッチを押した。すると一気に風が巻き起こった。けれど不思議なことに顔には風が当たるのに、私のスカートは揺れない。

「よかった！　成功です！　まず風を上部に向かって吹かせることで、天井付近に溜まっていた空気を下に移動させるようにしました。しばらくすると、機械によって噴き出し口の向きが変わり、風向きが変わって今度は下に向かって吹くようにしたんです。これで大分循環させることができるんじゃないかと」

その言葉通り、しばらくしたらスカートが優しく揺れた。風量もどうやら上部に向かって吹いている時は強く、体にあたる風向きになると弱くなるみたいだ。

「素晴らしいです！　さすがです、宗一郎さん！　皆さん絶対に喜びます！」

完成したのを実感して、思わずはしゃいでしまった。満面の笑みを向ける私に対して、宗一郎さんは照れくさそうな笑顔を見せてくれる。

「椿さんのおかげです。きっと椿さんがいなければ作れませんでした。本当にありがとうございました」

「そんなこと……。私も宗一郎さんと一緒に何かを作れて楽しかったです。こちらこそありがとうございました」

互いにお礼を言い合い、どこか寂しい気持ちになる。明日からは一緒に何かをすることはないのかもしれないと思うと、以前のように会える頻度が減ってしまう。

「では僕はさっそく製糸工場に届けてきます！　道中に時間がかかるので帰りは深夜になると思いますから、椿さんは先に休んでください。それでは！」

はい、と頷く。引き留める間もなく、宗一郎さんは送風機の箱を抱えて駆けていってしまった。


何となく、眠れない。

ベッドの上で何度か寝返りを打って、溜息を吐く。馬車が戻ったような音もしないから、まだ宗一郎さんは帰ってきていない。

菫さんと何を話しているのかしら。本当は一緒に行くと言いたかったけれど、菫さんは宗一郎さんと二人で会いたいだろうし、宗一郎さんも？　と思うと言えなかった。

二人は幼馴染(おさななじみ)で、私には知りえない関係性がある。

窓の外に浮かぶ、か細い三日月をぼんやりと眺める。

――私には幼少期の記憶がない。

気づいたら欣怡が傍にいた。どうやらこの魔法の力のせいで幼い頃から家族とは引き離されて暮らしていたようだった。

だからなのか、自分の根本がからっぽだ。

その上、スパイとして様々な人物を演じてきたせいで、私が何かわからない。

その時、窓の外から淡い光が差し込んできた。跳ね起きるようにベッドから降り、窓に駆け寄ると、馬車が帰ってきたのが見えた。

慌てて上着を羽織って駆け出す。二階の客間から階段を下り、別棟に渡って玄関先に出ると、ちょうど宗一郎さんが馬車から降りたところだった。

「おかえりなさいませ、宗一郎さん」

「あれ？　椿さん。起きていたんですか？」

目を丸くした宗一郎さんがこちらに駆け寄ってくる。

「は、はい。ちょっと眠れなくて」

「そうでしたか、なら一緒に行けばよかったですね」

朗らかに言った宗一郎さんに、目を瞬く。同席しても邪魔じゃなかったのかしら。

「無事に設置してきました！　不具合が出るかもしれないので、しばらくは、様子を見ないといけませんが、とりあえずは順調に動いています」

「安心しました。これで一段落ですね」

「はい！　菫さんがすごく喜んでくださって、作ってよかったです。椿さんにもよろしく、と言っていましたよ」

その言葉に胸が痛む。当たり前だけど会ったのだということが明確になって、もやもやした気持ちが生まれる。

「そうですか。頑張ったかいがありましたね。……では、そろそろ眠ります」

「あ、はい。――あの、椿さん」

足を前に出そうとしていた私を、宗一郎さんの声が押しとどめる。

「えっと、あの、まだもうしばらく屋敷に滞在されますよね？」

「え？　あ、は、はい。そのつもりでしたが……」

もしかして帰れとか言われる？　急激に不安になって表情が強張る。

「よかった！　椿さんさえよければなんですが、僕と一緒に上野公園の魔法道具の開発をしませんか？」

上野公園の魔法道具の開発。それは、魔法の特別実験区に指定されている上野公園で、鷹無家の一族だけができること。思わず何度も目を瞬く。

「……す、すごく嬉しいのですが、よろしいのでしょうか？」

戸惑う私に、宗一郎さんは笑顔で大きく頷く。

「もちろんです！　是非一緒にやりましょう！」

「……はい。喜んで」

宗一郎さんは恐らく、私が解読者として相性がいいから誘ってくれているんだ。

誤解しないように、と思うけれど、傍にいるのを許されたみたいで、本当は飛び跳ねたくなるほど嬉しかった。

いつも通り冷静にスパイとして行動するべきなのに、気づけば宗一郎さんを手助けしたくなっている。

全部仕事だと割り切ってしまえたらいい。そう願うのに、どうにも調子が狂う。

祖国のことだとか、任務のことだとか、避けようのない現実に心が不具合を起こして何も考えたくなくなるけれど、宗一郎さんの笑顔を思い出すと、なぜか安心する。

宗一郎さんと別れて、もう一度ベッドに潜り込む。

そういえば、あんなに頻繁に見ていた悪夢は、宗一郎さんと時間を過ごすようになってから全く見ていない。

窓枠から月が姿を消していた。そっと瞼を閉じると、隠やかな眠りに落ちていった。


「――椿さん、僕がやりますよ！」

「いいえ、私にやらせてください！」

焦っているのが宗一郎さんから伝わってきたけれど、私は金づちを振り上げて釘を打つ。上野公園は広いから、行き先を示してくれる光の看板を作りたかったんです、という宗一郎さんの提案で、私たちは数日前から魔法道具の開発に取り組んでいた。

文字を宙に描く魔法を使ったらどうかと提案したら、昼だと背景があったほうが見やすくなると宗一郎さんが言い、背景となる板を釘で木に打ちつけて看板にしていた。

「すごく上手ですね。驚きました。僕より上手かもしれません」

「ふふ。お褒めいただいて嬉しいです。案外、何でもできるんですよ」

生きるために何でも覚えた。もちろん魔法でカバーできることは魔法を使ったけれど、現実世界では魔法ではできないことのほうが多かった。

美芳国での生活を思い出すと、胸が苦しくなる。

何よりも宗一郎さんを今も騙し続けていることに罪悪感を覚える。

でも本当の私なんて絶対に打ち明けられない。

「――椿さん？　どうしましたか？　ぼうっとして」

声をかけられて、我に返る。

「すみません。何でもないんです」

「ならいいんですが……、じゃあ文字を宙に描く魔法を使いましょうか」

頷いて、魔導書のページを呼び出して解読する。

――本当の私を知ったら、宗一郎さんはどんな顔をするかしら。おぞましいものでも見るような顔？

急にそんなことが頭をよぎり、解読が乱れる。

あ――、一文字読み損ねた。

そう思った瞬間、ページにかざしていた左手に向かって、光の矢がいくつも飛ぶ。

「椿さん⁉」

宗一郎さんは驚いたように私の左手を掴み、ページから引き離して私を抱えたまま床に倒れ込む。光の矢はまっすぐに頭上を飛び、天井に突き刺さって消える。

「大丈夫ですか⁉　椿さん！」

宗一郎さんは真っ青な顔で、私を抱き起こして左手を覗き込む。光の矢がかすったのか、手のひらから血がぽたぽたと落ちていた。

「す、すみません。解読し損ねてしまいました」

「そんなことどうでもいいんです！　痛くないですか⁉　すぐに手当てを――」

私よりも宗一郎さんのほうが痛そうだった。現に宗一郎さんが触れている箇所のほうに意識が向いていて、痛みなんて感じない。

「大丈夫です。あの私、回復魔法のページを持っているので詠唱してくださいませんか？」

「でも、また魔法が暴走したら……」

「今度は失敗しませんから」

不安そうな宗一郎さんをなだめて、魔導書のページを呼び出し解読する。

「――フェブリクラーレ！」

宗一郎さんが杖を振った瞬間、淡い光が放たれて私の左手を包み込む。船上で本物の椿さんが詠唱したのを思い出していると、左手の傷は綺麗に塞がった。

「心配をおかけしてすみませんでした。もう平気です。もう一度解読——」

「今日はもう休みましょう」

強い声で遮られて、それ以上何も言えなくなる。私は「わかりました」と頷くことしかできなかった。

それから数日、宗一郎さんに避けられている。これはなぜなのかわからない。

また一緒に魔法道具を作りたいと言っても、試験があるから、だとか、ちょっと風邪気味でとか、見え透いた嘘で距離を置かれている。

もしかして、使えない解読者だと思われてしまったのかしら。

解読し損ねたことは事実だけど、でもこんな露骨に避けられるなんて——。

はあ、と大きな溜息を吐く。手持無沙汰で読んでいた本をパタンと閉じてベッドに突っ伏す。するとベッドの上に白い紙が落ちていることに気づく。

人形のような形のそれは、顔を書いてほしそうに見えた。起き上がって適当にペンで顔を書く。目じりを垂れさせて、傍に水滴。——泣き顔。今の私にぴったりな顔だ。

ふふっと笑って、その紙を窓辺に置くと、開いた窓から風に乗って庭に落ちていってしまった。

「——おい。どういうことだ」

ハッと振り返ると、部屋の中にロイがいた。

「ノックくらいしてよ」

「そんなことどうでもいい。表紙は見つかったのか？」

「どこにも見当たらないわ。本当にここにあるの？」

「それを探るのが任務だ。宗一郎とは距離を縮めたのか？　黙って見ていたが、最近お前の私情を優先していないか？　——たとえば、宗一郎に惹かれているとか」

ひやりとした。指摘されてようやく、自分の感情が周りに漏れていたことを知る。

「そんなこと、ありえないから」

否定するけれど、ロイは部屋の中に響き渡るほど大きな溜息を漏らした。

言葉にしないけれど、端々からロイの怒りが伝わってくる。

「宗一郎から情報を引き出すために懐に入るのは結構だが、俺たちはスパイだ。自分の命も、家族の命もかかっているんだぞ!?　しっかりしろ！」

ロイは私の肩を乱暴に摑み、容赦なく揺らす。

「わかってる……」

わかっているの、本当に。私が失敗すれば、私だけでなく一族郎党殺される。

父や母、兄弟たちが皆――。

そう思った時、急に足元が崩れ去るような心地がして、思わずへたりと座り込む。

「蓮花？」

「……なんでもないの。大丈夫だから。ごめんなさい、一人にして」

そんな言葉を繰り返していると、ロイは諦めたように部屋を出ていった。

一人になって、深く呼吸をして目を閉じる。

家族の顔を思い出そうとするのに、誰一人思い出せない。父や母、兄弟はいたのかもわからない。いたような気がするのに、顔が黒く塗りつぶされてわからない。

両手で抱え込んだ体に、不安が伸しかかる。

今までも何度も家族のことを想ったけれど、その時は顔を覚えていた？

思い出そうとするとズキズキと頭が痛む。これ以上考えると、頭が割れそう。もう無理、と、ベッドに突っ伏して逃れるように目を閉じた。

このままではどう転んでもよくないことはわかりきっている。

そう思って、私は宗一郎さんの帰りを待っていた。

相変わらずぎくしゃくしているけれど、こうなったら一刻も早く宗一郎さんと元通りの関係になって、表紙を手に入れて帰国して、全部忘れて別の任務に就いたほうがいい。

宗一郎さんが戻ったら、すぐに魔法を暴走させたことを謝って、もう一度一緒に作りたいとお願いしよう。そう決めて、自分の部屋から玄関を眺めていると、馬車ではなく人力車が走ってくるのが見えた。

あれは——。慌てて部屋から出て駆け出す。玄関を開けると、人力車から降りてきたのは菫さんだった。

「椿様⁉」

「菫さん、お久しぶりです」

久しぶりに顔を合わせたら、どこか気恥ずかしい。宗一郎さんに会いに来たのかなと思ったら、そこはかとなく胸が痛んだ。

「宗一郎さんはまだ大学で——」

「椿様！　大変です！　製糸工場に国の視察が入って、お二人が作ってくださった魔法道具を壊そうとしているみたいなんです！」

「ええっ⁉」

国の視察って——。

「あれ？　菫さん？」

ちょうどそこに宗一郎さんが帰ってきた。菫さんが事情を説明すると、宗一郎さんは一瞬だけ顔色を変えただけで、すぐに「そうですか」と素っ気なく言った。

「宗一郎さん、行きましょう！　止められるかも！」

馬車の馬を操る御者に製糸工場に連れていってもらうように頼む。

「椿さん、今から行っても……」

「早く宗一郎さんも！」

菫さんと一緒に馬車に乗り込んで手招きする。どこか不本意そうな宗一郎さんを無理やり乗せて、馬車は製糸工場へと向かった。


「急に八芒星の腕章をつけた男性たちが乗り込んできたんです……」

ぴんとくる。ちらりと宗一郎さんを見ると、眉根を寄せて黙り込んでいた。

間違いなく、魔法取締官。神保町で会った、大吾さんや日嗣さんを思い出す。二人にはあまり会いたくないけれど、でも頑張って作った魔法道具を壊すなんて酷すぎる。

菫さんから経緯を聞いていると、御者が急いでくれたおかげでこの前よりも早く製糸工場に辿り着くことができた。

門をくぐると、黒い制服に八芒星の腕章をつけた男性たちが、私たちの作った送風機や自動的に音楽が鳴る魔法道具を工場の外の広場に持ち出していた。

そして破壊の魔法を唱えて、バラバラに粉砕している。

「ちょっと待ってください！」

止めようとして駆け寄ると、一際背の高い男性が振り返る。

「――何だ。貴様か。月守椿」

ぎろりと強く睨みつけられて、一瞬怯む。

「ええっ⁉　椿さん！　お久しぶりです！　やっぱりここで会ったのももはや運命！」

「何だではないですよ！　なぜ壊しているんですか！」

駆け寄ってくる日嗣さんを完全に無視して、大吾さんに怒鳴りつける。大吾さんは日嗣さんを宥めて持ち場に戻らせたあと、対峙するように私の目の前に立つ。

「気が強い女だな。――決まっている。これは脅威だからだ」

「脅威⁉　ありえない。これは生活を豊かにする魔法道具です。どこが脅威なんですか⁉　むしろとても素晴らしいものです！」

声を張り上げても、全然届かない。白々しい目で大吾さんは私を見下ろしている。

「椿さん、落ち着いてください」

見かねたのか、宗一郎さんが私の腕を取る。でも黙ってはいられない。

「脅威は脅威だ。それ以外の理由はない」

「そんな――！」

「それより貴様は、鷹無家に来る前にどこで何をしていた。答えろ」

「そんなこと今はどうでも――！」

私を見下ろす威圧的な態度に、急激に頭が冷える。怒りに任せてしまったけれど、答えを言わない限り解放しないと大吾さんが考えているのが伝わってきて、仕方なく口を開く。ここは落ち着くべきだ、と気づかれないように深呼吸する。

「……ホワイトローブ・ウィッチに参加して、人道支援をしておりました」

「どこでだ」

「美芳国です」

「美芳国以外に、別の国に行ったことあるか？」

「……いいえ。ありません」

完全に尋問だわ。捕食者の巣穴に、自分から飛び込んでしまった。ここは慎重に答えないと疑われる。私自身はいろんな国に行ったことがあったけれど、《月守椿》は、美芳国以外には行ったことがないはず。

「……美芳国はどんな国だったか答えろ。鎖国状態だと聞いたが」

「ええ。魔法使いと一般人の格差が大きく、他国とのやり取りは禁じられていました」

大吾さんは答えた私を値踏みするように、下から上へと視線を移動させる。

「そんなこと、今は関係ありませんよね？　なぜそんなことを――」

「俺は詠唱者だ。貴様は解読者だな。俺のために解読しろ」

私の問いを無視して、大吾さんは言い放つ。試されている。それはすぐにわかった。

「拒否します」

首を横に振った私に、大吾さんはますます眉間の皺（しわ）を深くする。

「——俺とは魔法は使えない。そういうことか？」

「はい。私は自分が信じた人としか魔法は使いません。貴方は違う。貴方のためになんて、私は絶対に解読しない」

はっきり言い切ると、大吾さんは唇の端だけ上げて笑う。

「貴様はとんだじゃじゃ馬だな。いいか？　これは命令——」

「大吾。もうやめてください。椿さんは僕の、鷹無家の客人です。手出しは無用です」

間に入ってくれた宗一郎さんが意外だったのか、大吾さんは目を丸くする。そして苦笑いして、私たちから距離を取るように後ずさる。

「ちょっと待って大吾さん、今すぐ壊すのをやめさせて——」

思わず、ロケットペンダントを強く握りしめる。そんな私に、宗一郎さんがそっと耳打ちする。

「椿さん、魔法を使ってはいけません。抵抗したとみなされて、大吾たちは容赦なく攻撃魔法で応戦してきます。そうするとここで働く女工さんたちが怪我をします」

「でも……」

「ここは鷹無家の工場だとしても、上野公園のような特別開発区ではないんです。魔法取締官に目をつけられたら従わなければなりません」

「そんな――。せっかく宗一郎さんが作ってくれたものなのに」

「……仕方がないです」

そう言って笑った宗一郎さんはとても寂しげだった。

この暴挙を止めようとしない宗一郎さんに納得がいかない部分は確かにある。

でもだからと言って、この人が傷ついていないわけではない。

「大吾」

宗一郎さんが呼びかけると、大吾さんがこちらを見る。

「――これは、取り締まりの一環ですか？」

尋ねた宗一郎さんに、大吾さんは何も答えない。そのまま私たちから目を離し、破壊の作業に戻る。

勢いのまま、宗一郎さんにどうして大吾さんたちを止めないのか尋ねようとした。顔を上げると、飛び込んできた宗一郎さんの瞳が、とても昏かった。

――私、この瞳をどこかで？

ぞっと鳥肌が立つほど、昏い瞳。あまりにも険しい表情は、今まで一度も見たことはなかった。

彼の手が、着ているインバネスコートに触れる。そこにはいつも宗一郎さんは杖を入れている。まさか――。

思わず、宗一郎さんの手を制するように握ると、ハッとしたように宗一郎さんは私を見下ろした。その表情は、いつもの宗一郎さんだった。

私が何を心配していたのか察したのか、「大丈夫です」と呟いて、宗一郎さんは冷え切った手で杖の代わりに私の手を握り返す。

全然大丈夫じゃないのに。

もし、杖を手にしていたら、どうしていたのかしら。私が解読しなくとも、この人は一人でも、人を殺せるような威力の魔法を使えるのではないか。

宗一郎さんの心の深淵を覗き込んだみたいで恐ろしくなる。この人は何か獰猛な魔物を心の底で飼っている。覗き込んだ者すべてを貪り食うような、そんな魔物を。

私はただ、宗一郎さんの手を握る。私たちは全てが破壊されるまで、じっと見ていることしかできなかった。

どれだけ時間が経ったのかわからない。大吾さんや魔法取締官たちは何も言わずに引き上げていった。それは見ていてわかっていたけれど、体が鉛のように重くて動かない。傍に寄って、壊された魔法道具を見たくない。作り上げるまでの思い出や苦労が踏みにじられたようで、辛すぎる。

そう思うのは宗一郎さんも同じみたいで、私たちは沈黙する。

するとその時、歌が聞こえてきた。

目を向けると、菫さんをはじめ、沢山の女工たちが、私たちが作ったあの箱から流れていた曲を口ずさんでいる。それはまるで教会で聞く讃美歌のように神々しく、傷ついた心を癒してくれるようだった。

彼女たちの逞しさに心が震え、みるみるうちに目頭が熱くなる。歌を歌えるようになるほど、あの魔法道具を沢山使って聞いていてくれていたんだ。

ああ、そうだ。こんなところで躓いてはいられない。

「――宗一郎さん」

零れる涙を拭うのも忘れて顔を上げる。

「今日からまた魔法道具を作りましょう！　何度壊されても、壊れたら作り直せばいいだけです。それに今ちょうどいろいろと新しい物を作り出そうとしていた時ですから、また一緒に作りましょう！」

負けていられない。辛くても、一緒ならきっと乗り越えられる。

笑顔を向けると、宗一郎さんも笑顔になる。

「……そうですね。椿さんの言う通りです。また一緒に頑張りましょう」

自分の目から涙がさらに溢れるのがわかる。

「よかった……。もう宗一郎さんと一緒に魔法道具を作れないかと思っていました」

「え？」

「怪我をしたあと、しばらく避けられていたから……」

別に咎めるつもりはなかった。でも、腑に落ちない不満がついポロリと零れる。

「え、ええっと……あれは……、その、椿さんが心配で」

「私が？」

宗一郎さんを覗き込むと、途端に焦ったように弁解する。

「僕と一緒に魔法道具を作ったら、また怪我をするかもしれないじゃないですか！」

しどろもどろに言い訳をする宗一郎さんに、思わず破顔する。

「まさか心配してくださったなんて！　すごく嬉しいです！　……よかった。嫌われたかと思いました」

「え――」

戸惑う宗一郎さんの手を、笑顔のまま強く引く。

「さあ、片付けしましょう。もし修理できそうなら、修理の魔法も使いましょう！」

明るい声を出すと、宗一郎さんは笑顔を見せて頷く。どこか胸に引っかかっていた憂いが晴れて、足取りも軽くなる。

二人で駆け出して、女工たちに交じって片付けを手伝っていると、菫さんが声をかけてきた。

「椿様、ありがとうございました」

「菫さん。止められずに申し訳ありませんでした。また宗一郎さんと作り直しますね」

そう言った私に、菫さんは嬉しそうに微笑む。

「やっぱりお二人はお似合いです。椿様があの大吾様に立ち向かっていかれた時、確信しました。宗一郎様の味方になってくださって、本当にありがとうございます」

「え？　あの、私は……」

「実家に帰る、などとおっしゃらないでください。確かにわたしにとって宗一郎様は初恋の人です。でも実際は特に何もなく、わたしの一方的な片思いで、宗一郎様はわたしをただの妹ぐらいにしか見ていません。その証拠に、半年ほど前に鷹無家からよい人がいると縁談の話をいただきました。ここの工場長のご子息でした」

目を瞬く私に、菫さんはくすくす笑う。

「宗一郎様はおめでとうございます！　と、わたしの縁談を満面の笑顔で祝ってくださいました。その時に完全に失恋しましたね」

笑顔って……。でも宗一郎さんなら無意識のうちに傷を抉るようなことをしてもおかしくはない。

「しばらく落ち込んでいる時に支えてくれたのがその縁談相手の工場長のご子息でした。

そのうちに椿様をご紹介されて――……。わたし、先日、縁談を受けました。来年の春に結婚します。なので、わたしのことは気にしないでくださいね」

ぽかんと口を開けることしかできない私に、菫さんはさらに声を上げて笑った。

「椿さん！　一緒に片付けの魔法を唱えましょうー！」

宗一郎さんが遠くから手を振っていた。菫さんが私の背を押す。

「あの、菫さん。また改めてお祝いさせてくださいね」

「ふふ。嬉しいです。よろしくお願いします」

私は戸惑いながらもしっかりと地面を蹴り、宗一郎さんに向かって駆け出した。

# 第二幕

あれから数日経った。表面上はいつも通り宗一郎さんと魔法道具を作っている。でも、肝心なことを聞けていない。

——これは、取り締まりの一環ですか？

宗一郎さんがそう言ったのを思い出すと、胸にしこりが残ったようにもやっとする。

「宗一郎さん、おかえりなさいませ」

学校から戻って、馬車から降りた宗一郎さんに声をかける。

「椿さん。ただいま戻りました」

「あの、魔法道具を作る前に、お話をしませんか？」

尋ねると、話の内容を察したのか、宗一郎さんは「少し歩きましょうか」と言う。もしかしたら、尋ねられるのを待っていたのかもしれないとその様子から想像する。

「風が大分冷たくなりましたね。寒くありませんか？」

赤や黄色の落ち葉を踏みしめて、宗一郎さんが庭を歩いていく。庭といってもとても広大で、屋敷から少し離れると使用人の姿もなく、二人で森の中にいるようだった。

「大丈夫です。あの、お聞きしたいことがあったんです。先日の魔法道具が壊された時、なぜ宗一郎さんは何も抵抗しなかったんですか？」

ザザッと音を立てて風が吹く。服の隙間から冷たい空気が忍び込んでくるようで、思わず体を固くする。

「理由は、特に――」

ない、なんて嘘。それ以上言葉を落とさない宗一郎さんを見上げる。

「宗一郎さんは大吾さんに、これは取り締まりなのかと尋ねました。取り締まりは国が行っていることですから、この破壊行為が、国の命令だったのか、それとも大吾さんが単独で行ったことなのか、貴方は確認したかったのでは……？」

――取締官の中でも非常に優秀で、宗一郎と同い年だが大吾は実務の長らしい。

そうロイが言っていたのを思い出す。大吾さんが魔法取締官のリーダーなら、国から命令を下されなくても、単独で取締官たちを動かすこともできるだろう。

一歩前を歩く宗一郎さんの表情が見えない。宗一郎さんの答えを待たずに、さらに言葉を重ねる。

「でも、大吾さんは何も答えませんでした。あの人なら、国の命令ならはっきり言うはずです」

職業柄、大吾さんはルールを重んじる人だ。法律が、とか、そんな言葉で脅してくるような人だし、正当な理由があれば口にするだろう。でも特に名言しなかった。

「つまり大吾さんの単独で決めて行ったことだと、宗一郎さんはあの時気づいたはずです。それなら止めてもよかったのに、どうして言い返さずに破壊を受け入れたのか気になって……」

宗一郎さんは黙ったまま。

私が口を噤むと、落ち葉を踏みしめる音がやけに大きく響く。

まだ、話してはくれないのかしら。そう思うと、苦い気持ちが胸に広がっていく。

「……ごめんなさい。立ち入ったことを聞いてしまって。忘れて──」

突然、宗一郎さんが足を止める。驚いて顔を上げた時には、宗一郎さんは私を見ていた。あの、昏い瞳で──。

「──僕は、ずるい人間なんです」

宗一郎さんは、そっと眼鏡を外す。おそらく、世界を滲ませて曖昧にさせるため。

本当の話をして、私の反応を見たくない、その姿からそう言っている。

「僕が鷹無家の者として背負うはずだった《御役目》を、僕は自分のやりたいことや、願いのために放棄しています。大吾は僕の代わりにその全てを引き受けてくれているんです。大吾の本当にやりたいことは別にあったのかもしれないのに」

大吾さんは宗一郎さんと同い年。本来なら、宗一郎さんは大学に進学せずにあの黒い制服を纏って、八芒星の腕章をつけて魔法を取り締まっていた。

「大吾はいつも僕のすることに突っかかってくるんです。理由はわかりません。多分、今回もそういうことなんだと思います。だから正直、僕はまたかと思って、大吾に反発することも、止めることすら諦めていました」

宗一郎さんの言葉から、大吾さんが宗一郎さんを嫌っていることが伝わってくる。

だからといって、理由もわからない一方的な怒りを、無言で受け止めるのは正しいとは思えない。でも反発せずに耐えることが、自分の役目を代わりに押しつけてしまっている大吾さんへの贖罪だと宗一郎さんは考えている。

「すみません。あんまり胸を張って言えることじゃないので、今までしっかり椿さんに話ができなくて……。僕と大吾の関係は、最悪に近いんです。幼い頃は違ったんですが……。あの時、椿さんが本気で怒って、大吾に立ち向かってくれて、僕は椿さんのような人もいるんだと思いました。それが本当に嬉しかったんです」

「こちらこそあの時は申し訳ありませんでした……。今思い返すと恥ずかしいです」

「そんなことはありません。僕は椿さんに救われました。こんなに真剣に魔法道具について考えてくれていたなんて思わなくて感動したんです」

そう言って微笑んでくれた宗一郎さんの瞳には光が戻っている。

「大吾には僕への怒りの他にも、大吾自身の信条があって、本当の理由はわからないですが、あの魔法道具は危険だと判断したから壊したんだと思います。もちろん僕は、壊されて悲しかったですが、椿さんがもう一度作ればいいと言ってくれたので、そうだなと思えました。今までは大吾に壊されたら受け入れて耐えることしかできませんでした。でも、君のおかげで、またやり直せばいいんだと思えました」

この人はいつも大きな悲しみを抱えているのに、笑顔でごまかしている。

「……私たち解読者は、詠唱者を選ぶことができます。やはり私は自分の信じた人のために解読したい。──貴方のために、解読したいんです」

ほんの少し、宗一郎さんは目を見張る。沈黙のあと、ゆっくりと口を開いた。

「……僕ら詠唱者は、魔導書のページに書かれた文字が読めません。君が解読して伝えてくれた魔法が、意図しないものの場合もあります。でも僕は椿さんを信じています」

ものすごく嬉しい気持ちと、酷い罪悪感が交差する。

信じていると言ってくれたのに、私はすでに宗一郎さんを裏切っている。

私がスパイだと知られたら、薄氷の上のこの関係も簡単に崩壊する。

あとはもう、速やかに表紙を見つけて跡形もなく消える。それが一番この人を傷つけないで済む。嘘に気づかれず、宗一郎さんにとって綺麗な思い出のままでいたい。

切なさに、胸が焦げつきそう。どう考えても、ハッピーエンドなんてありえない。

そんなこと百も承知なのに——。

「せっかく椿さんに魔法道具を作るのを手伝ってもらっているのに、このままでは何度も大吾に壊されては作り直すことになりそうです。どうにかできないものかと考えていますが……」

困ったように笑う宗一郎さんに、思いついたことを口にする。

「あの、大吾さんが手を出せないように、既成事実を作ればいいと思います。たとえば、国からお墨付きをもらうとか。作った魔法道具を誰か偉い人に見せて、便利だということをわかってもらえれば、大吾さんも簡単に手を出せなくなるはずでは？」

我ながらいい案じゃないかしらと思ったけれど、宗一郎さんの反応が鈍い。

「実は今まで何度か偉い人に見てもらったことがあるんです。でも無理でした」

肩を落とす宗一郎さんに、目を瞬く。

「あの、どんな風に偉い人に説明しました？　たとえばこの間作った送風機だと……」

「え？　えっと……、とにかく換気ができます！　とか、えっと……、えっと」

宗一郎さんの声が次第に小さくなる。

前々から気づいていたことだけど、宗一郎さんは研究者タイプだ。人前に出て何か話をしたり、プレゼンすることが苦手。一人で黙々と作業したり、考えたりするほうが断然得意。恐らく偉い人に会った時もこんな風にぐだぐだな感じで、見た目も整えたりせず、いつものぼさっとした恰好だったのではないかしら。

「宗一郎さん。製糸工場に置いた送風機をもう一度作って、偉い人に会って見せましょう。あれは絶対に必要なものですから、二度と壊されないようにお墨付きをもらうべきです。しっかり魅力を伝えられるように、特訓しませんか？　私も協力しますから！」

こうなったら私のスパイ技術を使って、初対面の人の関心や信頼を得る技術を宗一郎さんに伝授しよう。菫さんや他の工女たちのためにも、もう壊されたくない。

「……は、はい」

戸惑いながらも宗一郎さんは頷いた。私が消えていなくなる前に、少しでも宗一郎さんの未来が明るいものになるように手助けしたい。

「ではそうと決まれば、早速今から作りましょう！　宗一郎さん、早く！」

屋敷に向かって駆け出すと、宗一郎さんが「落ち葉の上は滑るので気をつけてください！」と焦ったように追いかけてくる。言った自分が滑って転びそうになっていて、思わず声を上げて笑う。目標が定まったら、心が弾む。

私たちは色とりどりの落ち葉を蹴散らしながら、一緒に駆けていった。

「駄目ですよ、宗一郎さん。偉い人に会いに行く時には身なりを整えましょう」

夕食を食べながら、目の前に座る宗一郎さんを説得する。

「ええ……。別にいつもの服でも……」

「だから、駄目です。成功している実業家は身なりに気をつけるのが鉄則です」

宗一郎さんはいつも、今も着ているバンドカラーシャツと適当なパンツを合わせたスタイルばかり。もしくは学生服。

思えばその二種類の姿しか見たことがない。和装すら一度もない。

この豪奢なお屋敷の一人息子なのだからお金には不自由しているわけでもないのに。

そうなると、考えずとも宗一郎さんにお洒落の概念がないのは明らか。

「――宗一郎。椿さんの言う通りだぞ、お前は無頓着すぎる。昔はよく洋服を誂えたが、あれはどうした？」

一緒に夕食を食べていた孝仁様が呆れたように溜息を吐く。

「とっくに小さくなって入らないですよ。着ないまま箪笥の肥やしになりましたね」

「そうだろうと思った。椿さん、すまないが銀座で宗一郎の服を選んで誂えてやってくれ。私が懇意にしているテーラーがいるんだ。請求は鷹無家にと言えばいい」

「ええ……、そんな椿さんに悪いですよ」

「喜んで行ってまいります。もちろん宗一郎さんもご一緒に」

誂えるとなると、当の本人がいないと話にならない。

にっこりと微笑むと、逃げ場をなくした宗一郎さんはしばらく抗っていたけれど、渋々頷いた。本当に渋々だったけれど。

翌日、空はどんよりと曇り、ちらちらと雪が舞っていた。私は以前着ることができなかったイエローストライプのバッスルスタイルのドレスを纏い、いつものインバネスコート姿の宗一郎さんと馬車に乗っていた。

「寒い……」

宗一郎さんは今にも帰りたいというように、項垂れている。

「もう十二月ですからね。ほら、せっかく来たのですから、楽しみましょう！」

久しぶりに屋敷から出て、宗一郎さんとお出かけなのだ。少しくらい楽しみたい。

初めて来た銀座の町は、上野公園とは全く違って落ち着いた雰囲気を醸し出していた。赤レンガと石を使った二階建ての建物が連なり、アーケードのあるジョージアン様式で統一されている。英国風の建物をうっとりと眺めていると、道筋に植えられた柳の木の傍で馬車が停まった。

すると立派な髭を蓄えた初老の男性が赤レンガの建物から出てきた。

「これはこれは、宗一郎様。いつも孝仁様にご贔屓にしていただいております、青野洋装店の青野と申します。本日はお越しくださいましてありがとうございます。お話は孝仁様から伺っております」

「こちらこそ突然すみません。こちら僕の友人の月守椿さんです」

初めまして、と青野さんと微笑み合う。それにしても友人だと宗一郎さんから言ってくれたのは、初めてかもしれない。よそよそしい他人行儀な関係から、大分ランクアップしていることを実感して嬉しくなる。

「あの、僕は正直服には無頓着で……。椿さんが詳しいので、彼女の言う通りに誂えてくださって結構です」

「かしこまりました。ただ採寸だけは宗一郎様にお願いしないといけませんので、どうぞ中に」

促されて、青野洋装店と書かれた小さな看板が吊り下げられたお店に足を踏み入れる。清潔感のある真っ白い壁に、大きな窓から光がたっぷりと差し込んでいる。沢山の生地や、色とりどりの糸が入った箱が置かれ、仕立て上げられた洋服たちがトルソーに着せられて並べられている。

素敵！　こういうものを見ているだけでも心が躍る。

きょろきょろと店内を眺めていると、青野さんが長椅子を薦めてくれる。

「宗一郎様は、奥のお部屋で私の息子が採寸いたします。椿様はこちらで、どのようなデザインをご希望かお聞かせください」

宗一郎さんは不安げに、青野さんの息子らしき人に連れられて奥の部屋に入っていく。

「さて。どういたしましょうか」

「店内に置かれたものを見た限り、英国風のスーツが多いような気がしますが、イタリア風のスーツもありますね」

　青野さんは目を丸くする。

「よくご存じで。かっちりした印象の英国風のスーツと、柔らかい仕立てで艶のあるイタリア風のスーツを当店では仕立てています」

　どちらでもいいけど、イタリア風のスーツはプレイボーイな男性が着ている印象だわ。

「宗一郎さんは、絶対に英国風のスーツでお願いします。形は礼装のほうがいいと思いますから、フロックコート。ダブルブレストで色は黒。生地は――」

　ペラペラと話す私に、青野さんは目を丸くしていることに気づく。

「え、ええっと……、私、洋服が好きで……」

　苦し紛れの言い訳に、青野さんは私を訝し気に眺めていたが、それ以上聞いてくることはなかった。

「英国風のフロックコートでしたら、今ご用意がいくつかございます。そちらを宗一郎様に着ていただいて、雰囲気や生地感などを確かめていただきましょうか。それで気に入っていただけるようでしたらお仕立てを始めましょう」

「そうしましょう」

試着ができるのなら、イメージが固まりそうだわ。青野さんが、宗一郎さんのいる部屋に入っていく。「えっ、今着るんですか？　恥ずかしいです！」と叫んでいる声が聞こえてきた。

どうなるかはわからないけれど、社交界に出ても恥ずかしくない、一流の男性に見えるかも。いいえ、きっと宗一郎さんは服に着られてしまうような気がする。背伸びして頑張って着てみた洋装、って感じになりそう。でもそれも宗一郎さんらしい気がして、まだ見てもいないのに、気づけばくすくす笑ってしまっていた。

「――椿様。どうぞこちらへ」

青野さんに呼ばれて立ち上がり、宗一郎さんがいる部屋に足を向ける。

どうしよう、笑ったらきっと宗一郎さんが傷つく。笑っては駄目、と思いながら部屋の中に足を踏み入れる。

すると、窓から差し込む光の中に、背の高い誰かが立っていた。戸惑ったように振り返るその姿に目を奪われる。

違う。この人は――化ける人だ。

「……椿、さん？」

私が指定した黒のフロックコート。ダブルブレストだけど、前のボタンを留めず、下に着ているシャツとウエストコートをのぞかせ、深い青緑のネクタイを締めている。もともと手足が長くて、スタイルがいいのだろう。袖丈も裾丈も足りていない。かっちりした英国風のフロックコートが肩幅をさらに広く見せ、とてもスマート。

　ただ見つめることしかできない私に、宗一郎さんの頬がみるみる赤く染まる。

「すみません、やっぱり僕、こういう恰好本当に似合わなくて！」

　ああああと叫びながら頭を抱える宗一郎さんを見たら、やっぱり宗一郎さんだったとほっとした。

「そんなことありません。素敵すぎて驚いていたんです」

　目が奪われて、私の時間を止めてしまうほど、素敵。今も心臓が跳ね上がっている。きっと私の頬も赤く染まっているはず。

「そう……ですか？」

「はい！　びっくりしました！　すごく素敵です」

　もう一度力強く言うと、宗一郎さんは頭を抱えるのをやめて、照れくさそうに笑う。

　鼓動が収まらない。どうしよう。さらに加速していく。

「えっと……、青野さん！　こちらでお願いします。あと、ネクタイとウエストコートの色って他にありませんか？　普段着用のスーツもせっかくなので一緒に――」

　これ以上宗一郎さんの傍にいると、全部忘れてしまいそうになる。任務とか国とか家族とか、何もかもどうでもよくなりそうで怖い。

私は青野さんと一緒に他にもいろいろと選んで、気を逸らす。

時間がかかってしまったけれど、宗一郎さんは外の空気を吸ってきますと言って外に出たり、お店の長椅子でひと眠りしたりして文句も言わず待っていてくれた。

銀座から帰って五日経った。優先してくれたおかげであと数日後には宗一郎さんの洋服も仕立て上がるそうだ。

宗一郎さんとプレゼンの準備をしたあとに、何となく部屋に戻りたくなくて暖炉に当たりながら床の上に二人で座り込む。世界は夜に染まっていて、炎の淡い光がゆらゆらと宗一郎さんの頬に当たって揺れている。

「なかなか偉い人と会えませんね……」

「はい。父がいろいろ声をかけてくれているみたいですが、以前一度会ってくれている人たちばかりなので、またかという感じなんだと思います」

あはは、と苦笑いして宗一郎さんは暖炉に薪を投げ込む。パチパチと乾いた音を立てて薪が燃え、熱を分けてくれる。

どうしたらいいかしら。悩んでいると、宗一郎さんが四角い缶を差し出す。

「そういえばこれ、ロイさんがくれたんです。おいしかったのでよかったらどうぞ」

蓋を開くと、紙に包まれた、かわいらしいクッキーがいくつも並んでいた。

「ロイさんがお菓子をくれたんですか？」

「はい。頭を使う時は甘いものがいいって、よくお菓子を差し入れてくれるんです」

優しい人ですよね、と言って宗一郎さんはチョコレートのクッキーを選ぶ。

確かにロイはよくお菓子をくれる。子供たちにも配っているし、彼なりのコミュニケーションの一つなのだろう。

私も宗一郎さんと同じものを選んで口に運ぶ。すると程よい甘さが口の中で溶けて、凝り固まった考えをほぐしてくれた。

「あの……、こうなったらもうアポイントメントなんて無視して乗り込みましょうよ」

「えっ？　乗り込むってどこにですか？」

目を丸くする宗一郎さんに、小さく溜息を吐く。あの銀座で見た素敵な紳士はどこに行ってしまったのかしら。

「一番偉い人のところですよ！　とにかく偉い人」

「えぇっと……、そうなると帝ですね」

帝って、この国の王ってことよね。どれだけすごい人なのかわからないけれど、美芳国の王である第八席には気軽に会えていたし、帝にも会えないかしら。

「なら、帝に会いましょう」

私の提案に、宗一郎さんは目を瞬く。

「会います……か？　うーん、でもそれくらいやらないといけないですよね。一応いつでも会いに来ていいとは言われていますが……」

宗一郎さんと帝の関係がどういうものかはわからないが、少なくとも帝は好意を持っているようだ。いつでも会いに来いだなんて、初めからそうすればよかったのに。

「あの、帝は突然行っても受け入れてくれると思います。ただ、帝の護衛は、大吾たち魔法取締官が兼任しているんです」

「つまり、魔法取締官には見つからないようにして帝に会うということですか？」

「はい。僕が私的に帝に会うことに絶対にいい顔はしませんから、彼らに露見するのは避けたいです。それには相応の魔法を使わないと帝にまで辿り着けないと思います」

つまり、潜入ミッション、ということか。大得意です、だなんて言えないけれど何とかなる気がしてきた。

「とりあえずやってみましょう。駄目ならまた別の方法を考えればいいだけですし」

そう言った私に、宗一郎さんはもう一度薪を暖炉に放り込む。

「椿さんの言う通りですね。挑戦してみましょう。大吾たちの動向を探れば、帝がいつ皇居にいるのかはすぐにわかります。鷹無家の当主である父には大吾たちの動向はざっとでも報告されていると思いますので、それとなく聞いてみますね」

はい、と頷く。動きがないなら、こちらから動くまで。そう決めたら腹が据わる。

しかし、それにしても寒い。英国も寒かったけれど、東京の冬も冷える。

膝を抱えて暖炉に当たっていると、私の背を包み込むように、ふわりと赤い服を掛けられた。

「あの、この間、銀座に一緒に行ってくださったお礼です。打掛けなんですが……」

「えっ、私にですか……？」

戸惑いながら目を向けると、暖炉の淡い光に照らされて、椿の花の柄が浮かび上がっているのが見えた。大きな手が私の両肩に乗っているせいで振り返ることができず、宗一郎さんの表情が見えない。

「宗一郎さんのお顔を見て、お礼を言いたいんですが……」

「そ、それは大丈夫です！　僕の一方的な贈り物ですし！　実は椿さんが洋装店で青野さんと話している間、気分転換に外に出たら綺麗な着物が目に入って……」

確かに宗一郎さんはあの時、外の空気を吸うと言ってお店の外に出ていっていた。

「自己満足かもしれませんが君に贈りたくて……。ええっと、とにかく椿さんにお礼をしたかったんです！　で、では、おやすみなさい！」

宗一郎さんは私が振り返る前に全力で扉へ向かって走り、結局ドアが閉まるところしか見えなかった。

「見たかったのに……」

ふふ、と微笑む。心も体も、もう寒くない。包み込んでくれる赤い打掛けを引き上げて顔を埋め、しばらくそうしていた。

十二月も半ばになった頃、私たちは皇居の傍にいた。

「これ、魔法道具だったんですね」

贈った赤い椿の柄の打掛けを着てきてほしいと宗一郎さんに言われてそうしたら、実は魔法道具ですとさらりと打ち明けられた。私はそれを聞いて、宗一郎さんらしい贈り物だと納得してしまった。

「はい。是非そのまま呪文を唱えてみてください！」

私が選んだフロックコートを着た宗一郎さんは、いつもよりも断然素敵だった。お店で見た時よりもオーダーメイドだからか、抜群にスタイルがよくて華やかに見える。いつもその恰好でいればいいのに、と思いながら口を開く。

「――キュナハス！」

その瞬間、赤い打掛けは私の体に巻きつき、すぐに離れる。するといつの間にか大吾さんや日嗣さんが着ているのと同じ、魔法取締官の制服を纏っていた。打掛けからころりと帽子も落ちてきた。

「えっ、すごい！　簡単に着替えられる試着室のようなものですか？」

「そうです。打掛け自体が箱になっているので、先に服を仕込んでおかないといけないですが、これを着たいと思いながら呪文を唱えれば、一瞬で纏うことができます。今はこの制服しか入っていないので、自動的にこの服になりますが」

これはすごく便利だわ。一瞬で着替えられるなんて、スパイ活動中にすごく使える。

宗一郎さんも打掛けを使い、魔法取締官の制服を纏う。魔法道具である打掛けは魔法で小さくし、ポケットにしまう。長い髪を帽子の中にしまい込み、宗一郎さんは目深に帽子を被る。

「――ではまいりましょうか」

頷いて、二人同時に歩き出す。皇居の周りはお堀になっていて、中に入るには橋を渡らないといけない。でも制服のおかげで特に止められることなく侵入できた。

「案外すんなり入れましたね」

「この制服のおかげですね。魔法取締官は治外法権というか特別なんです。ですがこの先はなるべく人がいる場所は避けたいですね。本物に会ったら厄介です」

「そうですね。空間把握の魔法を使いましょう。宗一郎さん。手を」

「は、はい」

宗一郎さんは私の手に自分の手を重ねる。重ねるだけでいつまで経っても握ろうとしない。詠唱には全く問題ないけれど、今までごく普通に手を握られていたのに、どうして急にこんな風に触れるのかわからず、疑問になって顔を上げる。でも帽子のつばのせいで、俯いている宗一郎さんの表情がわからない。

「……宗一郎さん、詠唱してください」

「――リチェナス！」

私と宗一郎さんの間に、チェスの盤面のような光の線が生まれ、その上を光の点がいくつも動いている。光の点は、人だ。

「こっちです――」

宗一郎さんの手を私から握ると、宗一郎さんは驚いたように体を震わせた。

もしかして、私を一人の女性として意識してくれている……？

こんな時なのに、心が浮遊する。今の私なら、何だってできそう。その証拠に、誰一人会わずに建物内に侵入できた。

「あの突き当りの部屋の前に、護衛官が二人いるのが見えますか？　あの扉の向こうが帝の私室です」

厳重に警備しているのか、護衛官は微動だにしない。何とかしてあの護衛官たちを扉から離さないと中に入れない。

「騒ぎを起こせば、他の護衛官たちが集まってきます。失敗すればここで終わりです」

ごくりと唾をのみ込む。異様な緊張感が私たちの間を満たしていた。

「一度、打掛けで着替えます。私、元々着ていた着物の胸元に懐紙を入れていました」

宗一郎さんはきょとんとする。魔法で打掛けを元の大きさに戻し、キュナハスと唱えると私は初めに着ていた着物姿に戻り、宗一郎さんも同じようにフロックコート姿に戻った。私は胸元から懐紙を出し、手早く鳥と猫を折る。

「具現化します。詠唱してください」

「――アラベッタ！」

宗一郎さんが詠唱すると、折り紙は本物の猫と鳥に姿を変える。猫は鳥を追い、鳥は猫から逃げる。真っ白い二匹は、護衛官のもとへ向かっていった。

「わっ、なんで猫が！」

「暴れるな！　駄目だ、鳥を捕まえるな！　放してやれ！」

護衛官たちは鳥と猫に翻弄されて、ドアの前から離れた。

「椿さん、行きましょう！」

今度は宗一郎さんが私の手を強く摑んで駆け出す。取締官の二人は、角を曲がったのかすでにどこにもいない。ドアの前に辿り着くと、宗一郎さんは一度深呼吸した。

そして、ノックする。

「――誰だ」

扉の向こうから聞こえたのは、張りのある低い声。

「突然申し訳ありません。鷹無宗一郎です。少しお話ししたいことが」

宗一郎さんが答えている間にも、護衛官が戻ってきそうではらはらする。早くドアを開ける許可が欲しい――。そう思った時、こちらから開けるよりも先に勢いよくドアが開いた。そこに立っていたのは、眉が太く、強い瞳を持った四十代くらいの男性だった。

「まさか本当に宗一郎だとは……。入れ」

促されて、部屋の中に足を踏み入れる。ドアが閉まったのを見て、ようやく緊迫感から解放された。

「突然どうした。まさかこのように訪ねてくるとは思わなかったぞ」

帝は笑いながら長椅子に腰かける。宗一郎さんは帝に向かって深く頭を下げた。

「不躾にこのようなことをしてしまい、大変申し訳ありませんでした」

「いつでも来いと言ったのは私だ。気にするな」

朗らかな帝に向かって、宗一郎さんは頭を上げようとしない。

「本来なら僕が帝を護る任務に就かないといけないのに、寛大な御心で許してくださっていて感謝しています」

「宗一郎は誰よりも重い役目を果たしてくれている。それだけで十分だ。体調はどうだ？」

「元気です。特に変わりありませんよ」

誰よりも重い役目を果たしている？　体調？　帝の言葉が気になったけれど、その話に私が割り込める雰囲気は全くない。口を噤んでいると、帝の目が私に向く。

「それで何だ。いよいよ身を固めるからその報告か？」

帝が意地悪く微笑むと、宗一郎さんは軽く咳払いをした。

「彼女は僕の友人の月守椿さんです。今僕は彼女と魔法道具を作っています。僕らは人々の生活を豊かにしたい、ただそれだけの思いで魔法道具を作っていますが、そう願えば願うほど、風当たりが強くて……」

「なるほど。皆の役に立つ魔法道具を作るために私にそなたたちの後ろ盾になってほしい、ということか」

聡明(そうめい)な御方だ。一つの言葉で、一歩先、二歩先をすでに読んでいる。

「はい。その通りです。話だけでも聞いてください」

もう一度頭を深く下げた宗一郎さんに応えるように、帝は長椅子から立ち上がる。

「滅多に皇居に姿を見せない鷹無家の次期当主がわざわざ訪ねてきたということは、相応の覚悟があるのだな。――聞かせてみろ」

「はい！」

宗一郎さんと顔を見合わせて破顔する。とりあえず話は聞いてもらえそうだ。

魔法で小さくしておいた送風機を元の大きさに戻し、宗一郎さんは帝に向けて一つずつ丁寧にこれがどんな魔法道具か説明していく。

「製糸工場では、女工たちが夏場はものすごい熱気に、冬場は足元の寒さに耐えながら仕事をしています。換気システムがしっかりしていれば、体調を崩す人も減ります」

帝は真剣な顔で宗一郎さんの説明を聞いてくれている。私も、宗一郎さんをサポートするように、足りない部分を補って帝にプレゼンしていく。

私が教えたように、宗一郎さんは相手の目をしっかり見て、ゆっくりと話す。どれだけこれが製糸工場に必要なのか、真剣に訴える。

一通り話し終わると、帝は宗一郎さんに向けて拍手をした。

「――驚いた。いつもの宗一郎ではないみたいだ。立派になったと感動していた」

「そんな……」

「魔法道具についてもよくわかった。宗一郎にはもちろん鷹無家の代表として行事にも参加してほしいが、今は内外の脅威もなく平和だから好きなことをしてもいいと私は思う。魔法道具も製糸工場に必要なものだと理解した。鷹無家の製糸工場でしばらく使ってみて、不具合がなければ全国の工場でも使えるようにしてほしい」

「え、それは……」

「この魔法道具を壊すことを禁じる。上野公園の特別実験区以外に設置することも許可する。宗一郎には様々な魔法道具を開発することを許し、何人たりとも勝手に壊すことを禁じる――。そう魔法取締官にも周知させておこう」

思わず宗一郎さんを見ると、宗一郎さんも目を丸くして私を見ていた。

「やった！　椿さんのおかげです！」

「そんな！　宗一郎さんの努力の成果です！」

思わず帝の前だということを忘れて、二人で飛び上がって喜ぶ。壊された魔法道具もこれできっと浮かばれる。私たちの辛かった気持ちも昇華されるだろう。

「――宗一郎と椿から、二人が支え合っているのを感じた。友人、か。とてもよい娘が現れたな、宗一郎。大事にしろ」

茶化されるような言葉を投げかけられて、宗一郎さんの顔を見ることができなくなって俯く。ちらりと目線を上げると、宗一郎さんも頬を染めて同じように俯いていた。

ちょうどその時、ドアがノックされる。

「――護衛官です。主上、お変わりはありませんか？」

響いたその声に、さっと冷水を被ったように体が冷たくなる。

帝は唇に指を当てたあと、立ち上がる。

「特に何もない。冷えるから白湯（さゆ）を持ってきてくれ」

「かしこまりました」

足音が遠ざかるのが聞こえて、帝は窓を指さす。

「二階だが、降りられるか？」

「はい。大丈夫です。今日は突然申し訳ありませんでした。これで失礼いたします」

「気にするな。また来い。宗一郎ならいつでも歓迎する。気が向いたら行事にも出ろ」

窓まで見送ってくれる帝に深く頭を下げると、宗一郎さんは窓際で杖を天にかざす。

「——シュラクロエ！」

唱えると、なんと杖が傘になった。宗一郎さんは私の腰に手を回して引き寄せる。

「では、失礼します」

ふわっと体が浮遊する。思わず宗一郎さんにしがみつくと、傘をパラシュート代わりにしてふわふわと浮かびながら地面に着地した。

帝は窓から顔を出し、「またな」と言って楽しそうに手を振ってくれる。

私たちはその姿を見ながら、茂みでまた打掛けを使い、魔法取締官の制服に着替えて皇居を何事もなく出ることができた。

「本当にありがとうございました。すごく疲れましたが、楽しかったです」

「私もです。今、すごく満ち足りた気持ちです」

私たちは皇居のお堀に沿って、並んで歩きながら微笑み合う。

「僕は帝にプレゼンをしていて、やっぱり将来は魔法道具を使った事業を起こしたいと思いました。普通の人たちに、魔法道具を広めたいんです。父の事業を継ぐのではなく、家のしがらみに囚（とら）われるのではなく、自分の力でやってみたいんです」

決意を語ってくれる宗一郎さんの横顔は、とても素敵だった。

「――宗一郎さんなら絶対できますよ。応援しています」

できることなら隣に立って、夢に向かっていく宗一郎さんを見ていたい。

こんなこと、願ってはいけないのに。

それでももう隠し切れない。宗一郎さんに惹かれる気持ちが嘘だなんて思えない。

魔法を使う時以外に宗一郎さんの手に触れる勇気なんてなくて、私は羽織っている打掛けを、ぎゅっと握りしめていた。

# 第三章　鏡花水月

「あなたは任務でも人殺しができないと聞いたけど本当なの？　──蓮花」

欣怡は第八席に悠々と腰かけ、開口一番に言った。

目を見ることができないまま小さく頷くと、けらけらと軽い笑い声が響いてくる。

「あなたはいつまでも《中途半端な出来損ない》ね。わたしはこの目であなたが誰よりも《特別》であるのを見たはずなのに、どういうことかしら」

すみません、と、声にならない声が喉を焼く。欣怡は静かに杖を掲げる。

「──サダジア」

その瞬間、俯いた顔を魔法の力で無理やり上げられる。これは──。

「もう待っているのも面倒だから、《鍵》を無理やり開けてみようかしら」

自分の意志に反して、口が開き、喉が震える。──自白魔法だ。

「……何も知らない。私、何も覚えていない」

「そんなことはないでしょう。全て話して」

「何もわからない」

私が喘ぎながらそう言ったのを聞いた欣怡は、傍にいた男性に目を向ける。彼はすぐに箱から魔導書のページを出して解読し、欣怡に耳打ちする。

「──……サジアル」

「──！」

欣怡の杖から放たれた光が、私の額あたりに触れた瞬間、頭の中を濡れた手でまさぐられるような強烈な不快感が電流のように走る。

自白なんて、生易しいものではない。強制的に頭の中に触れて私の過去を探られている。これは上級魔法だ。胃の中のものが逆流する。全部吐き出しそうになるのを必死で堪えていると、欣怡は驚いたように杖を投げ捨てた。その瞬間不快感も消える。

乱れた息を整えようと、口を大きく開けて空気を吸い込む。

「嘘……、このわたしが全然探れない。これがあの少年の力なの？　記憶喪失とは違ってここまで《からっぽ》にするなんて……。ああ——気持ちが悪い」

吐き捨てられた憎悪まみれの言葉に、目の前が暗くなる。私には思い出す記憶がない。赤ん坊の時期などなく、突然少女の体で現世に現れたようなもの。《蓮花》も欣怡が与えてくれた名前で、本当の名前もわからない。家族がいるはずなのに、顔が思い出せない。特別というよりは——異質。

「すみません、欣怡。私には何もわからない。すみません……」

床に額をつけて謝罪を繰り返す。反応がなくて恐る恐る顔を上げると、欣怡はおぞましいものでも見るような目を私に向けながら離れていった。

# 第一幕

「……すみません」

目元からぽろりと涙が零れる。薄っすらと瞼を押し上げると、カーテンの隙間から光が差し込んできていた。それを見た途端、強張った体から一気に力が抜ける。

一度大きく深呼吸して、暖かい布団を引き上げて光から逃れる。

——久しぶりに悪夢を見た。

まだ頭の中を無遠慮に撫でまわされているような感触が残っていて、吐き気がする。

もう一つ最悪なのは、今日が元旦だということ。

一八九二年。日本では明治……、何年かしら。

重い体を引き起こす。とにかく起きて支度をして、新年の挨拶をしないと。

「あけましておめでとうございます、椿さん」

「はい。あけましておめでとうございます、宗一郎さん」

広間に行くと、すでに宗一郎さんが着席していた。笑顔で迎えてくれた宗一郎さんを見たら、すごくほっとした。

「新年早々、椿さんは美しいなあ！　なあ、宗一郎！」

孝仁様が新年の挨拶もそこそこに、濃紫の着物の上に宗一郎さんからいただいたあの赤い打掛けを羽織った私に拍手する。

宗一郎さんは突然私の姿への感想を求められ、驚いたのか酷くむせていた。

「そ、そうですね……。よく似合っています」

照れくさそうな宗一郎さんを見たら、悪夢の余韻も一気に吹き飛んだ。

「ありがとうございます。すごく嬉しいです」

宗一郎さんに向けて微笑むと、宗一郎さんは慌てて退席しようとする。腰を浮かせた宗一郎さんを留めるように、孝仁様が声をかける。

「待て、朝食はこれからだ。話も終わっていないぞ。どうする、今年は出席するのか？」

出席？　どうやら私が来る前に、二人で何か話し合っていたようだった。

「何に出席されるんですか？」

尋ねない選択肢もあったけれど、私の前で話を再開させたのを考えると、聞いてもいいということだろう。宗一郎さんは首を傾げる私を見て口を開く。

「実は、毎年一月十五日に鷹無家の親類一同が皇居に集まり、帝に挨拶する行事があるんです。今年は僕もそれに出るか出ないか決めろ、と父が」

「宗一郎さんはいつも出席されているんですか？」

「いいえ。母が生きていた頃は出ていましたが、最近はめっきり。僕は帝の護衛の任から外れていますし、帝の前で魔法を披露する場があるので、パートナーとなる解読者がいない自分は披露しようがないので今まで欠席していました」

「今年は椿さんがいるじゃないか。久しぶりに出てはどうだ」

「ですが……、鷹無家の親類一同が勢揃いするんです。椿さんにとって居心地のいい場所ではありません。友人である椿さんに、家のことで負担はかけられません」

鷹無家の親類一同、か。そんな場所に行ったら宗一郎さんは針の筵だわ。気が進まないのなら、断っても……。

「友人とはいえ、椿さんは宗一郎の婚約者候補だろう。早い段階で親戚たちに会わせておいたほうが付き合い切れるか判断できるだろうし、椿さんにとってもいい」

――婚約者候補。

その言葉に、露骨に宗一郎さんが反応する。

「そんな、椿さんは僕の正式な婚約者ではないですし、一緒にだなんて迷惑ですよ！」

はっきりと宗一郎さんが否定する。迷惑って、私に迷惑をかける、という意味？　それとも私が婚約者候補なんて宗一郎さんが迷惑に思う、ということ？

どちらの意味にも取れて、日本語の曖昧さのせいで酷く傷つく。

「――……私はどちらでも構いませんよ」

表紙の行方を探るためには、行ったほうが賢明だろう。でもこの精神状態で、行きたいとせがむ気力はなかった。もう判断は二人に委ねよう。

朝食もあまり食べられずに、早々に部屋に戻る。すると、ロイが訪ねてきた。

私は念のため窓辺に立ち、私の部屋がある棟の玄関を横目で監視する。こうしていれば、万が一誰かが訪ねてきてもすぐにわかる。

「今年もよろしく」

律儀に新年の挨拶をしてくれたロイに、項垂れる。

「こちらこそよろしく。今日は夢見も悪くて気分が最悪なの」

「悪夢か。それ以上に何かあったような顔をしているが」

ロイは窓辺に立つ私の傍に置かれていた長椅子に座る。

「何でもないわ。それで、新年の挨拶をしに来ただけなの？」

「タイムリミットまであと四か月だ。表紙の行方はどうだ」

「わからないわ。全然気配がない。宗一郎さんの寝室が怪しいけれど、四か月あれば入るチャンスはあるかもしれない。でもそこにあるような気もしないわ。ロイはどう？」

「俺もお手上げだ。膠着状態だな。何か手がかりがあればいいんだが」

手がかり。そう聞いて話そうか迷っていたけれど、念のため報告しておこう。

「宗一郎さんから聞いたけれど、一月十五日に鷹無家の親類一同が皇居に集まるって」

「ああ、帝に新年の挨拶をするという行事か」

けれど、宗一郎さんに断られた」

結局同行するか決まらなかった。でもあれは断られた
「駄目だ。行ってこい。宗一郎から情報を得られなくても、親類たちから情報を得られるかもしれない。俺も一緒に行けるか孝仁に頼んでみる」

そうは言っても、今更宗一郎さんに行きたいなんて頼むのは気が引ける。私が一緒に行くのを宗一郎さんが嫌がっているのは明白だった。

その時、玄関のドアが閉まったのを見た。話していたから誰が開けて閉めたかまではわからなかったけれど、この棟に誰かが来たのは確かだ。この部屋に来るかどうかまではわからないけど――。

「玄関のドアが閉まったわ。誰かがここに来るかもしれない。――早く出ていって」

「まずいな。ドアから出ていいか？」

「そうね。私も出るわ。自然にドアの前で新年の挨拶でもしていましょう」

二人で廊下に出て、「あけましておめでとうございます」などと言い合っていると、廊下の奥から現れたのは宗一郎さんだった。ロイがすぐに弾んだ声を上げる。

「宗一郎さん！　あけましておめでとうございます！　今椿さんに新年の挨拶を済ませ

たところです。宗一郎さんも椿さんにご挨拶ですか？」

「え、えっと、僕は……」

「お邪魔でしたね！　では失礼します」

ロイが宗一郎さんに明るく声をかけ、廊下の奥に消える。宗一郎さんは驚いた顔をしたまま、ロイの背を見送る。まさか宗一郎さんが来るなんて。ロイと一緒に部屋にいるところを見られていたら万事休すだった。

「それでは私も部屋に戻りますね」

自然に部屋のドアを開けようとすると、宗一郎さんは慌てたように声を上げる。

「あ、あの、椿さん。やっぱり僕と一緒に行事に出てもらえませんか？」

投げかけられたその言葉に、パチパチと目を瞬く。

「でも、宗一郎さんは行事に出るのは乗り気ではないのでは？」

「はい……。そう、なんですけど、この間帝にお会いした時に、僕の活動を認めて後ろ盾になってくれたので、お礼の意味も込めて出席したほうがいいかなと。行事にも参加しろとおっしゃってくださいましたし」

確かに帝はそう言っていた。でも何よりも宗一郎さんが変わった。

初めて会った頃は内向的だったのに、外向きになってきている。

「わかりました。確かに宗一郎さんのおっしゃる通りだと思います。私も帝に新年のご挨拶をしたいですし、是非ご一緒させてください」

頷くと、宗一郎さんはほっとしたように体から力を抜いて笑顔になる。

「……親類たちが、何か言ってくるかもしれません。もし傷つくようなことを言われたら本当にすみません。何かあれば僕が絶対に守りますから！」

落ち込んだ心が浮遊する。この人は杖を持っていないのに、いともたやすく私に魔法をかける。

「——……はい。ありがとうございます」

嬉しさに、自然と笑みが零れる。しばらくの間、私たちは優しい空気の中にいた。


今日のために用意された、白地に美しい花々が描かれた振袖に袖を通し、赤い紅を指先で引く。髪は編み込んで纏(まと)め上(あ)げ、うなじのおくれ毛を撫でつける。

——よし。今日の私は完璧。

どんな風に紹介されるかはわからないけれど、鷹無家の親類一同が集まるのだ。確実に値踏みされるだろうし、その時に堂々と顔を伏せずに前を見て立っていたい。

「——椿さん。えっと、あの……、き、綺麗です」

指定の時間に玄関に現れた私を出迎えた宗一郎さんが頬を染めて呟く。何千人に値踏みされようと、この人一人がそう言ってくれただけで救われる。

「宗一郎さんも素敵です。別人みたい」

「あはは。一応魔法取締官の大礼服だそうです。何だか豪華すぎて怖くなりますね」

ハイカラーの黒のフロックコート。胸元から裾まで豪華な金刺繡が施され、袖にも緻密な刺繡で植物の図案が象られている。

「椿さん、今日は宗一郎のためにありがとう。ロイも一緒に行くことになったぞ。何かあれば、ロイにも頼るといい」

声をかけてきた孝仁様の隣にロイがいる。朗らかに「こんにちは」と挨拶を交わす。

「ロイさんも行かれるんですね。心強いです」

「興味があったので、孝仁様に無理やり頼み込みました。ではまいりましょうか」

ロイは孝仁様と、私は宗一郎さんと馬車に乗り込み、皇居に向かう。先日潜入した時に使った橋の両側に、魔法取締官の制服を着た三十人ほどの人々が並んで立っていた。そして私たちが乗る馬車に向かって一斉に敬礼する。公に魔法を使えるのは鷹無家の一族に限られる。つまり魔法取締官は皆、一族。

正式に鷹無家の現当主と次期当主が皇居を訪れる。それがどれほどのことなのか、目の当たりにしたような気がする。宗一郎さんは眼鏡を押し上げて眠そうに目を擦っていた。そんないつも通りの姿を見たら、ほんの少し私の緊張も解ける。

馬車は皇居の中に立つ西洋風の建物の前に停まった。先に降りた孝仁様とロイが建物の中に入っていく。私たちもあとを追うように馬車から降りて建物に入る。すると大きな広間に案内された。迎賓館のようなところなのかしら。壁際に並ぶ調度品は豪華なものばかり。毛足の長い絨毯は足を乗せただけで高級品だと確信する。

私たちが椅子に腰かけるのと同時に、部屋の中に魔法取締官の人々が姿を見せた。

「……椿さん、彼らが何を言っても、気にしないようにしてください」

宗一郎さんが不安げな目で私を見やる。心配してくれているのかしら。

「大丈夫ですよ。安心してください」

何を言われてもどうでもいい。それよりも、親類たちの動向を可能な限り把握するべきだ。そう思っていると、年配の男性と、美しい着物姿の女性たちが部屋に入ってくる。総勢、五十名以上が整列し、こちらを見ている。その中には、大吾さんと日嗣さんの姿もあった。日嗣さんは私に気づいて小さく手を振ってくれる。そんな日嗣さんを大吾さんが睨みつけていた。

宗一郎さんと同じく、豪華な礼服を纏った初老の男性が、一歩前に出る。

「新年あけましておめでとうございます。孝仁様、宗一郎様。一族一同、殊更に鷹無家の興隆のために励みます」

深々と頭を下げると、その場にいた全員が一斉に頭を下げる。孝仁様は一歩前に出た。

「こちらこそ、いつも御役目を果たしていただいて、感謝している。本年もよろしく頼む。今年は宗一郎も参加することになった。紹介するが、宗一郎の婚約者候補の月守椿嬢だ。手厚く歓迎してくれ」

一斉にその場にいた全員の目が私に向く。

大丈夫、俯かず前だけを見る。そう決めて私はゆったりと微笑みながら一礼する。

今にも襲いかかってきそう。それほど殺気に満ちている。

宗一郎さんが心配するのもわかった。ここにいる全員が本家である鷹無家をよく思っていない。

孝仁様が、「時間まで自由に過ごしてくれ」と言ったのを契機に、部屋の中はざわめきで満ちる。彼らの両目の大半が、私と宗一郎さんに向けられていた。けれど一切話しかけてくることはない。

畏怖、嫌悪、そして——排除。そんな負の感情が容赦なく向けられる。

びりびりと小さな電流が体中を這い、私もいつ攻撃されてもいいように目線を配る。

こういう雰囲気、久しぶりに感じた。第八席である欣怡に向けられる眼差しはいつも負の感情に満ちていた。彼女の傍にいた私はこういう敵意には慣れている。襲いかかってくるなら応戦するだけ。

こちらに向かってくる無数の目に対して、気にしていないというように、にっこり笑むと、彼らは私から目を離して今度はいないもののように振る舞い出した。

「椿さんは平気ですか？　……僕はこういう場所が苦手です」

宗一郎さんが苦笑いして頭を掻く。

「気にしないのが一番ですよ。それに一人ではなく、宗一郎さんと一緒なので」

宗一郎さんの傍にも私がいることを知ってほしい。

「そうでしたね。一緒でした」

宗一郎さんの顔から強張りが取れる。自然に笑った姿はいつもの宗一郎さんだった。

そんな彼を見て安心したのか、ようやく彼に媚びるように親類が挨拶にやってくる。

その一方で周囲を見回せば、嫌悪の表情で遠巻きに見ている者、わざと聞こえるように離れた所から悪態を吐く者もいる。

もう少し彼らの話を聞きたい。自然に彼らの中を歩きたいのに……。

「――わあ、すごい！」

「ほら、沢山あるから喧嘩しないで」

突然部屋の中から歓声が上がる。目を向けるとロイが手品のようにハンカチからお菓子を出して、部屋の片隅に集まっていた一族の子供たちに配っていた。

ぎすぎすした空気が、ロイの明るい声と笑顔で一変する。ロイは子供たちの頭をいとおしむように撫で、一緒にお菓子を食べている。子供たちも無邪気に「目や髪の色が違うのは何で？」とロイの膝の上に乗ってじゃれていた。

ロイのおかげで私から目が離れた。宗一郎さんは親戚たちに囲まれて私を見ていない。気配を消してさりげなく室内を歩き回る。

――宗一郎はなぜ突然出席することになった。何を企んでいる。

――宗一郎様よりも大吾様のほうが当主に相応しいと思う。大吾様につくぞ。

――あの女はどこの者だ。でも大方金目当ての結婚だろうね。

嫌味や愚痴、目論見。想像していた通りの会話が耳に飛び込んできて辟易する。

――宗一郎に当主としての魔力はあるのか？　今まで出てこなかったのはどうせ一般人の孝仁の血を色濃く引いたんだろう。今日は見ものだぜ。

――あのような能なしの次期当主でも、アサナトの魔導書の表紙に関わっているとなると、簡単に引きずり下ろすこともできない。

え――。思わず息を呑む。誰が言ったかまではわからないけれど、表紙について話している。心臓がバクバク跳ね上がる。

やっぱり、宗一郎さんはアサナトの魔導書の表紙について知っている。

そう確信したら、玉のような汗が額に滲む。さらに表紙の行方について知りたかったけれど、有益な情報を得る前にタイムリミットが来た。

「――お時間でございます」

帝の使者が現れて、私たちは宗一郎さんを先頭に、部屋から出て庭へ移動する。現当主はあくまで孝仁様だ。でも孝仁様は魔法使いではないため、このような魔法が絡む行事では宗一郎さん、不在なら大吾さんが当主の役目を果たすと聞いた。

どんよりとした雲が空を覆う中、大きな広場の中に整然と並んだ私たちの前に、やがて帝が姿を現した。宗一郎さんの姿を見て、満足したように頷き、私に目を走らせて一瞬驚いたように目を見張ったあと、そうか、というように微笑んだ。

「――新年あけましておめでとうございます。本年も鷹無家一同、主上の剣となり盾となり、日本国のために身を粉にして尽くすことをお約束いたします」

昨日何度も練習したおかげか、宗一郎さんの口上に淀みはない。帝は「本年もよろしく頼む」と言った。深く礼をしたあとに、宗一郎さんは私に向かって左手を掲げる。私が右手でその手を握ると、驚くほど冷え切っていた。

「緊張していますか？」

小声で尋ねると、宗一郎さんは苦笑いをして「少し……」と頷く。でも、少しどころではないみたい。笑顔も引きつっているし、肩も張ってガチガチだわ。

「宗一郎さん。周りなんて気にしないで、私だけを見ていてください」

「え……」

「ここは屋敷の庭で、私たち二人きりです。いつもと同じように、一緒に魔法を唱えるだけですよ」

ロケットペンダントを指先で弾いて開ける。この人は、何枚魔導書のページを組み合わせて詠唱できる？　私も、何枚組み合わせて解読できる？

毎年鷹無家一同が披露するのは、全員で光の矢を空に向かって放つ魔法だと聞いて、二人で練習した。光の矢は、本来なら初級の攻撃魔法だけど、天に放つことで花火のように美しく見え、広範囲で楽しむことができる。そのため庶民たちにも人気が高く、わざわざ時刻になると外に出てパフォーマンスを心待ちにしている人たちもいるそうだ。

光の矢の魔法、水分を巻き上げる魔法、光を屈折させる魔法――。それらをすべて組み合わせる。

「えっ、椿さん!?」

私が三枚の魔導書を呼び出したのを見て、宗一郎さんが驚いたように声を上げる。

「――私を、信じてください」

スパイが言う言葉ではない。でも、その言葉に偽りはない。

宙に浮かぶ魔導書に左手を掲げて、一気に解読し、一つの魔法式に組み立て直す。

能なしの次期当主と言った人たちに見せてあげたい。

「貴方は誰よりも魔法使いに相応しい人だから、自分を信じて」

私が呟いた言葉を聞いて、宗一郎さんは杖を天に向かってかざす。

「――レフス！」

宗一郎さんの漆黒の杖から巨大な光の矢が放たれ、太陽付近の雲に向かって一気に突き刺さる。その瞬間、空一面の雲が虹色に輝いて美しい彩雲になった。

——昔、この国では魔法のことを《天詠》と言ったのよ。天は世界のこと。世界の理を解読・詠唱することで、不思議な力を使えると昔の人は思っていたのね。

そう言ったのは誰だったかしら。お母様、かしら。

——天を詠む。

空を覆う素晴らしい彩雲を見たら、そんな言葉を思い出した。本来、魔法は命を奪う恐ろしいものではなく、優しいものであるべきなのだとこの美しい雲が教えてくれる。

「ええっ……」

よろよろと、宗一郎さんが空を見上げながら二、三歩後ずさる。魔法を三つ組み合わせたから魔力を使ってさすがに疲れ果てて倒れるかしらと不安になったけれど、宗一郎さんはぽかんと口を開けながらもしっかり立って、疲れは一切見せなかった。

やっぱり、宗一郎さんは詠唱者として一流だわ。私もこんなに巨大な彩雲になるとは全く思っていなかった。

その時、少し遅れて四方から天に向かって光の矢が放たれ、空が煌めきに満ちた。

「……すごく綺麗」

虹色に煌めく空を見上げて呟くと、宗一郎さんが破顔する。

「はい、本当に綺麗ですね！　椿さんのおかげです。ありがとうございます！」

満面の笑みを見せる宗一郎さんに、つられるように笑顔になる。

恐らく宗一郎さんは私と手を繋いでいることを忘れている。

私から離す？　いえ、でも――。

詠唱が終わったから手を離すべきなのに離しがたい。こんな風に思い出を重ねたら消える時に辛くなる。そう頭で理解しているのに抗えない。

「――素晴らしい！　まさか縁起のいい彩雲を見せてくれるとは。今年は殊更によい年になりそうだ。宗一郎、椿殿、そして鷹無家一同に、心から感謝する」

帝からかけられた労い（ねぎら）の言葉に宗一郎さんは深々と頭を下げた。その唇は弓なりになり、笑んでいる。

帝が退出し、私たちも一番初めに通された部屋に戻る。その途中、一族の人々の間には戸惑いが満ちていた。わざわざ歩き回らなくても、耳障りな言葉が聞こえてくる。

――あの魔力、やはり、宗一郎が本家を継ぐのに相応しい。

――駄目だ。どんなに魔力が強くても、宗一郎ではなく大吾様のほうが……。

急に手のひらを返したように宗一郎さんの味方をする者、己の利益のためか宗一郎さんを引きずり下ろそうとする者。反応は様々だった。

部屋に戻ると解散となったが、人々はまだ留まって今後の身の振り方についてひそひそと話し込んでいる。宗一郎さんもこの喧噪が聞こえないわけではないと思うけれど、窓の外を眺めてまだ薄く虹色に染まっている雲を嬉しそうに眺めている。

帰りましょうか、と言おうとした時、帝の使者が宗一郎さんに耳打ちする。

「帝がお呼びですか。では椿さんもご一緒に——」

「いえ、宗一郎様お一人でお越しください」

「ですが椿さんを一人には……」

戸惑ったように瞳を揺らす宗一郎さんに向かって微笑む。

「孝仁様もロイさんもおりますし、大丈夫ですよ」

そう言うと、宗一郎さんは心配そうな顔で立ち上がって使者と部屋を退出する。一人きりにしないようにと気遣ってくれたのは、すごく嬉しい。でも、宗一郎さんがいると情報を集めにくいのは確かだ。

そっと私も人に紛れて廊下に出る。もう一度、表紙のありかを探るべきだ。今なら皆、口も緩くなっているはず。

音もなく歩き出そうとした時、背後に誰かが立っていることに気づく。

「——どこへ行く」

尋ねられて、魔法をかけられたように足が動かなくなる。恐る恐る振り返ると、大吾さんが私を見下ろしていた。

「えっと、あの……、少し庭に出て彩雲を見ようと思いまして」

「勝手に動くな。庭に出てだと？　貴様は……」

急に口を噤んだ大吾さんは、私を通り越して窓の外に目を向けていた。

「あいつ、また変なポーズを取っているな……」

あいつ？　振り返ると、窓の向こうに広がる庭の中に、誰かが立っているのが見えた。

あの赤髪に狐顔は、日嗣さん？　私が見た時には日嗣さんがただ空を仰いで彩雲を眺めているようにしか見えなかった。

日嗣さんは私たちの視線に気づいたのか、手を振りながら、建物の中に戻ってくる。

「椿さん！　今日は目が冴えるほどお綺麗で驚きました！　って、大吾と二人で何しているんですか⁉　宗一郎さんは⁉」

「今、帝とお話をされています。手持無沙汰だったので彩雲を見たいと思って庭に出ようと窓辺に寄ったら、大吾さんに声をかけられて……。そうしたら日嗣さんが庭にいることに気づいたんです」

適当に言い訳をして笑顔を向けると、日嗣さんは嬉しそうにはしゃぐ。

「自分も彩雲を見ていたんです！　魔法で再現したものだとはわかってますけど珍しいものだし、広い場所からもっと見たくて庭に出ていました。何だ、それなら一緒に見ればよかったですね」

いつでも変わらず明るい日嗣さんに、どことなく安心する。

「それにしても椿さんは宗一郎さんの婚約者候補だったなんて知らなかった……。オレ、かなり落ち込んでます。友人、じゃなかったんですか？」

「え、ええ。ただの友人ですよ。今日解読者が必要だとお伺いしたので、手伝っただけです。婚約者候補の名目は、私が参加することに対して、一族の方々を納得させる肩書きというだけです」

別に嘘は吐いていない。私は本来婚約者候補でもない。

「友人のままだとしたら賢明だな。この一族の中に入るのは、やめておけ」

大吾さんは自嘲しながら辺りを見回す。つられて私も目を向けると、ひそひそと何か話し込んでいる一族たちの姿が目に入る。

「……オレも賛成しませんよ。間違いなく不幸になりますね」

珍しく真剣な声音で、日嗣さんが呟く。

「あの……一族の人たちは宗一郎さんのことをどう思っていらっしゃるのですか？」

尋ねると、二人は沈黙する。それを破ったのは大吾さんだった。

「宗一郎の評判なんて、地に落ちたものだ。甘えたことばかり言っていて、御役目にも現実にも向き合おうとせず、本家としての役割も果たさないクズだ、と皆言っている」

大吾さんは、嘲笑うように唇を歪めていた。日嗣さんは口を開かなかったけれど、逆にそれが真実だと言っているようだった。

「……もしそれが一族の皆様の総意ならば、いつか反旗を翻すのですか？」

じっとその黒い瞳を見つめると、大吾さんは首を横に振る。

「そうはいかない。いろいろと複雑なんだよ」

疲れが滲んだ声。いろいろとの中に、大吾さんの苦悩を見る。その時、大吾さんは別の一族の男性から声をかけられて、私たちから離れていってしまった。残された日嗣さんと目が合うと、彼はにっこりと笑った。

「あのさ、椿さんはアサナトの魔導書の表紙のありかについて知ってる？」

まさかその言葉を日嗣さんから投げかけられるとは思わず、一気に冷水を頭から被ったように体が硬直する。

どうして突然？　もしかして私を試している？　スパイだと疑われている？

「……いいえ、知りません。どうしてそんなことを？」

「ごめん、突然。椿さんは宗一郎さんと仲がいいから聞いてないかなーと思って」

日嗣さんは苦笑いをして「忘れて」と言って話を切り上げようとする。これは、私を疑っているわけではないのかもしれない。

そうなると、大きなチャンスだわ。少しでも情報を聞き出す、と決めて日嗣さんに向かって姿勢を正す。

「特に聞いていないですよ。アサナトの魔導書の表紙だなんて、物語の中のものだと思っていました。まさか鷹無家にある、とか？」

言葉を選んで慎重に探る。日嗣さんは私をちらりと見やる。

「オレもよくわからないいんだけど、一族の間では、宗一郎さんが表紙を持っていると言われてるんだ。そのせいで宗一郎さんを本家の次期当主の座から引きずり下ろすこともできないし、宗一郎さんに不満があっても手出しすることも禁じられてるんだ。大吾が言ったいろいろって主に表紙のことだよ」

気づけば自分の呼吸が浅くなっている。やっぱり本当に表紙は宗一郎さんが……。

「宗一郎さんが表紙を持っている姿なんて一度も見たことはありませんが」

思わず否定すると、「そうだよね」と日嗣さんは困ったように笑って頭を掻く。その表情がやけに胸に引っかかる。どうして日嗣さんは突然私にこんなことを言ってきたのかしら。――気づかないうちに、何か状況が変化した？

「あの、何かありました？　表紙を探さないといけない何かが起こっているとか」

尋ねると、日嗣さんは目を丸くする。

しまった。踏み込みすぎたかしら。

緊張感が張り巡らされると同時に、日嗣さんは意を決したように私に向き直る。

「えっと、秘密にしてもらいたいんだけど、最近鷹無家を探っていた人たちを捕まえたんだ。そいつの話では表紙を狙って近づいたと自白した。──美芳国のやつらだった」

美芳国。その名に衝撃を受ける。どういうことかと胸倉を摑んで揺さぶりたい。

捕まえた、と言ったのだから、私やロイのことではない。

もしかして、私たち以外の別動隊？　でもそんな話、一切聞いていない。

「そんな心配そうな顔をしないでよ。もう悪いやつらは捕まえたから！」

その言葉に我に返る。ここで感情を露骨に出すのは危険すぎるとわかっているのに、不安に飲まれそうになる。

「あのさ、椿さんからそれとなく宗一郎さんに表紙のことを聞いてくれないかな」

「え？」

「自分は宗一郎さんとそこまで仲がいいとは言えないんだよね。任務以外で鷹無家の屋敷の中を自由に歩けないから、表紙のありかを探ることもできないんだ。本当に宗一郎さんが表紙を持っているのなら、あれは非常に危険なものだから、一刻も早く表紙を保護して一族総出で厳重にお守りするべきだと思ってる」

確かにそうだ。鷹無家に潜り込んだ当初、私自身も大人数で護っていると思っていた。

「結局、不審者を捕まえたことで、一族の間ではこの話は解決済みになっちゃって、誰も表紙を重要視してないいんだ。だからオレが単独で動いているけど、限界があって」

思考が停止し、言葉を失った私を日嗣さんが覗き込む。

「椿さん。できたら力になってくれないかな？」

日嗣さんの提案は、隠れ蓑になる。もし表紙を探っているのを疑われても、日嗣さんから頼まれて、と言えば、見逃してもらえる確率が一気に高くなる。

「……もちろんです。宗一郎さんを護りたいのは、私も同じ気持ちですから」

頷くと、日嗣さんが「ありがとう！」と飛び跳ねてお礼を言ってくれる。

もしかしたらこれで表紙の捜索が一気に進むかもしれない。

私ももうあまり時間がない。タイムリミットは刻々と近づいてきている。

でも、話がうますぎる？

メリットしかないとわかっているのに何とも言えない気持ち悪さが消えなくて、私はボロを出さないようにこれ以上何も言わず一礼して広間に戻る。ドアを閉める時にさりげなく振り返ると、日嗣さんはまだ私をじっと見ていた。

日嗣さんと手を組んだことを報告しなければと、深夜にロイの部屋を訪ねる。

「——珍しい。お酒を飲んでいたの？」

床に転がる酒瓶に眉をしかめると、ロイは「現実逃避のためだ」と言って、げらげら笑う。私はそんなロイを横目で見ながら口を開いた。

「どうしたの？　任務中は、私的にお酒を飲まないって約束でしょう？」

お酒を飲むと、口が軽くなる。だから私たちスパイは本当に必要な時以外は絶対にお酒は飲まない。話してはいけないこともつい話してしまう危険性があるから。

「……この時間だ。誰も訪ねてこないよ。……ああ、お前は来たか」

ロイは長椅子にもたれかかるように座って、自嘲する。床に転がっている酒瓶や、テーブルの上に置かれているワインボトルが、二、三本並んでいてロイが普通の思考回路ではないのは明らかだった。

「ロイ、これ以上飲むのはやめて眠ったほうがいいわ。明日また話しましょう」

部屋を出ようとした私を引き留めるように、ロイが手招きする。

「待て。何か用があったんだろう。大丈夫だから話せ」

いつにもまして、投げやりだわ。とりあえず簡単に報告だけして明日また詳細を報告しよう。それにしても、今日ロイに何かあったかしら。ロイは私たちと一緒に皇居に行って、光の矢の行事を見ていただけ。でもロイはあの時……。

私は、テーブルを挟んでロイが腰かけている長椅子の前に置かれた椅子に座る。

「……今日の、お菓子のこと？」

尋ねると、ロイは口に運ぼうとしていたワイングラスをテーブルに置く。そして険しい顔をして黙り込む。

「……蓮花。お前には弟や妹がいるか？」

尋ねられて、戸惑う。

「い、いないと思う。いえ……、いる……？」

誰か背の低い人が私の傍に立っている映像がパッと頭に浮かぶ。でも顔が思い出せない。男の子なのか、女の子なのかもよくわからない。自分の記憶なのかもわからなくて困惑する。家族、と思われる人たちのこと思い出そうとすると、途端に頭痛がする。

「子供を抱きかかえたことは？」

あった、かしら。私は気づいたら欣怡のもとにいて、周りはみんな大人だったし、自分より幼い子供と接する機会はほとんどなかった。考え込む私の答えを待たずに、ロイは一気にワイングラスを呷（あお）った。

「淡い熱、頰をくすぐる柔らかく細い髪の感触、小さな手、甘えて寄りかかる確かな重みを……、お前は感じたことは⁉」

「ロイ……、落ち着いて……」

カシャンと音を立てて空になったワイングラスが倒れる。私はロイの隣に席を移って、項垂れて震えるその背を擦（さす）る。

「俺はただ、あの日……娘の喜ぶ顔が見たかっただけなのに」

ロイは、手を出してはいけないものに手を出したと聞いた。元々貿易商だった親の跡を継いだロイは、幼馴染と結婚して一人娘がいるそうだ。

彼女は今日皇居でロイにじゃれていた子供たちと同じくらいの歳。

きっとロイは、彼女を思い出してしまって、こんなにも荒れている。

何か言葉をかけたいのに、何を言っていいかわからずに無言でその背を擦り続ける。

「俺はただ純粋に、家族を喜ばせたくて……」

ロイは妻子を溺愛していて、彼女たちのために欣怡が狙っていた上級魔法の魔導書のページを先に手に入れてしまった。

それは、遠く離れていても望んだ相手と顔を見て話せる魔法。

貿易商のロイは、その魔法があれば、家を長期間離れても彼女たちを寂しがらせたりしないと思ったそうだ。

ただ、相手が悪かった。

欣怡は自分が欲しいものを横から奪われるのを酷く嫌う。欣怡はそのページを手に入れるために、ロイの妻子を人質に取り、魔導書のページを奪った。それだけに留まらず、欣怡はロイが貿易商で世界各地を巡っていることに目をつけ、魔導書のページを集めるのを強要。貿易商として培った人脈に目をつけ、ロイを第九室に所属させた。

「俺がスパイとして働けば、二人の命は保証されるが、俺が失敗したら……」

「ロイ、今は悪いことは考えないで」

言葉を切ったロイに声をかける。

「考えないなど、無理だ！　失敗したら全員殺される。だが表紙を見つけたら、俺も家族も読書会から解放される。お前もだ！　だから早く表紙を……！」

「——ロイ！　お願いだから静かに。誰か来てしまうわ」

声に重みを持たせて名前を呼ぶと、ロイは声を潜める代わりに私の肩をものすごい力で掴む。痛みに顔を顰めて身を捩るけれど、ロイは手を離してくれない。

「——お前はどうだ、蓮花。俺たちは同じ目標を持つ同志だと思っているが、蓮花は本当に家族を助けたいのか？」

「も、もちろん私だって、早く家族を助けたい——」

「本当か？　蓮花は宗一郎をどう思っている？」

ぐっと掴まれた肩に力が入る。小さく呑んだ息の音が響く。青い瞳がまっすぐに私に向かい、些細な揺らぎすら見逃さないように見開かれている。

「もし表紙を奪うために宗一郎と戦うことになった場合、邪魔だけはするな。俺は表紙奪還のためなら何だってする」

ロイの青い瞳が、私の目を覗き込む。心の奥の奥まで探るように、じっと。

「——蓮花はいざという時、宗一郎を殺せるのか？」

ぐらりと自分の瞳が揺れる。唇の端が引きつって、痙攣する。

「そ、んなの……、当たり前じゃない。殺す必要がある時は、必ず宗一郎さんを殺すわ。

ロイの邪魔だってしない」

声が少しだけ掠れる。動揺が表に出ないように堪えようとするのに……。

「――よかった。お前は人殺しはしないと聞いているが、安心した」

「アサナトの魔導書の表紙は最終目標だもの。普段の任務と訳が違う」

ロイは私の肩から手を離す。その唇は弧を描き、穏やかな笑顔を湛えていた。さっきまでの気迫も嘘のように消えている。それが妙に恐ろしくて、思わず身震いする。

「蓮花の気持ちを聞けてよかった。タイムリミットも間近だ。早く表紙を探すぞ」

「え、ええ。あの実は今日、日嗣さんが……」

日嗣さんから聞いた話をロイにする。

「別動隊か……」

すっかり酔いがさめたのか、ロイの声はいつも通りだった。

「ええ。知っている？」

「聞いていない。もしや欣怡が……。いや、何でもない。俺はその別動隊について調べておく。蓮花は日嗣の提案通り表紙を探しつつ、日嗣からも情報を引き出せ」

「わかった」

同意した私を、ロイは静かに微笑んで見ていた。青く澄んだ瞳はどこか不穏さを湛えていて、私は思わず目を逸らしていた。

# 第二幕

落ち葉を蹴散らす音だけが、辺りに響いている。

月明りだけの夜の森の中を彼はよく知っている場所なのか、迷いもしないし転びもせず、遠くに見える建物の淡い光に向かってまっすぐに駆けていく。

何かを叫んでいる声が四方から響いていた。恐らく、私たちを捜している。

「こっち」

少年は短く告げ、方向を変えてまた走り出す。

私は抗うことなく彼の手に導かれていた。

さっき、別の少年にこの手の中のものを奪われそうになって、一度怖い思いをしたせいか、疑心暗鬼にはなったけれど、彼は私の手の中のものを一切見ない。興味もないし、欲しくもない。そう思っているのが伝わってきていた。

ベロアの手触りを確かめながら、それを抱え直す。

絶対に誰にも渡さない。届けないと。

これがお父様の——、そして私の御役目だから。

「それを渡せっ！」

突然暗がりから誰かが飛び出してきて、驚いた私たちは足を止める。

どうしよう。男の人が一人？　ううん、背後にもう一人、女の人がいる。

彼女の額に描かれた赤い花の絵が歪むと同時に、私が抱えているものに向かって男の人の手が伸びてくる。

私は、機械的に振袖の袂に手を入れて杖を握る。

その瞬間、私たちの足元に誰かが倒れ込んだ。耳が痛むほどの静寂が満ちる。

しばらく私たちはその場に突っ立っていたけれど、背後にいた女の人が慌てたように逃げていくのを見て、我に返る。

顔を上げると、少年は驚いたように私を見ていた。

何か聞きたいことがあるようだったけれど、倒れた人が呻いたのを聞いて、今ではないと思ったのか、無言で強く手を引き、私も抗わずに再度駆け出す。

もしこの人がさっきの人のように、突然襲ってきたらどうしよう。

私は、この人を殺せる？

この人を、今、殺せる——？

てくれる。

——いざという時、宗一郎を殺せるのか？

ふっと意識が浮上する。カーテンの隙間から光が漏れ、今日も天気がいいことを教えてくれる。

ゆっくりと体を起こすと、こちらが現実だと訴えるように頭痛が酷くなる。

また悪夢を見た。

でも意識した途端、夢は崩壊していき、何の夢を見ていたか思い出せなくなる。

ロイから投げかけられたあの問いは、夢に出てくるほど私の心に引っかかっている。

実際、あれから数日経っても頭の中を巡っていた。

殺せる、と言ったけれど、本当に私はできるのかしら。

宗一郎さんをこの手で——。

「椿さん？　ぼうっとしてどうしました？　紅茶が零れますよ」

宗一郎さんが私の手からティーカップを取り上げる。

大分傾いていたようで、宗一郎さんのおかげで零さずに済んだようだった。

「え、あ……、ありがとうございます。少し朝食を食べすぎたようで眠くなってしまっていました。もうお出かけですか？」

「はい。そろそろ出ようと思っています。講義に遅れそうなので」

大学に行く宗一郎さんを見送ろうと立ち上がった時、ドアが勢いよく開く。驚いて振り返るとそこには、大吾さんが立っていた。

どこか焦りを滲ませたような顔を見れば、何かが起こったのは明らかで、全身が凍りつく。こんな大吾さん、初めて見た。一瞬で痛いほどの緊張感が張り巡らされる。

「人払いをしろ。使用人たちは部屋から出ていけ。お前もだ」

大吾さんに強く睨みつけられて、思わず足を引く。

「椿さんはいても――」

「部外者だ。出ていけ」

困惑する宗一郎さんに、大丈夫です、と告げ、私は言われた通り使用人たちと部屋を出る。閉まったドアを見たら、一体何を話しているのか気になってしかたなくなる。

盗聴しようにも、私の傍で同じように心配そうにドアを見ている使用人たちの前で怪しい動きはできない。ただ待つしかないとはわかっていたけれど、そわそわと心が逸って落ち着かない。

「椿様、こちらのお部屋に紅茶をお持ちしますね」

「あ、ありがとうございます」

私が宗一郎さんを心配しているのがわかったのか、使用人のまつさんが隣の部屋の窓際に紅茶を用意してくれて、私の気を紛らわそうと他愛のない話をしてくれる。まつさんの話を聞きながら、私は大吾さんが帰るまでその部屋で待つことにした。

大吾さんが馬車で屋敷をあとにするのが窓際から見えたのを合図に、思わず駆け出して部屋を出ると、ちょうど宗一郎さんがドアをノックしようとしていた。

止まれずに宗一郎さんの胸に飛び込むようなかたちになると、彼は目を瞬いた。

「大丈夫でしたか？　尋常じゃない雰囲気だったので私……」

不安で、という言葉を紡ぐ前に、宗一郎さんは私をもう一度部屋の中に引き入れる。使用人たちは宗一郎さんと入れ替わりに部屋を出ていき、二人きりになった。

「大丈夫ですよ。落ち着いてください」

そういわれて、自分が取り乱していることに気づいて恥ずかしくなる。

「すみません、私……」

「驚かせましたね。椿さんに伝えるべきか悩みましたが、何かあってからでは遅いと思いますので、先に打ち明けます。この話は他言無用でお願いします」

念を押されて頷くと、宗一郎さんは口を開いた。

「実は、美芳国のスパイが僕の周りにいるそうです」

ハッと息を呑む。全身から血の気が引いて、手足が一気に冷たくなる。見開いた目に映る宗一郎さんはいつも通りだ。

「実は少し前に日嗣が美芳国の人を捕まえたそうです。今朝また別の美芳国の人を捕まえたらしく、二度目ということもあり、大吾がしっかり取り調べをしたそうです。そうしたら自分以外にもスパイがいると言ったみたいで、慌てて忠告に来てくれました」

もしかして、私がそのスパイだと宗一郎さんに露見した？

使用人はいない。でも宗一郎さんの手は私の肩に置かれていて逃げられない。これはもしかして、今ここで私を捕まえるための、罠――？

異様な緊張感が一瞬で辺りに張り巡らされる。

どうする？　魔法を使って窓から逃げる？　杖、と思ったけれど、今指先をほんの少し動かしただけで、宗一郎さんは容赦なく私を捕縛してくるかもしれない。

もしかして私を捕まえやすいように、逃げ場をなくして部屋に閉じ込めて……。

悪い予想が一気に頭の中を占領し、吐き気を伴う緊迫感が全身を包む。

――いざという時、宗一郎を殺せるのか？

あの問いが、耳元で鳴る。もしかして、それは今――。

「ごめんなさい、驚かせましたよね？　大丈夫ですよ。スパイなんて僕も怖いですが、絶対に何とかしますので！」

そう言った宗一郎さんは、いつも通りだった。

困ったように眉尻を下げ、言い方が悪かったかな、と呟いている姿を見て、悪い予想は杞憂だったと確信する。張り詰めた体から、一気に力が抜けた。

「あ、あの、怖がらせてすみません。念のため椿さんにも気をつけてほしかっただけなんです。ああ、言わなければよかった……！」

ごめんなさい！　と、心底申し訳なさそうに謝った宗一郎さんから、私のことを微塵も疑ってはいないことが伝わってくる。心は痛むけれど、安堵する。

日嗣さんから一度目のスパイのことを聞いていたって伝える？　でもここは知らないふりをしたほうが無難かも。根掘り葉掘り聞かれて、疑惑の目を向けられたくない。

「いえ……。教えてくださってよかったです。知らないほうが恐ろしいですから。宗一郎さんもお気をつけてくださいね。何か力になれることがあれば教えてくださいね」

「もちろんです。あの、僕が……」

「え？」

「ええっと、頼りないと思いますが、僕が椿さんを護るので、安心してください！」

頬を赤く染める宗一郎さんに、「はい」と笑顔で頷く。

優しいこの人の前に立っているのが、そのスパイだと知ったら、どうなるのかしら。

いえ、どうもこうもなく、その瞬間私たちは敵同士に姿を変える。

貴方に護ってもらうような人間ではないのに、宗一郎さんの傍から離れがたい。

いつまでもこうやって、この人の前に立って、護られていたい。

そう願うのは真実なのに、私にはもう時間がない。

このままでは自分がスパイだと宗一郎さんに露見する日も近いだろう。ロイももう限界。なるべく早く表紙を探し出さないといけないとわかっているのに、それと真逆のことを願っている。

別れが近づいてきているのをひしひしと感じたら、私は宗一郎さんの前から動くこともできずに、その瞳をしばらく覗き込んでいた。

――進捗はどうだ。別動隊については調べてはいるがまだよくわからない。

そう書かれた紙の切れ端をじっと見つめて火をつける。灰になったそれを、バルコニーから外に向かってふっと息を吹きかけて跡形もなく散らす。

――こちらも何も進展はないわ。手がかりもない。あとは宗一郎さんの寝室、だけ。

返事を書いた小さな紙を、庭に置かれた白い花が咲いている植木鉢にそっと隠す。何事もなかったように部屋に戻りバルコニーから庭を眺めていると、柱時計が十四時を告げた。それと同時にロイが庭に現れ、白い花を愛でながら植木鉢に触れる。

今朝、朝食を食べている時にロイが、庭に咲く白い花の話をしていた。情報の受け渡しは、その都度場所を変える。誰に聞かれてもいいように、さりげなく私たちは報告の受け渡し場所を織り交ぜて話している。私たちが詠唱者ならこんなことをしなくても初級魔法を使ってすぐに伝えられるのに。解読者同士だと、こういう時にとても面倒だ。

ロイに無事に手紙が渡ったのを確認して、私はバルコニーから自分の部屋に戻る。

いつも同じ報告。

ロイがみるみるうちに翳（かげ）っていくのをただ見ていることしかできないのが、苦しい。

宗一郎さんの寝室に入る手段を考えて、ここ数日無為に過ごしている。もし入れたとして、そこになかったらもう完全にお手上げ。この屋敷にはアサナトの魔導書の表紙なんてなかったという結論になる。今はもう、その現実を知るのも怖くなっている。

長椅子に座り、表紙が見つからなかった時のことを考える。

タイムリミットが過ぎたら、私たちは強制的に美芳国に帰ることになる。欣怡に見つからなかったと報告して、無事で済むかしら。

奇跡が起きて、私たちはまだ使えるからと生かされても、私たちの家族はもしかしたら無事では済まないかもしれない。

——そのための人質。

弱みを握られ、私たちは決して国を裏切ることは許されない。任務の失敗なんてもってのほか。失敗や裏切りは、己や大事な者の命で贖（あがな）う。それが美芳国の掟（おきて）——。

「椿様、あの——」

ノックのあとに、ドアの向こうから酷く困惑している声が響いてきた。どうしたのか、と思いながら立ち上がりドアを開くと、思ってもみない姿がそこにあった。

「来い」

威圧的な低い声。一瞬誰がそこにいるのかわからず、強烈な眩暈と不安感が押しよせた。私を見下ろすその目は、いつにも増して鋭い。

「え、だ、大吾さん？　あ、あの――。どこに……」

まさか訪ねてくるとは思わなかったから、何か見られて困るものが置いてあるかもしれないと、自分の部屋のドアを勢いよく閉める。今の振舞いはよくなかった。まるで部屋の中に見られて困るものを置いてあると言っているかのよう。心臓が跳ね上がる。あまりに急なことに混乱して正常な判断ができない。

大吾さんは眉を顰めたあと、案内してくれた使用人を追い払う。

廊下に完全に二人きりになって、さらに緊迫感が増す。

日嗣さんの姿も、他の魔法取締官の姿もない。大吾さんが一人で私を訪ねてきたなんて、まさか私がスパイだと露見した？

身を固くするけれど、もし私を捕らえに来たのなら、一人で来ることはないはず。

一体、どんな目的で……。そう思った時、大吾さんが私を見下ろしながら口を開く。

「力を貸せ」

端的な言葉に、目を瞬く。

「え……？　どういうことですか？」

尋ねると、大吾さんは廊下を歩き出す。私はその背を追って足を前に出す。

「鷹無家に探し物がある。探すのを手伝え」

探し物。それはもしかしてアサナトの魔導書の表紙——？

すぐにひらめくと、私と大吾さんの間の空気が張り詰める。黙り込んだ私をちらりと横目で見ながら、大吾さんはそれが何か明言せずにさっさと歩いていく。

「宗一郎が持っているらしいが、あいつはどれだけ問い詰めても一切話さない。今は状況が変わって、いつ何が起きてもおかしくないほど事態は切迫しているのに、あいつはのんびりしていて話にならないから実力行使で来た」

事態は切迫している？　一体今、何が起こっているのかしら。私がスパイだと露見したのならこんなことは言ってこないはず。もしや別動隊のこと？　ロイが探ってくれているはずだけど、別動隊の情報はまだ摑めていない。こうなったら——。

「あの、もしかして、以前宗一郎さんに忠告に来たことが原因、ですか……？」

自分の身の振り方を決めるためにも、大吾さんの真意を探らなければ。そう思って、慎重に尋ねる。すると大吾さんはぴたりと足を止め、訝しむように私に目を向ける。そうして周囲を見回して誰もいないことを確認し、声を潜めて話し出す。

「宗一郎から聞いたのか？」

「——はい。美芳国のスパイが宗一郎さんの近くにいる、と」

「話すな、と言ったのにあいつは……」

呆れたように大吾さんが一つ溜息を吐く。逡巡するような間が空いたあと、大吾さんは私に向き直った。

「宗一郎が言った通りだ。数日前、横浜港で魔法使いを数人捕まえた。そいつらは中級魔法以上を使える魔法使いで、日本に潜入しようとしていた」

恐らく二度目の捕縛のことだろう。私は神妙な顔つきで、相槌を打つ。

「捕まえたやつらに初級の自白魔法をかけたら、訓練されているせいかかからないやつばかりだったが、その中の一人が未熟なのか何度か試したらかかった。そいつが美芳国から来て、アサナトの魔導書の表紙を狙っていることを吐いた」

初級の自白魔法で重要機密を吐く？ 信じられないけれど、あまり訓練されていない人なのかしら。欣怡が送り込んだスパイたちなら、初級の自白魔法に耐性があるはず。そうなると、欣怡とは関係なく、誰かが単独で動いている……？

考え込んでいると、大吾さんが私をじっと見ていることに気づく。慌てて「恐ろしいですね」と慄くように呟き、取り繕うように恐怖の表情を顔に貼りつける。

「……しかも調べていくとそいつらが、数人ではなく数十人規模で日本にすでに何度も不法入国したか、しようとしている。明らかに何かを行うために、あいつらは今、日本で兵隊を集めている」

何か、だなんて、表紙を奪還するために大がかりに仕掛けてくる、としか思えない。大吾さんも私と同じように考えているのは明白。そうでないとわざわざ大吾さんが鷹無家に表紙を探しに来ないだろう。

大吾さんや日嗣さんの話から、別動隊は何度かに分けて日本に不法入国しているのがわかった。

——明らかに日本側に手引きしている人がいる。

そう思って、ごくりと唾を飲み込む。手引きする人がいなければ、すんなりと入国できないだろうし、市井に溶け込むための拠点がないと落ち着くことすらできない。でも拠点を用意でき、手引きしている美芳国の人間が、今日本にいるなんて聞いたことがない。別動隊からの接触も報告も、私たちを引き込むような動きも今までなかった。

やっぱり欣怡以外の読書会のメンバーが勝手に動いている、と考えるのが自然かも。表紙を得れば、欣怡を蹴落として第八席に座ることもできる。第八席の座を奪うためのクーデターかもしれない。

そうなれば、やはり事態は私やロイが考えているよりも切迫している。

そこまで考えた時、不意にロイの顔が頭に浮かぶ。

もしかして、ロイが呼び寄せた？

ロイは貿易商だから、横浜港も熟知している。自分の持っている仕事用の船を使えば兵隊を美芳国から密かに連れてくることもできるかもしれない。

——もしかして、私を見限って、別の兵士と実力行使に出る、とか。

嫌な予感がまとわりつく。

ロイはそんなことはしないと思いたいけれど、不安で目の前が暗くなる。

「貴様は何を考えている？」

俯いて黙り込む私の顎を掴み、無理やり顔を上げさせられる。そこでようやく我に返った。執拗に私を覗き込むその漆黒の瞳に、背筋が凍る。

大吾さんに観察されていた。

そう気づくのは容易く、どう言葉を返していいか混乱する。おかしなことを言えば、一気に疑われる。ジリッと肌を焼くような緊迫感に飲まれて、頭が真っ白になる。落ち着け。開ける手札の順番を間違えなければ大丈夫。

「……何を、だなんて、宗一郎さんが心配になっていただけです」

顎を持ち上げる指を軽く払いのける。

「ふん。嘘にしか聞こえないがな」

「そんな。以前日嗣さんが、美芳国のスパイが、鷹無家のどこかにあると言われているアサナトの魔導書の表紙を狙っていると教えてくれたんです」

「日嗣が？」

大吾さんは露骨に眉を顰める。私は新年の挨拶の行事で皇居に赴いた際に、日嗣さんから表紙を探してほしいと頼まれたことを大吾さんに打ち明けて説明する。大吾さんは私の話を神妙な顔で聞いていた。

「日嗣さんから私にスパイの件を話したことをお聞きになっていませんか？」

尋ねると、大吾さんは私から目を逸らし、若干不貞腐れたような表情になった。

「知らん」

「……その時はまだ不安から単独行動をしている、と言っていたので、大吾さんが知らなくても無理はないかもしれません。とにかく、日嗣さんや表紙の話は正直半信半疑だったのですが、今日また大吾さんから同じ話を聞いて、急に現実味を帯びて宗一郎さんが心配になり考え込んでいただけです」

そう弁解したのに、今度は大吾さんが考え込んでいる。多分、日嗣さんのことで頭の中がいっぱいになっている。大吾さんはもう、私のことはあまり気にしていない。

「今日、日嗣さんはいらっしゃらないんですね」

「……日嗣は不法入国者を調べると言って、横浜港に行っている。ここには来ない」

「だから私に手伝え、と？」

大吾さんは、面食らったように私をじっと見る。でもすぐに私に向き直った。

「ああ。お前は解読者だ。表紙がありそうな部屋の中を魔法で探すから手伝え」

「魔法取締官にも解読者は沢山いるのでは？」

「いるが、あの中に俺に合う解読者はいない。それに信頼に足るとは言えん」

その言葉に、目を瞬く。

「私は……信頼に足る、と？」

「少なくともお前は宗一郎に危害は与えないだろう。一族の連中の中には宗一郎の命を狙っている者もいる。腹の中ではあいつを次期当主の座から引きずり下ろしたいと思っているやつらがほとんどだ」

——いざという時、宗一郎を殺せるのか？

あの問いが頭の中を占める。私はその状態のまま口をゆっくり開く。

「確かに私は宗一郎さんを傷つけることなんてしないとお約束します。以前、大吾さんとは魔法を使わないと言いましたが、宗一郎さんを護るためにご協力します」

気づけば笑んでいた。大吾さんはそんな私を見て、無言のまま踵を返して歩き出す。

私もその背を追っていくと、辿り着いたのは宗一郎さんの部屋だった。

「今から、宗一郎の部屋に入るぞ」

「えっ、あの、宗一郎さんの部屋は特殊な鍵がかかっていて——」

宗一郎さんの声に反応する鍵。私や大吾さんでは開くことはないはず。

「あれには俺の声も覚え込ませている。宗一郎が消していなければ開くはず」

その言葉に目を瞬く。疑問を口にしようとする前に、大吾さんは鍵の前で口を開く。

「——リベアス！」

大吾さんが声を上げると、鍵が開いた。ドアの取手に手をかけて一気に押し開け、大吾さんは私を招き入れる。宗一郎さんと一緒に魔法道具を作る見慣れた作業部屋は、主がいないせいか知らない部屋のように見えた。

「開きましたね……」

「俺だったら他人の声なんてすぐにでも消去するけどな。宗一郎はそういうところが甘いんだよ。——リベアス！」

作業部屋の奥、宗一郎さんの寝室に続くえんじ色のドアの鍵が、ガチャリと鳴った。

——開いた。

一気に心拍数が上がり、手のひらにじわりと汗が滲む。

この先にアサナトの魔導書の表紙があるのかもしれない。

それ以上に宗一郎さんの部屋の中に無断で入るという行為が心苦しい。今まで別の任務で同じようなことは何度もあったのに、宗一郎さんの寝室、というだけで緊張する。

「入るぞ」

大吾さんが静かにドアを開けた。その先の光景に、強烈な違和感を覚える。

薄いグリーンの壁紙は、この棟の基調と統一されている。部屋の中にベッドが置かれていて、壁際には本棚が一つ、机が一つあるだけだった。机の上には数冊の教科書なのか本だけが無造作に置かれていて、部屋の中に物がほとんどない。

作業部屋は正直綺麗とは言えないから、勝手に宗一郎さんの寝室も雑多だと思い込んでいた。でもこんなに物が少ないと、ざっと一瞥しただけでわかってしまう。

こんなの探しようがない。

「……表紙はありません」

呟くと、大吾さんは躊躇せずワードローブを開ける。中には数枚のシャツと、昨年末に銀座で仕立てたスーツとコートが入っているだけだった。表紙も魔導書のページすらない。首を横に振ると、大吾さんは無言で奥を覗く。

不意に目に入った本棚に並んでいた難しそうな本を引き抜くと、埃が舞い上がった。何年も読んでいないのかもしれない。

「念のため探索の魔法を使うぞ。おい、解読しろ」

大吾さんは私に向かって手を差し出す。

その手を取り、ロケットペンダントを開く。以前宗一郎さんと神保町で使った探索と移動の魔法にしようと思い、魔導書のページを二枚呼び出して解読する。

「――シェルカドル・サレバ！」

大吾さんが赤い杖を振る。宗一郎さんが唱えた時と同じように、青白い光が部屋の中を読み取って――、いかない。途中で失速して、三分の一も進まないうちに光は消えてしまった。大吾さんは眉を顰めて何も言わず私を睨みつける。

「た、多分、私と大吾さんの相性の問題だと思います……。すみません」

小声で謝ると大吾さんは「やっぱり日嗣じゃないと駄目か」と項垂れる。

「……帝の前で彩雲の魔法を使った時、宗一郎は何枚魔導書を組み合わせたものを詠唱したんだ」

大吾さんが苛立ったように頭を掻く。

「えっと、確か初級魔法と、中級魔法二つです。今唱えたものは初級魔法二つですね」

そう言うと、大吾さんは苦虫を嚙み潰したような顔になった。別に大吾さんの能力が劣っているわけではなく、全ての魔法は解読者と詠唱者の相性が物を言う。私と大吾さんの相性は最悪だという単純な事実があるだけなのだ。

いつも相性抜群の日嗣さんと魔法を唱えているから、他の人との相性なんて気にしなかったのかもしれない。

「仕方ない。手作業で探すぞ。俺は詠唱者だから見ただけではわからないから、怪しいものをはじく」

はい、と頷いたあと、大吾さんに背を向けて本棚に向かう。

もし見つけたら、大吾さんには黙って回収する。かわいそうだが詠唱者にはどれが表紙なのかすらわからない。

大吾さんは、何か手がかりがないかと部屋の中を黙って探している。

今なら答えてくれるかもしれない。そんな淡い期待を抱いて口を開く。

「あの、なぜアサナトの魔導書の表紙が鷹無家にあるんですか？　世界は広いのに」

目を本棚に向けながら尋ねる。

反応がない。やはり警戒されているのかしら。しばらく沈黙していると、おもむろに大吾さんが口を開く。

「……さあな」

話す気はない、ということかしら。ここで引き下がってもいいけれど、せっかく二人きりで時間もあるのだから、もう少し揺さぶってみたい。

「大吾さんは宗一郎さんが表紙を持っていると信じているんですか？」

ちらりと目を向けると、大吾さんは唇の端だけ上げる。

「信じているさ。十五年前の騒動のあと、宗一郎が表紙を持つようになったと聞いている。それを裏付けるように宗一郎は突然変わった。それまでは攻撃魔法を使うことにも積極的で、あいつの素質は歴代最強と呼ばれた母親の繭子様をも凌ぐと言われていた。素晴らしい次期当主が生まれて鷹無家は安泰だと言われていたんだぜ」

本棚から本を引き抜く手を止める。

「それなのに、一晩で全てが変わった。宗一郎はこの部屋から一年出られなかった。内向的になり、攻撃魔法は一切使わなくなった。その代わりに、魔法道具を作ることに没頭していった。俺は同い年だから相談相手にと、無理やりここに通わされたよ」

「……もしかして、ドアの鍵が大吾さんの声でも開くのは──」

「その時の名残だ。宗一郎がこの中に閉じこもって、首でも吊って死んでないか確かめるために、俺がいつでも自由に出入りできるように覚え込ませてあるんだよ」

昔を思い出したのか、大吾さんは目を細めて楽しそうに喉を鳴らす。

「十五年前の騒動とは、何ですか？　宗一郎さんをそんなに変えたことって……」

尋ねると、大吾さんは笑んだまま押し黙る。話す気はない、と言っているようで、私はまた本棚に目を向ける。

十五年前か。私は──。


ぬるりと指先に生暖かさが広がる。目を向けると自分の手が真っ赤な液体で濡れていて、いつの間にかその赤の中に立っていた。

ぬめりとした嫌な感触に足を引くと、弾力がある重いものが踵に当たって振り返る。

すると、誰かが血の海の中で倒れていた。

叫ぼうとしたけれど、声が出ない。焼けつくような喉の痛みに驚いて喉元に手を当てようとすると、自分の両手が何かで塞がれていることに気づく。

「早く逃げろっ！」

足元にいた誰かが、爆発するように叫んだ。思わず飛び上がって駆け出す。

一歩、二歩、三歩目を踏み出した時、ずるりと地面を濡らす血に足を取られて滑った。倒れ込みそうになった私を、誰かが抱き留める。

「──いいの？」

昏い瞳。この人は初めに会った少年とは違って、これを奪わなかった。

「いい。これが最善。そうじゃなければ、お父様が命と引き換えにして守ったものを台なしにしてしまう」

あの血の海の中に倒れていたのは、私の父。

真っ赤に染まったこの両手の中にあるものを、愛しむように抱きしめる。

「私のすべてで、これを守るの。私はどんなに辛い未来が待っていようと生き抜くことを選ぶ。だから──お願い。私の全てを消して」

今はまだ、十あるうちの三つまでしか読めない。いつか、もっと力をつけてここに書かれた全てを解読できるようになったら、お父様を黄泉の国から呼び戻す。その日まで絶対に死ねない。

涙で滲んだ世界の中に、緑色に輝く文字が浮かび上がる。

——解読、できる。この人なら、信じられる。

彼は昏い瞳を揺らすこともなく、私の両目を隠すように静かに手をかざす。

その瞬間——。


「——おい！」

肩を乱暴に揺らされて、体が跳ね上がる。目を瞬くと、大吾さんが怪訝そうな顔で私を覗き込んでいた。

「あ、す、すみません……。ぼうっとしていました」

「反応がなくなってどうしたかと思った。驚くからやめろ」

はあ、と大きな溜息を吐いて、大吾さんが離れる。

今、何かよくわからない映像のようなものが見えた。白昼夢、かしら。

どんな夢だったのか、もう一度思い返したいと思ったけれど、砂の城のように意識した途端にぼろぼろと崩れて消えていく。

大吾さんは依然私を観察するように眺めている。執拗な視線から逃れたいと思って、大吾さんの気を逸らすように声を上げる。

「やっぱりこの部屋にはないみたいです。宗一郎さんが肌身離さず持っているのではないでしょうか？」

「それも考えられる。何せ、表紙を得るためには、宗一郎の命と引き換え、だと言われているからな」

思わず、本棚から引き抜こうとした本を取り落とす。また大吾さんの目が追ってくる。でも構っていられない。

「それは——、一体どういうことですか？　命と引き換えだなんて、そんな！」

自分で自分を制御できない。気づけば大吾さんに詰め寄っていた。

「恐らく表紙の隠し場所、もしくは表紙自体に魔法で強力な鍵がかかっていて、その鍵を外すためには宗一郎ほどの魔力を持った人間が生贄（いけにえ）になることが必要だ、とかだろうな。詳しいことはよくわからん」

「命と引き換えの理由がよくわからないなんて、宗一郎さんが表紙のせいで危険に晒（さら）されたら貴方たちはどうするつもりです！」

苦しい。勝手に心臓が跳ね上がって、息が乱れる。宗一郎さんが表紙のせいで危険に晒されたらだなんて、自分のことを棚に上げてどの口が言うのか。そうは思うけれど、止まらない。ちぐはぐな感情に飲まれて、自分を制御できない。

「表紙に関しては本家も分家も関係なく、皆が敵対して狙っている。だから、表紙の情報を俺たちは共有することはない。誰も信頼できる人間がいないから、宗一郎一人で抱え込むしかないんだろうな」

それほどの重要機密。

鷹無家と分家が距離を置いているのは先日の新年の挨拶でわかったけれど、もしかしたら分家同士もそうなのかもしれない。もしかして日嗣さんが私に協力を求めたことを大吾さんに言わなかったのは、そのせい？

「誰も信頼できる人間がいないだなんて、宗一郎さんにとって大吾さんは……」

答えるまでもない、と大吾さんは鼻で笑って一蹴する。

上野公園や製糸工場。事あるごとに大吾さんは宗一郎さんの前に立ちはだかる。

「大吾さんは一体何のために表紙を探しているんですか？　私に説明してくれたことは建前で、本当は自分が次期当主になるために宗一郎さんの命を犠牲にして表紙を奪おうとしているとか……」

表紙を手に入れることは世界を手に入れることと同義。

今ここで大吾さんが攻撃してきたら、避けることもできないだろう。でも尋ねずにいられなかった。

大吾さんはゆらりと私に向き直る。黒い影がさらに濃さを増し、私の頭上に伸しかかる。その切れ長の目が、ゆっくりと私の両目を捕らえた。

「――俺は鷹無家の分家の、柳瀬家の人間だ。自分の立場も仕事もわきまえている」

だから、自分は宗一郎さんを裏切らない、と？

製糸工場の件を棚上げして？

そんなの信じられない、と思ったけれど、有無を言わせぬ眼光の鋭さに、指一本動かせなくなる。息さえ吸えないほど、異様な緊迫感が私を包む。

「俺はただ、悪意を持った人間が表紙を奪おうとして宗一郎の命を狙うことになるかもしれないから、その前に表紙を手に入れて安全な場所に保管したいだけだ」

「それは、日嗣さんも同じようなことを言っていました」

呟くと、大吾さんはどことなく表情を緩める。日嗣さんが同じことを考えているのを知って、安心したのかもしれない。

「日嗣も俺も、分家は本家になり得ないとよくわかっている。俺たちは本家を支える、それだけだ。それとも、――お前は表紙が欲しいのか？」

アサナトの魔導書の表紙。ロイの事情や自分の家族のことを思うと、もちろん喉から手が出るほど欲しい。でも、宗一郎さんの命と天秤にかけるのなら、私は――。

「……いりません」

言葉にしたとたん、全身から力が抜ける。

これが本心だとようやく口にできた。

素直にそう思う自分がいる。

大吾さんはそれ以上何かを言うわけでもなく、また部屋の中を探し始める。

アサナトの魔導書の表紙が、宗一郎さんの命と引き換えなら、そんなものいらない。私自身は、表紙なんて欲しくないのに。どうして――。

目頭が熱くなり目線を落とすと、何か写真立てのようなものが、まるで隠すように本を抜いた棚の奥に立てかけられているのが見えた。写真立ての前に本が並んでいたから全然気がつかなかった。おもむろにそれを手に取った時――。

「――宗一郎が帰ってきたな」

舌打ちした大吾さんの目線の方向を見ると、窓の向こうに馬車が走ってくるのが見えた。慌てて抜いた本を棚に戻し、私たちは部屋から出る。大吾さんは挨拶もせずに窓から飛び降りて屋敷から消える。大吾さんに気づかれることなく、私の手にはあの写真立てがさりげなく握られていた。

使用人たちの目をかいくぐり、足早に自室に向かう途中でロイが廊下の奥から歩いてくるのを見つけて我に返る。着ていた着物の袂にパッと写真立てを隠す。

ロイは軽く目配せして近くの部屋に入り、私も何食わぬ顔でそのあとを追った。

しばらく黙って人の気配を探ってから、静かに口を開く。

「今、大吾さんが表紙を探しにきていたわ」

「表紙を？」

眉を顰めるロイに、大吾さんが来た経緯を話す。

「大吾さんと一緒に、宗一郎さんの寝室に入れた。でも——表紙はどこにもなかった」

ロイは膝からくずおれ、呆然と床に敷かれた絨毯の模様を見つめている。

そんなロイの姿に、胸が痛む。

私が表紙なんていらないと思っている本音なんて、ロイに絶対話せない。

「でも大吾さんは宗一郎さんが表紙の行方を知っているのは確かだと言ったわ。屋敷ではなく別の場所に保管しているのかも。もう少し宗一郎さんを探ってみるわ」

励ますようにロイの背を擦ると、ロイは大きく息を吐いて、「そうだな」と頷く。

ロイに、大吾さんから聞いた横浜港で捕らえた美芳国のスパイのことを話すと、ロイは顔色を変えた。

「日嗣が言っていたやつらとは別の兵隊か。何度も日本に入国しているのは初耳だ」

「そうよね。明らかに手引きしている人間がいるわ。その人のことも……」

「わからない。……俺ではない」

否定したロイは青白い顔をしていた。その反応を見て嘘は吐いていないと思う。

「欣怡の差し金かしら。それとも……」

「すまない。気分が悪い。別動隊のことはよく調べておく」

ロイは勢いよく立ち上がる。彼の焦りが伝播(でんぱ)して心がざわめく。

否定はしたけれど、本当は……？

悪い予感が心に生い茂る。私は部屋を出ていくロイを見守ることしかできなかった。

自分の部屋に戻り、ベッドの端に座る。思わず持ってきてしまった写真立てを袂から出して覗き込むと、そこには男性と女性、そして少年の写った写真が挟まれていた。

これは宗一郎さんと孝仁様？

孝仁様は今よりずっと若いし、瘦せていたのか別人に見える。幼い宗一郎さんは、成長した今とあまり変わらないけれど、幼い頃特有の愛らしさが溢れていて気づけば笑顔になる。隣に写っていたのは、宗一郎さんによく似た、和服姿の美しい女性。孝仁様よりも少し背が高く、すらっとした人で、三十歳くらいかしら。黒髪を束ね上げ、穏やかに微笑んでいる。もしかして、この人が宗一郎さんのお母様の繭子さん……？

疑問になりながら、不意に写真立ての裏を見る。すると鉛筆で書いてあるのか、薄く何か文字が書いてある。

「……シ、ノ……？」

その瞬間、写真立てが私の手から離れて浮き上がり、目の前で崩壊していく。

写真立ての中に入っていた写真が金色に光り出した。

この写真立ては、宗一郎さんが作った魔法道具？

もしかしてこの写真が表紙……？

そう思った時、写真から放たれる光が映像になって空中に投影される。女性が立っていた。まるでガラスに映った世界を眺めているようで、背後の部屋の景色が透けている。彼女は薄い水色の着物を着て、思いつめたように俯いて窓辺に立っている。

『――自分自身に向けて』

幼い少年の声が流れたあと、女性の目がこちらに向き、泣き顔のまま口を開く。

彼女は……、あの写真に写っていた繭子さん……？　さっきまで横顔だったからすぐにわからなかったけれど、正面から見たら間違いなくあの写真に写っていた女性だった。ただ歳を取ったのか、疲れているのか、酷くやつれて見えた。

「やっぱり無理よ。どうしても気持ちは変わらない？」

尋ねられて、小さく頷く。私の意志などそこになく、勝手に頷いていた。

「お願いだから、もうやめましょう。こんなこと、幼い宗一郎にさせたくない」

私の頬を両手で包み、彼女は大粒の涙を流す。

「お母様、気にしないで。これは僕自身が望んだことだから」

私の喉から、少年の声が流れた。もしかして、これは宗一郎さんの記憶？　それを私が彼の目線から見ているのかしら。その証拠に、宗一郎さんの顔が一切見えない。

「駄目。いくら宗一郎が提案して、帝から下されるかたちになった、れっきとした命令だとしても、わたしは嫌」

藺子さんは悔しそうに唇を噛み、涙を堪えようとする。

「帝は関係ないよ。僕が思いついて決めたことだから」

そんなやり取りが、数回繰り返される。

帝が今の宗一郎さんに対して甘いのも、もしかして、藺子さんが言っている《帝の命令》によるものかしら。

そう思った時、一気に世界が切り替わる。天井が目の前に広がり、藺子さんが険しい顔をしてこちらを見下ろしている。どこかに寝かされているようだった。

「これが宗一郎の、《あの子》に対する贖罪なの？」

あの子？

「……違う。鷹無家に生まれた僕の、《御役目》だよ」

笑んでいる気がする。

宗一郎さんの顔は見えないけれど、優しく笑って——。

御役目。何度か聞いたその言葉。

御役目とは一体何？

命を懸けてまで果たさなければならないことなの？

藺子さんはしばらくじっと宗一郎さんを見つめ続けていた。どれだけ時間が経ったのかわからない。そのうちに藺子さんは何かを手にする。

――あ。

あ、ああ、これが――アサナトの魔導書の表紙。

深い紫色のベロアの装丁。淡い紫の光が全体を纏っていて、ゴールドで描かれた美しく緻密な飾り枠が息を呑むほど美しい。真ん中にギリシャ文字でアサナトと書かれたそれは、【不滅】の名に相応しく、気高い気品があった。

言い伝えによれば、表紙の裏に、十個の究極魔法の魔法式が書かれているそうだ。解読者が手をかざして初めて解読することができるのは魔導書のページと同じだけれど、魔力が弱い解読者では一つも解読できないらしい。

十個全て解読できることが、最高の解読者の証。そう聞いている。

「宗一郎自身が《箱》になるなんて……。貴方はどうしてそんな危険なことを思いつくのかしら」

この世の何よりも憎たらしいと言いたげな目で、繭子さんは表紙を睨みつけている。

「もちろん先人たちも試したようね。でも、初級魔法の魔導書のページを体に入れただけで、全員死んだそう」

――全員。その言葉に、宗一郎さんは目を閉じた。繭子さんの顔が見えなくなる。

「魔導書自体に意思があって閉じ込めたら外に出ようとするの。だから箱には無機物が選ばれるわ。箱になった人は常に莫大な魔力を使って出ようとするのを阻止しないといけないのよ。ページだけでそうなるのに、表紙だなんて、そんなこと、もう――」

藺子さんの声に涙が混じる。全て言えずに、あとは嗚咽で掻き消される。

以前、美芳国で行われていた《実験》を思い出す。体に魔導書のページを隠すのは便利だと、欣怡が捕まえてきた自国や他国の人々に無理やり魔導書のページを入れた。

彼らは生気を吸い取られたようにやせ細ってうつろになり、まもなく全員死んだ。

欣怡は千のデータを集めたあとに、飽きたように「終わり」と告げて実験は終わった。

あの実験の生還者はいなかった。体を箱にするなんて、無謀すぎる――。

そう思った時に、宗一郎さんは瞼を開ける。藺子さんの頬は案の定涙で濡れていた。

「……でももし今美芳国に表紙を奪われたら、究極魔法を使われて、真っ先にこの国は滅んでしまうよ。奪われないように一時でも隠すしかない。ここが一番安全だよ」

掲げた小さな手が、胸元をとんとんと叩く。

――え？

「一人の命と大勢の命の、どちらかが犠牲になるのなら、僕は御役目を全うして死ぬ」

「待って、宗一郎。わたしがやるわ」

「駄目だよ。奪われた表紙はお母様が持っていると美芳国は思っている。もしお母様が殺されて表紙を奪われたら、結局日本は滅びる。僕は《箱》になるのに最適な器だろうし、さすがに僕みたいな子供が表紙を隠し持っているだなんて思いつかないだろうから適任だよ。帝だって、そう思ったから許可したんだ」

「宗一郎……」

「表紙を僕に納めたら、お母様が表紙を持っているふりをして当分攪乱して。その間に僕はどうなるかわからないけれど、彼らが諦めて国に引き揚げるまで頑張るから」

藺子さんはまた大粒の涙を零し、やるせないと呟く。

「あの子が言ったように――、僕のすべてでこれを守る。あの子はどんなに辛い未来が待っていようと生き抜くことを選ぶ、って言った。だから、僕も必ず生き抜く」

後ろ向きの選択じゃなく、前向きな選択だ、と宗一郎さんは言った。

藺子さんはその言葉を聞いて、嗚咽交じりに表紙を宗一郎さんの胸元に押し当てる。

金の光が糸を引くように輝き出す。

「ごめんなさい……、お母様」

宗一郎さんは最後に、そう言った。

藺子さんに伝わっていたかわからないくらい小さな声で。

そのあとすぐに全身がバラバラになるほどの強烈な衝撃が襲う。

プツリと映像が切れ、真っ暗闇に放り出される。

「――宗一郎、藺子が死んだよ」

昏い世界の中で、聞き覚えのある声がする。薄っすらと瞼を押し上げると、若い孝仁様がベッドの端に腰を掛けて肩を震わせていた。

「結局誰が繭子を殺したかわからない。でも発見された時、繭子は美芳国の人間がよくやるポーズを取らされていたそうだ」

「美芳国の刺客……」

「……ああ、そうだな。繭子はしばらく前に彼らに表紙はすでに手放したと言ったそうだ。あの表紙奪還戦から十か月経った。その間にすでに国外に持ち出して、しかるべき場所に保管されているとも」

《表紙奪還戦》？

孝仁様の言葉がやけに耳に残る。それは一体……。

「彼らはこの屋敷も探索の魔法を使って調べていたみたいだ。特に表紙の反応がなかったから、すでに国に引き揚げたようだ。しばらくは安心だ」

「……そう」

「これで、お前も失ったら私は――」

孝仁様は宗一郎さんの手を強く握る。でも、宗一郎さんは瞼を閉じてしまった。

「繭子は御役目を果たして立派だったと皆言うが、御役目なんて――！」

孝仁様の声が嗚咽で揺れる。でもそれ以上宗一郎さんが何も言うことはなく、また昏い世界に没する。

「——宗一郎。起き上がって大丈夫か？」

その声に目を向けると、ドアを開けながら大吾さんが立っていた。今よりももっと幼く、十歳前後くらいに見える。

「う、ん……」

「少し外を歩くか？」

「ううん……、いい」

——表紙を抑えつけることに成功しているけれど、今はまだ、完全に回復したわけじゃない。美芳国の刺客に対応できるかわからない以上、外に出るのは危険だ。それにこの声、まだかすかだけど聞こえる。

宗一郎さんの思考が流れ込んでくる。

声？　一体何のことかと耳をすますけれど、何も聞こえない。

宗一郎さんが横になって瞼を閉じる時に、大吾さんが心配そうに宗一郎さんを覗き込んでいるのが見えた。

その表情がやけに胸に残る。

次に見えたのは、ノート。罫線の間に文字を書こうとしているけれど、手が言うことを聞かないのか、文字が大きくはみ出したりしている。乱れた文字を目で追う。

——記憶なんていとも簡単に消されてしまうから、いつかの自分のために記録しておく。全部真実だ。

その瞬間、一気に世界が色づく。手の中にはすっかり元通りになった写真立て。俯いていたのか、私の長い栗色の髪が目に入る。

慌てて立ち上がり鏡を覗き込むと、宗一郎さんではなく私だった。

宗一郎さんの記憶。

そう思ったら、自然と左胸に手を置いていた。

——アサナトの魔導書の表紙は、もしかして宗一郎さんの心臓の中？

宗一郎さんの命と引き換えだという言葉の意味がわかったら、鏡の中の自分の頬に、いつの間にか涙が伝っている。

信じたくない。きっと全部嘘。そう思うのに、全部真実だ、と書かれたあの文字を思い出して打ちのめされる。

私、いつの間にかこんなにも宗一郎さんのことを想っている。

こんなにも悲しくてたまらないのは、あの人が好きだから。

そうはっきりと気づけたのに、私はどう足掻いてもあの人の敵でしかない。

私が月守椿でもない偽物で、美芳国のスパイだと宗一郎さんが知ったら、きっともうあの優しい笑顔も向けてはくれないだろう。

そう思ったら、心が軋んで苦しい。

宗一郎さんか、それとも国や家族か、どちらかを選べと言われたら、どうするのか。家族を裏切ることなんてできない。私が死んだら皆死ぬ。

でも、宗一郎さんを殺して表紙を奪うなんて――、できない。

ハッピーエンドなんてどこにも存在しない。私が宗一郎さんを殺すか、宗一郎さんが私を殺すか、そのどちらかしかエンディングは迎えられない。

ベッドに倒れ込む。薄暗い部屋の中で、嗚咽を止められずにただ泣いていた。

ノックの音が響いている。ハッとして顔を上げると、世界は暗く染まっていた。

あの写真立ての映像を見た日から、三日経った。もう何も考えたくなくて、風邪を引いたかもしれないと言って、誰にも会わずに塞ぎ込んでいた。さすがにそろそろ部屋の外に出ないと、と思い、着替えたり準備はしたものの、ベッドの上に横になって考えごとをしていたらいつの間にか眠ってしまっていたようだった。

「――……はい」

使用人かしら、と思って、起き上がることもせずに声を上げる。

「椿さん？　大丈夫ですか？　夕食をお持ちしたんですが……」

ドアの向こうから投げかけられた声に、勢いよく起き上がる。え、え、ええ。どうしよう。宗一郎さんだ。

「す、すみません……、せっかく持ってきてくださったのに、食欲がないので……」

「駄目ですよ。もう三日もほとんど食べていないとまつさんから聞きました。少しは召し上がらないと。あの、入ってもいいですか？」

髪も梳かしていないし、変哲もない水色の小袖姿だし、紅も差していない。しかも寝起き。宗一郎さんに会えるような恰好ではない。それなのに――。

「……はい。どうぞ」

会いたい気持ちが強くなる。恥ずかしい姿だとか全部凌駕して、単純に会いたい、という気持ちだけしか残らない。慌てて傍にあった宗一郎さんからいただいた椿柄の打掛けを羽織り、毛布を引き上げる。

ドアが開く。廊下のほうが明るくて、逆光で表情は見えない。でもシルエットだけで、もう宗一郎さんだとわかった。

お粥の匂いを引き連れながら、背の高い人が部屋の中に足を踏み入れて、静かにドアが閉まった。

「大丈夫ですか？　少しは食べてください」

ベッドの横に置かれていたサイドテーブルの上にお粥を置いて、ランプを点けてくれる。淡い橙色の光が宗一郎さんと私を包み込んだ。

「ありがとうございます」

食べるとは言わない私を見て、宗一郎さんがベッドの端に腰かける。

「……どうかしました？　風邪というよりは、塞ぎ込んでいるような……」

思わず、視線を落とす。

「風邪ですよ。大丈夫です。あの、うつるかもしれませんので、あまり長くは……」

宗一郎さんは急に左手を差し出す。

「体調が悪いのならば、回復魔法を唱えましょう。そうすればすぐによくなります。でも魔法を使ってもよくならなければ、原因は別にありますよね？」

言葉が出ない。宗一郎さんは初めから私が塞ぎ込む理由は別にあると思っている。もしかして、自室からあの写真立てを持ち出したことを知っている？

疑われている――？

そう思って慌てて宗一郎さんに目を向けると、彼は酷く心配そうに私を見ていた。疑っている表情じゃない。本気で私を心配してくれているような――。

「……ごめんなさい。実は私、宗一郎さんの寝室にあった写真立ての映像を見てしまったんです」

気づいたら打ち明けていた。

真実を伝えたら間違いなく嫌われるとわかっている。でも、もう知らなかったふりなんてできない。嫌われてもいい。ただ、この人の力になりたい。

宗一郎さんは少し目を見張った。でもそれだけ。しんとした沈黙があたりを満たす。

「ごめんなさい……、本当に。私――」

「よく寝室に入れましたね。鍵がかかっていたはずですが」

どうでもいいとでも言いそうなほど、宗一郎さんは、ははっと軽く笑った。

「実は大吾さんに頼まれたんです。美芳国のスパイが宗一郎さんの近くにいるかもしれないから、早く表紙を探して安全なところに保管したい。だから一緒に探してくれ、と。それで大吾さんと宗一郎さんの寝室に……」

宗一郎さんは、なるほどというように頷いた。

「大吾なら確かにドアの鍵は開きますね。あの写真立ての映像、大吾も見ました？」

「いいえ、私だけです。単純に写真をよく見てみたくて持ち出してしまったんです。この部屋に戻ってきて、写真立ての裏に何か書いてあることに気づいて……。それを口に出して読んだら、突然映像が投影されたので、好奇心で……つい。本当に一人で見ました。他の方は一切知りません。本当に申し訳ありませんでした」

サイドテーブルの引き出しから、あの写真立てを出して宗一郎さんに返すと、彼は写真立ての裏に書かれた文字をじっと見つめる。

「気にしないでください。椿さんには表紙のことをいつか話していたでしょうから」

「え？」

それはどういう――。

「見てくれたのなら、手っ取り早いです。アサナトの魔導書の表紙は僕の母の手によって、僕の心臓の中に納められています」

宗一郎さんは私の手をそっと取って、自分の左胸に当てる。すると、金色の光が私と宗一郎さんの間から生まれる。早朝の太陽のような、混じりけのない鋭い針のような光。溢れ出すように部屋の中全体に広がり、キラキラと輝きを増す。

もしかしてこの状態で読めるかもしれない。

そう思った時、宗一郎さんは私の手を引き離す。すると急に光が消えた。

「……このまま解読してしまうのかと思いました」

困ったように宗一郎さんが苦笑する。

「でも本当に……、そこに表紙があるのはわかりました」

ぽろりと自分の瞼の縁から涙が落下する。

「嘘だと思いたかったのに……」

本当はまだ抗いたかった。偽の映像を見たと思っていたかった。全部真実、などではないと言ってほしかった。それなのに――。

涙ばかりが増える。息ができなくなるほど、ひたすら胸が苦しい。

繋いだままの指先を、きゅっと宗一郎さんが強く握ってくれる。

「どうして、宗一郎さんがそんな危険なことを一人で担うことに……」

尋ねると、静かに宗一郎さんの唇が開く。

「単純に、僕の《御役目》だからです」

その言葉に酷く絶望する。宗一郎さんはその言葉で全てを受け入れていることに気づいて、完膚なきまでに打ちのめされたような気分になる。

「御役目、とは一体……」

尋ねた私に、宗一郎さんは「少し経緯を話しましょうか」と呟いた。

「十五年前は美芳国が表紙を持っていました。でも、あの国は魔法至上主義で選民思想が強い上、過激派が多い。危機感を持った帝の命令で、当時帝の隠密頭だった刈海家が表紙の奪還に向かったんです」

刈海家。脳を素手で遠慮なくいじられたような嫌悪感が襲う。でも聞いたことがない。

「刈海家は無事に表紙を奪還し、日本に持ち帰りました。でも美芳国が表紙を取り戻そうと刺客を放ったため、鷹無家に託す際にこの家の庭で大きな争いが起こりました。一族総出で戦いましたが、最終的に鷹無家が表紙を護り切って、美芳国を退けました。——僕たちはそれを《表紙奪還戦》と呼んでいます」

ああ、そうだ。思い出した。

その話は欣怡から聞かされたことがある。美芳国の精鋭部隊が表紙を奪い返そうとしたが失敗した、と聞いた。ただ私が生まれる前のことで、詳細は知らなかった。

「刈海家は《表紙の奪還》という御役目を果たしました。鷹無家の御役目は《表紙を護り抜く》ことです。そのまま表紙をどこかで保管するよりも、僕自身が《箱》になることのほうが確実に御役目を果たせます」

ただそれだけの理由。宗一郎さんがそう言っているのは伝わってくる。

でもだからと言って、自分が犠牲になるなんて――。

そう思ったら気持ちが昂って、涙がわっと溢れ出す。

「そんな……、宗一郎さんばかりが辛い目に……っ」

涙でうまく話せない。嗚咽が喉を焼く。

「……僕は受け入れていますから。それに、辛いのは僕ばかりではありません」

宗一郎さんは取り乱す私の髪にそっと触れる。いつか馬車の中で眠った私の髪に興味深く触れていた時のように、優しく梳いてくれる。

ただもう、この手を、この人を失いたくなくて、しがみつくようにその胸に飛び込む。

驚いたように跳ね上がる体を押さえつけるように強く力を籠める。

「つ、椿さん⁉　え、えっと、あの！」

「宗一郎さんを、心配している人間がいることを覚えていてください！」

「え……」

困っていることはわかっている。でも止まらない。

「貴方を失いたくない、と思っている人間がいることを、忘れないで」

私は貴方を騙している人間だけど、それでもそう思っていることは真実。

沈黙がしばらく辺りに満ちる。

「僕を心配して泣いてくれる人がいるなんて、思わなかったな……」

宗一郎さんは小さく呟いて、私を静かに抱きしめてくれる。真綿でくるむような温かい腕の力に、涙の量が増す。

もう、これ以上宗一郎さんを騙し続けるのは無理。

偽物の私と本物の私との間で、感情が揺れている。

心が焼け尽きそう。苦しくてたまらない。

ああ、もう全部終わりにしたい。

このまま、全て打ち明けたい。

私がスパイで、表紙の奪還のためにここに忍び込んだこと。美芳国は表紙を今も探し続けていること。

全部、包み隠さず伝えないと。

打ち明けたらきっと、もう宗一郎さんは私を信頼することはない。拒絶され、私を排除するかもしれない。

──それでも、いい。

それで宗一郎さんの命が護られるのなら、私はどうなってもいい。

そう決意して口を開いた時、部屋のドアがノックされる。

突然のことに慌てて宗一郎さんから離れて目元を拭う。宗一郎さんもベッドの端から飛び降りて私から距離を取る。

「どうぞ」と声を上げるけれど、ドアが開かない。

「あ、僕が開けますよ」と、宗一郎さんが焦りながらもドアに向かう。

私もベッドから降り、掛けていた毛布から出ると一月の寒さが一気に体を包む。宗一郎さんが開けたドアの先に、ロイが立っているのが見えた。

「ロイ……さん！」

「すみません、突然。風邪だと聞きましたが、調子はどうです？」

「え、ええ……、ちょっと体調を崩していましたが、大分よくなりました」

ロイは無言で後ろ手にドアを閉め、部屋に入ってくる。

青い炎を纏っているようなロイの佇まいに、心がざわめく。

「どうかしました？」

「実は今日銀座に行ったんです。お菓子を買ってきたので、よかったら椿さんにもと思いまして！　宗一郎さんも是非食べてください」

そう言ってロイが差し出したのは、かわいらしい包装がされた焼き菓子だった。

無邪気に微笑む姿に不穏なものは一切感じない。私の杞憂だったと胸を撫で下ろす。

「元気がない時には甘いものを食べるのがいいと私の国では言われているんですよ！　ほら、これなんかジャムが中に入っていて……」

「へえ！　おいしそうですね！」

宗一郎さんがにこにこ笑って焼き菓子を覗き込む。

ロイは私たちに向かって焼き菓子を割って中を見せ、そのまま口に放り込む。私はともかく、宗一郎さんに向けてこれは変なものではないというパフォーマンスだとすぐに気づいた。

もしかして、本当に私の体調を心配してくれたのかしら。

ロイはお菓子を配るのが好きだ。暖炉の前で、ロイがくれたクッキーを宗一郎さんと一緒に食べたのを思い出す。ロイがそうするのは、もらった人の笑顔を見たいからだと聞いたことがある。その延長でわざわざ塞ぎ込む私にもお菓子を買ってきてくれたのだろう。ロイが私を気遣ってくれているのが伝わってきて、任務を中断していることを申し訳なく思った。しかも今、私は自分の正体を勝手に打ち明けようと……。

ロイが差し出すお菓子を受け取って、私と宗一郎さんは口に放り込む。甘さが縮こまった心を解きほぐしてくれる。

「ありがとうございます。気持ちが和らぎました」

「本当ですね！　すごくおいしいです！」

「ははっ、よかったです。どうぞお二人でもっと召し上がってください。椿さんも無理はなさらずに。ではお邪魔だと思いますから失礼します」

ロイが宗一郎さんにお菓子の箱を押しつけて部屋から出ていく。

「ロイさんはいい人ですね。前も僕が根詰めて魔法道具を作っている時にもおいしいお菓子をくれて——」

にこやかに笑った宗一郎さんが、お菓子を置こうとテーブルに歩み寄る。でも辿り着く前に突然くずおれて床に倒れ込んだ。

その光景を信じられずに呆然と眺めていると、私の膝から急に力が抜けて同じように床の上に倒れ込んだ。

宗一郎さんの名前を呼ぼうとしたけれど、声が出ない。手を伸ばそうとしても、痺れて指すら動かすことができなくなる。

——ロイからもらったお菓子。

目の前が暗くなる。あれに何か毒のようなものが入っていた？

ロイも食べていたけれど、あれは自分で選んだもので、私たちはロイが選んだものを食べた。

愕然(がくぜん)とした時、ゆっくりと部屋のドアが開く。

部屋に入ってきたのは、ロイだった。

見たこともないほど冷たい瞳で私を見下ろしている。

それを見た途端、私はロイに裏切られたんだと悟った。

「――表紙のありかを言え。宗一郎」

冷たい瞳で、ロイは宗一郎さんを覗き込む。宗一郎さんはロイを睨みつけるだけで、黙ったままだった。痺れる唇を無理やりこじ開ける。

「ロイ……、やめて……！」

「表紙をどこに隠しているのか言え。宗一郎」

私がどれだけ叫んでも、ロイは一切こちらを見ない。でも宗一郎さんは苦い顔をするだけで、何度ロイが声を荒らげても、何も言わない。

「早く話せ！　表紙はどこにある！」

ロイは着ていたジャケットの内側に隠し持っていたナイフを抜き、宗一郎さんの首元に突きつける。

思わず悲鳴を上げたけれど、声にならずに私の内側で消える。

駄目、殺さないで。お願い、やめて、ロイ。

そんな言葉が沸き上がるのに、何一つ発せられることはない。

何とかしてロイを止めようとしても、体が重くて動かない。

「……僕を殺したら、表紙のありかはわからなくなりますよ。それでもいいですか？」

宗一郎さんは冷たい目をロイに向ける。ロイはしばらく逡巡したあと、悔しそうにナイフを首元から離す。そして今度は私の首元にナイフを突きつけた。

金属の冷たさが皮膚の上から露骨に伝わって、ぞわっと鳥肌が立つ。

「早く表紙のありかを言え！　言わなければこいつを殺す！」

ロイは本気だ。そう確信するほど、ロイは強烈な殺気を纏っていた。

「さあ！　この女が死んでもいいのか⁉」

ナイフが首に食い込む。薄い皮膚を破って、血が溢れ出すのが見なくてもわかる。

宗一郎さんは弾かれたように口を開いた。

「い、言います！　だから、椿さんからナイフを引いてください！」

その言葉に、「先に表紙のありかを言わなければ引かない！」とロイが叫ぶ。

「駄目です……、宗一郎さん。絶対に言っては駄目……」

私の命なんてどうでもいい。

——今日、私はここで死ぬ。

そう確信したあの日は、一体いつだったんだろう。

動かない体に、ぐぐっと力を籠める。するとほんの少し深くナイフが首に刺さる。

宗一郎さんが言ってしまう前に、自分で——。

「……やめてください！　椿さんっ！」

宗一郎さんが怒鳴る。その声でロイは私がしようとしていることに気づいたのか、私の首から慌ててナイフを離した。

「自決する気だったのか？　……つくづく貴様は馬鹿な女だな」

私を助けるために宗一郎さんが表紙のありかを話すくらいなら、自決することで秘密を護りたかった。私がここで死ねたら、宗一郎さんに迷惑をかけなかったのに……。悲しみに呑まれて力を抜くと、さらに体が泥の中に沈んでいくように重くなる。酷い倦怠感に、もう声すら上げられない。

「宗一郎はそんなにこの女が大事か。この女のために隠し続けた表紙を渡してもいいと？　自分の命を懸けてでも護りたいとでも言うのか？　——いいか？　教えてやる」

ロイは馬鹿げていると言って鼻で笑い、ふらふらと宗一郎さんに向かって歩き出す。

嫌な予感が止まらない。待って、ロイ——。

「この女はな、本当はアサナトの魔導書の表紙を奪還するためにやってきた、美芳国のスパイなんだよ！」

しんと世界が静まり返る。その中で宗一郎さんと目が合った。

驚いているのか、大きく目を見張っている。

思わず見ていられなくて、逃れるように瞼を閉じる。

宗一郎さんに知られてしまった。

もう私を信頼してもらえることなんて、ない。

「宗一郎に近づいたのも、全部、魔導書の表紙のためだ。それ以上も以下もない。残念だったな。こいつは骨の髄まで美芳国の人間なんだよ」

何も否定できず、ただ唇を強く噛みしめる。

「この女のせいで、いろいろと予定が狂った。宗一郎に肩入れして、本来の任務を忘れて……。その間に別動隊が動き出して、俺たちは欣怡に見限られた」

「え……？」

欣怡に見限られた？ 驚いて目を見張った瞬間、ロイは私の右手を強く踏みつける。

「――っっ！」

「やめてください！ 椿さん、大丈夫ですか⁉」

払いのける力もなく、ロイの革靴の下で自分の手が軋んでいるのを見る。この後に及んで私の心配をしてくれる宗一郎さんに、申し訳ない気持ちでいっぱいになる。

「俺たちは見限られたんだよ、蓮花。そうじゃなきゃわざわざ別動隊なんて送り込んでこない。だがな、俺には一発逆転のチャンスがある。別動隊に手柄を奪われる前に任務を成功させれば――俺の勝ちだ」

ぞっとするほど冷たい瞳。ロイが言っていることは間違っていない。

「さあ、表紙のありかを言え。言わなければこいつの右手を潰す。次は左手。その次は右目……」

ギシギシッと右手がおかしな音を立てる。

「――っ！」

嫌な汗がぶわっと噴き上がる。

「話しますから、そんなことしないでください！」

「不思議だな。お前に自分を裏切っていた女を助ける義理はないのに」

「うるさい！　早く足を離してください！　離してから話します！」

やれやれと肩を竦め、ロイが私の手から足を離した瞬間――。

「――レダト」

ドアが勢いよく開き、低い声が辺りに響くと同時に、金色の矢がロイの持っていたナイフを弾き飛ばす。ロイは勢いのままその場に倒れ込んだ。

黒い影がゆらりと部屋に入り込み、鋭い眼光で私を睨みつける。

「大吾さん……」

恐らく部屋の外で話を聞いていただろう。私も大吾さんに捕らえられるはず。

「フェブニス」

赤い杖が大きく弧を描き、私と宗一郎さんの上にささやかな光が降り注ぐ。その途端、痺れや酷い倦怠感が軽くなる。

これは初級の回復魔法。まさか大吾さんが助けてくれた？　でも一体どうして……。

何とか体を起こすことができたけれど、完全に回復できていない。

「椿さん。回復魔法を解読してください」

赤く腫れ上がった私の右手を宗一郎さんが取る。

「は、はい……」

宗一郎さんは私がスパイだと知っている。でもどうして――。

ロケットペンダントから魔導書のページを呼び出し、解読する。

「――フェブリクラーレ！」

船上で本物の椿さんと使った、回復魔法。銀色の光がキラキラと私たちに降り注ぎ、右手から痛みが消え、倦怠感や痺れも柔らいで体が動くようになる。

「近づくなっっ！　俺は絶対に表紙を奪還しなければならない！　家族が待っているんだ、俺は――！」

爆発するような怒鳴り声に、我に返る。ロイは私たちに向けてナイフを構えていた。

「無駄な抵抗はやめろ。もう仕舞いだ。そのことは貴様が一番わかっているだろう」

大吾さんが杖をロイに向けて言い放つと、ロイは目を吊り上げる。

「仕舞い、だと？　ここまで地道に鷹無家と関係を築き上げ、疑われずに潜り込んだのに、全部その女のせいで狂った……。ここで終わりだなんて、認めない！」

ナイフで大吾さんに襲いかかるけれど、ロイは簡単に初級魔法でいなされる。

いくら私たち美芳国のスパイが一通り暗殺術を仕込まれていると言っても、一人でも初級魔法を使える詠唱者との差は歴然としている。ロイだって百も承知だ。

「ロイ……、本当にごめんなさい」

謝罪の言葉なんて、ロイは聞きたくないはず。でももう私ができることは、謝ることしかできない。

「お前は自分の家族よりも宗一郎を護るのか⁉　ふざけるな！　これは任務だ！　今も家族たちは収容所で苦しんでいるのかもしれないのに！」

「ロイ、私は罰を受けるわ。だからロイは私を裏切り者だと欣怡に突き出せばいい。私のせいで任務は失敗したと言えば、欣怡は貴方や家族を許してくれるはず」

ロイはその人脈と貿易商という立場から、まだ使い道がある。けれど私が国に戻っても、たとえここに残っても、待っているのは死しかない。それなら自分で幕引きをして、ロイが少しでも有利になるようにしてあげたい。

自分の家族のことを思うと、取り返しのつかないことをしていると、恐ろしくなる。

でも家族の顔が全く思い出せない。そんな人たちは本当にいるの？

疑問が頭を占めるけれど、家族を人質に取られているから私はスパイとして鷹無家に潜り込んで表紙の行方を探っていたのは事実。

でも《お父様》は殺された？　誰に？　いつ？　いえ、殺されていなくて収容所で生きている？

あの血の海で倒れて死んでいたのは——お父様、だった。

でも今も収容所で私を待っていて——。

本当に？　家族、とは、何？　美芳国にいる間、手紙すらくれたことがないのに、本当にいるの？　もしかして、全て欣怡の作り話？

「……お前は、今度は俺のために自分が犠牲になると？」

凍てついた声に、現実に引き戻される。さっきよりもロイは冷静になったようだった。でもその冷静さが、張り詰めた糸が切れる前のようで恐ろしい。

「ロイ……、私は」

「元々は俺が、表紙が鷹無家にあるらしいという裏取りもない不確かな情報を鵜呑みにして、始まった任務だ」

「そうだったのかもしれないけれど……」

「欣怡が、日本なら蓮花が相応しい。表紙も欲しいが、鍵が開いて完全になった蓮花が欲しいと言った」

その言葉に、わけがわからなくなる。

「日本に来たのは初めてだわ。なのに相応しい？　しかも鍵が開いた、私……？」

「俺にもわからないが、お前が裏切ったと欣怡に訴えたところで、何らかの利用価値があるお前に、大した咎めはないだろう。さらに地獄の中で飼い殺されるだけだ」

ナイフが、ロイの手から滑り落ちる。

「……もう、全部疲れた。欣怡に家族だけは助けてほしいと伝えてくれ」

ロイの両手はクロスさせて自分の胸の上に置かれる。

ゆっくりとその瞼が閉じられ、代わりにロイの唇が静かに開く。

そのポーズは……。

「駄目っっ!!　ロイっ！」

弾かれるように叫ぶと、大吾さんが一気に杖を構えた。

「レダト！」

赤い杖から放たれた金色の光が矢になってロイに襲いかかる。――その言葉を口にする前に、ロイの体に矢がかすり、壁に体を打ちつける。慌てて駆け寄ると、意識を失ったのか反応がない。でも生きている。

倒れ込んだロイの目元から、一筋の涙が滑り落ちていった。

「――今のは一体なんだ。あのポーズは!?」

大吾さんが私の肩を強く摑む。

戸惑っていると、大吾さんが焦ったように話せと私を大きく揺さぶった。

「い、今のは、美芳国の忠誠の表し方です」

「忠誠の……？」

心なしか宗一郎さんの顔色が悪い。

「はい。……両手をクロスさせて胸に置くことで、杖を手放し、箱も開けず、誰にも触れられないので魔法も発動できません。目を閉じることで視覚も失い、美芳国の王である第八席に今この瞬間殺されてもかまわないという完全服従をあらわすポーズで、美芳国独自のものです」

それを聞いた大吾さんは、さらに深く眉を顰め、考え込むように俯いた。

「読書会に所属する人間は、第八席から《自決魔法》をかけられています。このポーズを取り、ある特定の言葉を唱えることで、たとえ杖を振らずとも、一人であっても、確実に起動して自決します」

ロイは――、死ぬ気だった。

自分が死ぬことで、家族は許してもらおうとした。

「美芳国……」

宗一郎さんが呟く。何を考えているのか、その瞳はぞっとするほど昏い。

「もしや……、あいつか⁉ 俺は前に何度かこのポーズを見たことがある。あまり深く考えなかったが、もしや別動隊は……！」

え――？

大吾さんが駆け出そうとした時、部屋のガラス窓が派手な音とともに一気に割れる。

「ガナリア！」

宗一郎さんが杖を振ると、光が盾になって飛んでくるガラスから護ってくれた。

音が消え、しんとした静寂が辺りに満ちる。

「……あーあ。潰し合ってくれるのを期待していたのに、残念」

軽い笑い声が響き、バルコニーに誰かが立っていることに気づく。

大吾さんと同じ黒い制服に、八芒星の腕章。その姿で美芳国の忠誠のポーズを取り、こちらをにやにや笑いながら眺めている。

「日嗣……さん」

呆然としながらも名前を呼ぶと、彼は平然とした顔で部屋の中に足を踏み入れる。

その背後には、見慣れた中華風の服を着た人たちが数人、バルコニーの縁に腰かけたり寄りかかったりして不敵に笑いながらこちらを見ていた。

「――日嗣が、表紙を奪いに来た美芳国の別動隊、ですか？」

杖を構えたままの宗一郎さんが、日嗣さんに尋ねる。

「そうだよ。オレが美芳国の刺客」

今日の天気は晴れだ、とでも言うように、さらりと日嗣さんは認めた。

日嗣さんが、私と同じく美芳国のスパイ？

くらりと世界が歪む。どういうこと？　日嗣さんは一族の者じゃないの？　今までそんなこと何も……。

「――一体いつから、美芳国と手を組んでいた」

大吾さんの低い声が、露骨に揺れる。今まで一度も揺らいだ姿を見せなかったのに。

「いつから？　ああ、そうか。大吾は知らないか。もしや宗一郎も？　まさかそんなことはないよね？　――オレは元々、十五年前の表紙奪還戦の時に美芳国から送り込まれた刺客の一人だよ。あの奪還戦のあと、楯岡家に養子に入っただけ」

「お前が養子だとは聞いていたが、そんな美芳国の刺客だったなんて――」

嘘だろ⁉　と、大吾さんが怒鳴る。

「本当。簡単な話だよ。オレは表紙奪還戦のあとに、宗一郎の母親の繭子にまだ子供だからと命を助けられて、表紙に書かれた究極魔法で記憶を消されたんだ」

「本当か？　宗一郎」

「……僕も、日嗣が表紙奪還戦に参加していたのは初耳です。出自も特に知りません。日嗣はとても優秀な解読者だったから、子供がいなかった楯岡家にどこかから迎え入れられたと父から聞いていただけです」

困惑している二人を満足そうに眺めながら、日嗣さんはにやにや瞳を歪めている。

「まあ、オレだって繭子に記憶を消されたせいで、しばらくは自分が美芳国の人間だったなんて知らなかったから大吾たちが知らなくても無理はないよ。オレの出自を知っている自分の養父母から冷遇され続けて、どうしてだろうって悩んでいたくらいだったから。記憶を取り戻してようやく冷遇されることに納得したくらいだし」

日嗣さんは記憶を消されたけれど、取り戻した？

心がざわめく。もしかして私も、失った記憶を取り戻せる？

「ここは居心地がよくて、このまま美芳国に戻らずに《楯岡日嗣》として暮らしてもいいかななんて思ってた。でも椿さんが鷹無家に入り込んだのを知って、もし宗一郎から表紙を奪っちゃったら、それは全く面白くないなあって」

無邪気すぎる日嗣さんの声音に、ぞっと身の毛がよだつ。

宗一郎さんも大吾さんも複雑そうな顔をして日嗣さんを眺めていた。

「もしオレが椿さんより先に表紙を手に入れたら、王座である第八席に座ることも夢じゃない。そうなったら、今までオレを冷遇してきた楯岡家や鷹無家の一族たちを根絶やしにできるでしょ」

にいっと、目じりを垂れさせた日嗣さんは、まるで別人のようで恐ろしかった。

大吾さんも、宗一郎さんと一緒に日嗣さんに向かって杖を構える。

「それにさ、椿さんを先に助けたのはオレなのに二度も横から攫われるのは面白くないんだよね」

「え……？」

パチンと日嗣さんの手の中にある懐中時計の蓋が外れる音が響く。

「上野公園で椿さんと再会して、君も記憶を消されていることに気づいた。感動の再会にならなかったことは残念だったよ。表紙を見つけ出すために椿さんを利用できないかと思っていたけど、大吾や宗一郎に先を越されて時間が足りなかったな」

自分のことを、自分以上に知っている。その事実に眩暈がする。

以前どこかで日嗣さんに会っていたなんて、まるで思い出せない。

「少し前に欣怡に接触したらロイと椿さんと三人で仲良く表紙を探し出せなんて言われてさ。はーいって言ったけど、無理。二人は表紙を手に入れたら欣怡に渡すだろうけど、表紙さえあればオレは第八席に座れるんだから、自分一人の手柄にするでしょ」

悪びれた様子もなく、日嗣さんは屈託ない笑顔を振りまく。それがまた今の緊迫した状況に不釣り合いだった。

「だから一人で表紙を得るために、自分が横浜港に呼び寄せた美芳国の兵隊を、わざと自分で捕まえた。ありがたいことにオレはずっと日本にいたから、あいつらはオレの顔がわからなくて、自ら炎に飛び込んでくる虫のように簡単に捕まってくれたよ」

さっきから日嗣さんが何回も懐中時計の蓋を開け閉めしている。

いつ解読して魔法を使うかわからず、じりじりと首を絞められるように息苦しい。

「そいつらのおかげで、しばらく横浜港を見張る大義名分ができた。心配だからって大吾に言えば、横浜港に詰めていても疑われないでしょ。そのかいあって、すんなりとさらに多くの兵隊を不法入国させることができたってわけ。オレが東京にいない間に椿さんが表紙を探してくれたらなーなんて思っていたけど、未熟なやつが初級の自白魔法で喋(しゃべ)っちゃうんだもんなあ。大吾が慌てて鷹無家に表紙を探しに行ったって聞いて、これはまずいって無理やり表紙を奪う計画に変更せざるをえなかったんだよね」

ここしばらく日嗣さんが横浜港にいた理由を聞かされて、愕然とする。

手引きしている人間がいると思っていたけど、それがまさか日嗣さんだったなんて。

「――どれだけの人数を呼び寄せたと思う？　十五年前なんて、比じゃないよ？」

日嗣さんの肩に誰かの手が置かれる。それを見て思わず宗一郎さんの手を握る。

「私に、解読させてください」

驚いた顔で私を見下ろす宗一郎さんの瞳が揺れる。

「そうしたら君は完全に美芳国を裏切ることに……」

「いいんです。私の心はもう決まっています」

大事な人を一人で戦場に向かわせたくない。自分に戦う力があるのなら、私は戦う。失ってから嘆きたくない。

「……わかりました。お願いします」

詠唱者は魔法が発動されるまで、何の魔法か知ることはない。

だからこそ、詠唱者と解読者には信頼が必要になる。

私が美芳国のスパイだと知っても、信頼してくれる宗一郎さんに心から感謝する。

「――さて、宗一郎。表紙のありかをさっさと教えてもらいたいんだけど」

日嗣さんは淡々とこちらに向かって歩いてくる。その革靴の下で、ガラスの割れる不快音が響く。

「日嗣には、話すことはありません」

きっぱりと拒否した宗一郎さんに、日嗣さんはやれやれと溜息を吐く。

「――そっか、なら仕方ないか」

「タスヴェント！」

日嗣さんの詠唱者が、宗一郎さんに向けていた杖を突然大吾さんに向けて振る。その瞬間突風が吹き抜け、まともに受けた大吾さんが吹き飛ばされる。壁に体を打ちつける鈍い音が鳴り響き、大吾さんが倒れ込んだ。

「大吾!?」

タスヴェントは風を起こす中級魔法だ。今、日嗣さんはいつ解読した？　それすらわからないほどの優秀な解読者だとまざまざと見せつけられた。

「大丈夫ですか⁉　大吾、しっかり！」

大吾さんは、薄っすら意識はあるようで、この状態になっても杖を構え続けている。

「宗一郎さん、回復魔法を――」

ロケットペンダントを開けようとした私に、冷え切った声が追ってくる。

「大吾ほどの威力とはいかなかったかな。大吾を失うのはオレにとっても痛手だよ」

「貴様……、どうして裏切った」

大吾さんは起き上がることもできないまま、日嗣さんに問う。

「どうして、だなんて明白だよ。オレはさ、元々本当に貧しい農村に生まれた。でも自分が魔法使いだとわかって読書会に迎え入れられた時から、全部ひっくり返った。嘘みたいに大金持ちになって故郷に仕送りしたら、それこそ王のように迎えられてさ。最高だった。《本物の王》になる好機があるなら、みすみす逃したくない。それだけだ」

美芳国は激烈な選民思想と、魔法使いによる完全能力主義で成り立っている。

昨日まで食べるものがない生活を送っていたとしても、魔法使いだと判明した瞬間に世界が一変する。

「ふふ。それにしても、最期の言葉ってみんな一緒なんだね。繭子も《どうして裏切ったの》って聞いてきたな」

——繭子。

その名前に、空気が痛いほど張り詰める。

「……やっぱり、日嗣が」

傍にいるだけで、嫌な汗が噴き出す。息ができなくなるほどの圧迫感が伸しかかる。

——宗一郎さんが、怒っている。

今まで一度だって宗一郎さんが本気で怒っている姿を見たことがなかった。

「ようやく気づいた？ 嬉しいなあ。気づかせるために繭子に美芳国の忠誠を誓うポーズを取らせたのに、誰もオレがやったって気づかないんだもの。つまらなかったよ」

ロイが自決しようとした時、宗一郎さんの顔色が悪かったのを思い出す。繋いだ手に力を籠めるけれど、大きな手はさらに冷えていく。

「そうだよ。あの日繭子を殺したのはオレだ。だってしょうがないよね。ずっと一緒にいてくれないならもう——」

繋いだ手に痛いほど力が籠められる。驚いて顔を上げると、宗一郎さんは昏い瞳をしていた。抱えた怒りが彼の全身から滲み出ている。このままだと宗一郎さんは怒りに任せて全て破壊してしまう——。そんな最悪が自然と頭に浮かぶ。

「ユジット！」

大吾さんの手から、白い紙が鳥のようにいくつも飛び立って、割れた窓から外へ飛んでいく。

「――応援を呼んだか。でも遅いよね」

日嗣さんが懐中時計に触れる。

「宗一郎さん！　詠唱してください」

私が手を強く引くと、我に返ったように宗一郎さんが振り返る。

「フェブリクラーレ！」

大吾さんの上に銀の光が降り注ぐのを見ながら、私は宗一郎さんを連れて駆け出す。

その間にもロケットペンダントから魔導書のページを呼び出し解読する。

「シャルト！」

宗一郎さんが杖を振ると、その背に真っ白い羽が生える。私は宗一郎さんにしがみつき、一緒にバルコニーから飛び降りた。着地すると羽が消え、私たちは庭を駆ける。

「落ち着いて、宗一郎さん！　一旦、立て直しましょう！」

宗一郎さんの心が乱れている。それがどういう影響を及ぼすかわからなかったけれど、よくないことは何となくわかっていた。

大吾さんを残したことは心残りだけど、回復魔法である程度は回復したはずだから、あの場から逃げるくらいの能力は大吾さんに絶対にあるはず。

それよりも宗一郎さんが殺されて、表紙を奪われたらどの道終わりだ。それだけは絶対に阻止しないと。

背後から、大きな爆発音が聞こえた。魔法同士がぶつかり合う炸裂音が無数に上がり、鷹無家の応援が来たのを知る。

広い鷹無家の庭を二人で駆けていく。

——私、前もこうやって、この場所を走った？

ガラス窓に写る二重の世界のように、現実世界の上に、もう一枚景色が重なる。

夕暮れだった。

薄暗い世界の中で、誰かが私の手を引いている。

「早く！　こっちだよ」

「ま、待って。着物だと走りにくい……」

「なら、その手の中にあるものを貸してよ。オレが持っていくから。重いでしょ」

いいのかな。確かにこれは重い。それにベロア生地のこれはするするしていて、掴んでいても汗で滑って持ちにくい。

でも……。

「だ、大丈夫！　それより、本当にこっち？」

さっきより建物から漏れる淡い光が、ずっと遠ざかっている気がする。

「本当だよ。ここは抜け道なんだ。早く辿り着けるよ」

その言葉にほっとする。

狐のような顔立ちの赤髪の少年は、私のそんな反応を見て、もう一度問う。

「重そうだよなあ。やっぱりオレが持つよ」

伸びてくるその手から、かばうように強く抱き抱える。

「いい！　私の御役目だから！」

抵抗する私に、チッと舌打ちが冷たい世界に響く。

——え？

赤髪の少年の顔から笑顔が消える。

「あー……、もうここでいいか。誰もいないし。あんたの御役目とか、どうでもいいよ。さっさとそれ渡してくれる？　抵抗するなら殺すけど」

足を後ろに引こうとしたけれど、繋いだ手に力を籠められ、動けなくなる。少年は懐からナイフを出し、ゆっくりと私に向かって振り上げる。

心臓が暴れる。嫌。これは絶対に誰にも渡さない。簡単に信じた私が馬鹿だった。お父様のためにも絶対に——。

「——イルグマ」

チカッと目の端に光が走る。その瞬間、赤髪の少年の持っていたナイフが凍りつき、少年の腕、そして両足が順番に凍りついていく。驚いた少年は私から手を離し、そのまま動くことができずに凍って固まった。

誰かが、魔法を使った。でもイルグマはちょっとだけ凍らせる初級魔法。でもこれは中級魔法以上の威力だ。

慌てて顔を向けると、鳥の巣のような髪の少年が、少し離れたところから杖を構えてこちらを見ていた。その目は、ぞっとするほど昏い。

誰？ また敵？ よくわからないけれど、あの子は強すぎる。早く逃げないと——。

慌てて手の中のものを抱え直し、庭の中を遠くに見える建物の光に向かって闇雲に駆け出す。あんなに強い魔法使いの少年がいるなんて——。怖い。

今日、私はここで死ぬ。

そう確信しながらも、生きることを諦められずにいる。

涙で前が見えない。必死で足を前に動かしても、まるで空を蹴っているようで手ごたえが感じられない。

私、前に進めている？ この足は地面を蹴れている？

——この手の中のものは、しっかり守れている？

急に世界が明るくなる。ぎゅっと自分の右手に力を籠めると、あの日と同じように誰かの手の熱を感じた。私の左手に抱えたものは、もうない。

あの鳥の巣頭の少年は、今――。

「私……幼い頃、宗一郎さんに助けられて――。私、一体……」

さざ波のように、記憶が戻ってくる。

「椿さん、記憶が――」

宗一郎さんの唇の動きを目で追う。でもすぐに強く唇が引き結ばれる。

「エナダガ！」

漆黒の杖を宗一郎さんが振った瞬間、大地が大きく震える。どこからともなく現れた美芳国の兵隊たちは足を取られて倒れ込んだ。足止めの魔法だ。

初級魔法なのに、なんて威力。この人が本気を出すと、一体どうなってしまうのか。

「……やっぱり宗一郎はすごいね。本気で宝の持ち腐れだと思うよ」

笑い声が風に乗る。その時、カチッと懐中時計が開く音がする。その瞬間弾かれたように駆け出す。

「ダシュト！」

日嗣さんの詠唱者が声を上げた瞬間、さっきまで私たちが立っていた場所に炎の柱が立ち上る。じりっと頬に熱が伝わって、顔を顰める。

解読が速すぎる。懐中時計を開いた時にはすでに解読を完了している。

私が今まで出会った解読者の中でも、日嗣さんは一番と言っても過言ではない。

左手を掲げ、ロケットペンダントから呼び出した二枚の魔導書を解読する。

「――ネダヴェント！」

宗一郎さんが詠唱すると同時に、暴風雨が巻き起こる。燃え上がった火柱は一気に消え、日嗣さんの周辺は猛烈な風と雨に包まれ、私たちから目を離す。

畳みかけなければ――。そう思ったけれど、躊躇う。

私の揺らぎを感じたのか、宗一郎さんは私に目を向けた。それを見て口を開く。

「あの……宗一郎さん、攻撃魔法を使ってもいいでしょうか？」

宗一郎さんはほんの少し目を見張る。

確認したい。戦場での解読者は、どの魔法を使うか決める参謀の役割をこなす。つまり私がどんな魔法を使うか決められる。

宗一郎さんは攻撃魔法を使わない。

それは信念にも似たものだ。でも、日嗣さんを捕らえるには、そんなことも言っていられない。

「……使いましょう。日嗣を止めるためには、甘いことを言っていると返り討ちにあうと思います」

そう言った宗一郎さんは先ほどとは変わって、冷静だった。

「互いに血が流れるかもしれません。それでも——」

「はい。……少し前の僕なら絶対に嫌だと言っていたかもしれません」

ぎゅっと繋いだ手に力が籠められる。

「でも今は、僕にも護りたいものができました」

柔らかく微笑んだ宗一郎さんから、目を離せなくなる。

「だから、厭いません。どんな魔法を使うかは、君に任せます」

信頼してくれている。その事実に、全身に血が通うように魔力が指先までみなぎる。

小さく頷いた。ロケットペンダントの中にどの魔導書が納められているか、瞬時に理解する。呼び出したい魔導書をピックアップする時間も短縮され、左手をかざすと同時に魔法式を解読できる。

こんなにも魔法は心と密接なのか。

宗一郎さん、私だって貴方を——。

「——レダミス!」

宗一郎さんの杖から無数の光の矢が放たれて、日嗣さんに一気に向かう。

日嗣さんは暴風雨に耐えながらも瞬時に解読する。

「ガダナスト!」

屋敷で宗一郎さんが使った盾の魔法、ガナリアの中級魔法。半球の光の盾が日嗣さんと詠唱者を包み込む。その上に無数の矢がまるで雨のように容赦なく降り注いだ。明確な攻撃魔法。初めて宗一郎さんが攻撃魔法を使ったのを見た。

光の矢の魔法なのに、まるで巨大な雷が落ちたように強烈に降り注ぎ、大地が大きく震えた。宗一郎さんの魔力の強さに、ごくりと唾を飲み込む。

「あっぶねえ！」

パリンと半球の光の盾が割れ、日嗣さんが飛び出してくる。左腕から血が溢れ、当った矢もあったことを知る。宗一郎さんは暴風雨の魔法を解く。

「日嗣、投降――」

「しねえよ！」

「――シュトナジ！」

日嗣さんの詠唱者が杖を振ったのを見た時、強く手を引かれる。それと同時に目の前で閃光（せんこう）が走る。爆発音が全身を震わせ、私はその場に倒れ込んだ。

焦げくささが鼻をつく。遅れて痛みがやってきて、頭がくらくらする。

「大丈夫ですか⁉」

気づけば宗一郎さんに抱えられていた。破片が飛んできたのか、宗一郎さんの頬から血が落ちるのを見て我に返る。

「だ、大丈夫です。すみません、足手まとい……」

「――ナユナ」

低い声が耳に届いた時にはすでに、私と宗一郎さんの周りの地面がまるで底なし沼のように溶け出し、足を取られる。ぐらりと体が大きく揺れた。しまっ――。

「ステリア！」

宗一郎さんが杖を振るい、初級魔法で足場を作ってくれた。宗一郎さんに抱えられてそこに飛び移る。

ああ、完全に足手まといだ。そう思ったら、焦りからか視界が狭まる。

何度か宗一郎さんが足場を作って遠ざかり、地面に降りようと足場から飛び降りる。

でも――。

「――エルナ」

冷たい声が響き、着地すると同時に足に何かが絡みついたように動かなくなる。これは神保町で宗一郎さんと私が使った五秒足止めの魔法。

「フェイル」

あ、これは宗一郎さんと自転車に乗った時に唱えたスピードを上げる魔法。

気づいた途端、私たちに向かって誰かが駆け出してきた。

「やめて日嗣さん！」

思わず叫ぶけれど、日嗣さんはナイフを手に、まるで弾丸のように向かってくる。

勢いを止められない。足止めされているせいで動けない。魔法が解けた瞬間に解読して詠唱する時間なんてない。

宗一郎さんを突き飛ばして安全なほうへと思った。でもその途中で気づいた。

——違う。

狙われているのは宗一郎さんではない。

私、だ。

解読者である私を失えば、他に解読者がいないこの場では、宗一郎さんは初級魔法しか使えなくなる。真っ先に解読者が狙われるのは戦場での鉄則。

魔法が解けるまでの五秒が、とてつもなく長い。もう——。

そう思った時、五秒経ったのか魔法が解ける。がくっと勢いのまま体が前のめりになった。あ、駄目だ。獲物を逃すまいとでもいうように、日嗣さんが唇の端を上げながら私に向かって大きくナイフを振り上げた。

瞬間、誰かが私の前に立ちはだかる。

まるで二重写しのように、黒い影が彼に重なる。

**お父様に向かって剣を振りかぶった手が見える。**

——駄目。殺さないで！

鈍い音と衝撃、ぐらりと小さく揺れた背の高いその人は、私の目の前でくずおれる。

その瞬間、わっと記憶が甦る。

この光景を私は見た。

同じように父は倒れ込み、あの日幼い私にアサナトの魔導書の表紙を託した。私はそれを護ることが御役目だと信じ、それを持ってこの鷹無家に駆け込んだ。

私は——、帝から表紙の奪還を命令された、刈海家の娘。

父は美芳国で表紙を奪還し、日本に戻り、鷹無家に表紙を託す前に刺客に殺された。

父とともに表紙の奪還のために美芳国に乗り込んだ一族も全員死に、母も殺された。

私は表紙奪還戦の最中に記憶を消され、混乱の中で、奪還戦に参加していた欣怡に攫われた。それに、それに私は——。

悲しくて、たまらなくなる。

私にはもう家族はいなかった。大事な人は全員殺された。

またここで失うの？

「まさか宗一郎が女のために命を懸けるなんて驚いたな……。まあどうでもいいけど、死ぬ前に表紙のありかだけは吐いて死ね！」

日嗣さんの両手が宗一郎さんの胸倉に向かって伸びる。

「――っ、レダト！」

宗一郎さんは日嗣さんの手が触れる前に、倒れ込みながらも黒い杖を振るう。至近距離にいた日嗣さんに逃げ場はなく、光の矢が日嗣さんを吹き飛ばし、日嗣さんの詠唱者も巻き込んで傍の木に体を打ちつけた。彼らはそのまま気を失った。

しんとした静寂が辺りを包む。

宗一郎さんが大きく咳込んだ。ナイフは宗一郎さんの心臓あたりに突き刺さり、彼が呼吸をするたびに真っ赤な血が溢れ出す。

「駄目……。宗一郎さん、死んでは嫌」

止血しようと傷口を両手で押さえるけれど、どんどん血が溢れ出す。

「嫌、待って、死なないで！　お願い、宗一郎さん！」

頬から血色が奪われていく。代わりに私の両手が赤く染まる。

私のために死なないで。

私が望むのは宗一郎さんの幸せだけなのに――。どうして……。

震える手で、自分のロケットペンダントを開く。早く、回復魔法のページを探さないと、宗一郎さんが死んでしまう。早く、早く――。

混乱していつものようにページを探せない。

「椿さん。……よく聞いてください」

落ち着いた声音に、我に返る。ロケットペンダントから目を離すと、宗一郎さんが私を見上げていた。その目は春の海のように凪いでいる。

「……いいですか？　これから僕に消滅の魔法をかけます」

消滅の、魔法。

どくん、と心臓が大きく震える。

それは——、宗一郎さんを完全に消す魔法。

「い、嫌です。それに私、そんな魔導書のページは持っていません」

「大丈夫。君なら読めます」

穏やかに微笑んだ宗一郎さんは、自分の胸に私の手を当てる。

「もしかして、アサナトの魔導書の表紙に書かれた究極魔法……」

呟くと、宗一郎さんは頷く。

「今までどうすればこの表紙を消滅させられるかずっと考えてきました。解読できる人がいなかったので諦めていましたが、君が現れた。十ある内の一つに消滅の魔法があります。僕はアサナトの魔導書の表紙を抱えたまま消えます」

灰にもならず、何一つ宗一郎さんが生きた証拠も残らず消える。

「絶対に嫌っ！　私はこんなことのために貴方の前に現れたわけでは——」

目から零れる涙が邪魔で、宗一郎さんがうまく見えない。

でも、滲む世界の中で、宗一郎さんが変わらず笑んでいるのがわかった。

それを見た瞬間、この人は全部決めているのだと悟った。

自分の死も、きっとずっと前から受け入れている。

恐らくアサナトの魔導書の表紙を心臓に隠すと決めた時からすでに……。

「解読できるのは……、君しかいません」

宗一郎さんは、漆黒の杖を掲げる。すでに力がうまく入らないのか、杖を落としそうになったのを見て、思わず宗一郎さんの手を摑んだ。その時に指先が杖に触れる。

途端に、ぞぞぞぞと、黒い杖を持った手から脳に向かって何かが入り込んできた。

——我を使え、女。我を自由にしてくれたら、この世の全てを貴様にくれてやる。

耳元で誰かが囁いている。

——ああ、嘆かわしい。我はこの男に封じ込められた。今や表にも出られぬ。我は不滅だと言うのに。

誰？　やめて。

——ん？　貴様は……。そうか。ああ、そうか。貴様が我の真の使い手か。貴様なら我の全てをその身一つで完全に扱えるだろう。

うるさい。うるさい、うるさい。やめて、私は……。

——恐れるな。そうだ。この男は助けてやろう。我にできぬことはない。約束だ。

約束？　宗一郎さんを助けてくれる？

——ああ。だから、唱えるのだ。まずは今すぐこの世界を滅ぼせ！　そうしたら、この男を助けてやる。だからまずは破壊しろ！　破壊、破壊破壊——。

「……椿さん、駄目です」

ぎゅっと私の手を誰かが掴む。その力にびくりと体が震え、我に返る。宗一郎さんが息も絶え絶えに私を見上げていた。

「耳を傾けてはいけない。……いいですか？　これから僕に消滅の魔法をかけます」

念を押すように、もう一度宗一郎さんが私に言い聞かす。

「アサナトの魔導書なんて存在しなければ、君も、ロイさんも、日嗣だって誰も苦しまずに済んだんです。これで全員解放される」

「そんな……」

頭を横に振ると涙がバタバタと宗一郎さんの上に落ちる。

「表紙奪還戦の時、僕がアサナトの魔導書の表紙を使って、君の記憶を消しました。そのせいで……、君は美芳国で辛い思いをしていたんだと思います。だから……、もうこんな魔導書に縛られず、誰よりも君に幸せになってほしいんです」

それは私が貴方に言いたい言葉。お互いにお互いの幸せを願っているのに、その願いが叶(かな)う時にはどちらかがいない。

こんなにも想いが溢れ出す。強く惹かれてやまないのに、どう考えても私が進むべき道は一つしかない。

力が入らなくなったのか、宗一郎さんの手がずるりと私から滑り落ちる。その手を代わりに強く握る。

「椿さん、早く……、詠唱、できなくなって……しまう」

「――……解読します」

宗一郎さんの胸に当てた手に意識を集中させる。あの時見たように、私と宗一郎さんの間から金の鋭い光が放たれる。

一から、十までの究極魔法。幼い頃は三つしか読めなかった。

でも今は――。

――この世界を破壊しろ！

突然そんな声が耳元で爆発するように聞こえて、手を離しかける。でも私の手の上に宗一郎さんの手が重なって留める。

大丈夫、と言うように、宗一郎さんは私に向かって微笑んだ。

ごめんなさい、宗一郎さん。嘘ばかりの私で、本当にごめんなさい。

私は貴方がいないこの世界なんて、どうでもいい。貴方が犠牲になって消えるくらいなら、全部壊れてしまえと思っている。

また私は貴方を騙すことになる。

正直、私もどうなるかわからない。究極魔法を唱えて生き残れるか、それとも命と引き換えかわからない。でもきっと、全部今日のため。

ずっと生きている意味がわからないと思っていたけれど、貴方に出会うためだった。

宗一郎さんは私を見上げながら、小さな声で呟く。

「ごめんなさい……、紫野さん」

私の、本当の名前。やっぱり宗一郎さんは覚えていてくれた。

いつか宗一郎さんが繭子さんに謝った時と同じように、私にも謝ってくれる。

きっと自分がアサナトの魔導書とともに死ぬという決断を、私に抱え込ませたくないと思っているのだろう。

それは私だって同じ。

微笑んだ私の目から、ぽろりと涙が落ちる。

できることなら、貴方と一緒に生きてみたかった。

泥の中を這いずり回ってきた私には、ほど遠い願いだけど。

「――イグラス!」

宗一郎さんの黒い杖をこの手で振り、解読して浮かび上がった呪文を一人で唱える。

その瞬間、杖から放たれた青白い光が宗一郎さんの上に降り注ぐ。

「え……。今、君が……詠唱……」

戸惑った声を上げ、宗一郎さんは目を瞬く。

私は、幼い頃から《特別》だと言われて育った。

解読も詠唱も一人でできる、唯一無二の特別な存在。

ずっと何のために私だけ両方ともできるのかわからなかった。

でもわかった。

私が解読者と詠唱者の両方の存在であるのも、今日この人を助けるためだった。

柔らかく輝く青白い光は宗一郎さんの傷口に降り注ぎ、溢れ出す血が止まる。

刺さったナイフは抜け、光で覆われた傷口は修復されて消えていく。そして何事もなかったように光が消えた。

「え……、えっ？」

跳ね起きた宗一郎さんは胸元を見ている。そして慌てたように私を見た。

「え……、君は、何を……」

「究極魔法を解読したら、十ある内の一つに完全回復魔法があったのでそれを」

「解読も詠唱も君一人で……？　普通の魔法ではなく、究極魔法ですよ……」

そう、唱えたのは私だ。解読も詠唱も一人。

記憶を取り戻したことで、鍵が開いて私は完全になった。

それも全て、宗一郎さんをどうしても助けたかった。

もし私が完全回復魔法を解読して宗一郎さんが詠唱しても、詠唱の負担が大きく、回復する前に傷ついた体は耐えきれずに命を落とすことになっただろう。

宗一郎さんを助けるための完全回復魔法を発動させるには、私一人で解読・詠唱することが必然だった。

それに貴方を消滅させる魔法なんて、初めから選ぶつもりは私にはない。

私は貴方がいないこの世界なんて、どうでもいい。でも、貴方を助けることができるのかもしれないなら、それに賭けたかった。

答える代わりに微笑むと、一気に脱力する。胸が苦しい。呼吸すらままならないくらいの疲労感に飲み込まれた私を、宗一郎さんが抱き留める。

「どうして君がここまで……。下手したら君が代わりに死んでもおかしくはなかった」

宗一郎さんが言う通り、いちかばちかだった。でもまだ意識はある。力も入る。

「貴方に、生きていてほしかったから……」

全部ただそれだけ。それ以上に大きな理由なんて、存在しない。

宗一郎さんの傍に私がいなくても、そんな些細なこと、どうでもよかった。

「おい！　大丈夫か⁉」

大吾さんや鷹無家の人たちが私たちを見つけて安堵したように胸を撫で下ろす。

「はい。椿さんのおかげで。大吾は大丈夫ですか？」

「ああ。回復魔法のおかげで助かった。魔法が使われたのを見て居場所を突き止められたが、日嗣は……」

倒れている日嗣さんを見て、大吾さんは苦々しい顔になった。でもすぐに日嗣さんを縛り上げて、大吾さんは杖を振る。

「ルルダ！」

目覚めの魔法をかけられて、日嗣さんは飛び起きた。

「あれ……、大吾」

「もう終わりだ、日嗣」

「終わり……」

「そうだ。自分にとって最高の解読者を失うことは自分の右腕を失うことに等しい、欺かれていたことは本当に残念だ」

日嗣さんはその言葉に、大吾さんを見ることができずに目を伏せる。自分の置かれた状況を理解したのか押し黙る。無言の日嗣さんに、大吾さんは溜息を吐いた。

「どんなに懇意にしていた相手でも、許すことはできない。悪事に対する罰は必ず受けなければいけない。宗一郎、日嗣もロイも殺せ」

「殺す……」

宗一郎さんがぼそりと呟いた。

「大吾さん、宗一郎さん、ちょっと待ってください！」

思わず重い体を起こして声を荒らげる。

「ロイは美芳国に心酔してスパイになったわけではありません……！　奥さんと娘さんが人質に取られていて、仕方なく美芳国のために働いていたんです！」

宗一郎さんは一度目を閉じて息を吐いたあと、私に向き直る。

「ロイさんに事情があることはわかりました。なので、穏便に済ませたいと思います」

「あ、ありがとうございます！」

「……でも日嗣に関しては今まで一族に貢献してきてくれたこともありますが、同時に裏切ってきた事実もあります。僕の母を殺したことも詳しく聞きたい」

鋭い目を向ける宗一郎さんに対して、日嗣さんはおかしそうに笑い出す。

「詳しく？　そんなの単純だよ。繭子だけはオレに対して優しかった。本当の母親のように接してくれた。だから独り占めしたくて殺しただけ」

「そんな理由で⁉」

「身を粉にして働いて、オレの本当の母さんは過労で死んだ！　金持ちで、明日食べるものを盗まなくてもよくて、自分を絶対的に認めてくれる優しい母親や父親もいる世界で、ぬくぬくと育ってきた宗一郎にはわからない！」

美芳国の最下層は、殺伐としている。そこで生きてきた日嗣さんにとって、優しい繭子さんは本当の母親以上の存在だったのかもしれない。

「それにオレが楯岡家でどれだけ冷遇されてきたか、宗一郎は――！」

「言ってくれたら！」

「やめろ、宗一郎。楯岡家での出来事に気づくべきだったのはお前じゃなくて俺だ。複雑なのはわかるが次期当主であるお前は分家には不可侵。知らなくても仕方がない」

その言葉に不服そうな顔で宗一郎さんは黙り込む。

「……わかりました。ですが僕は日嗣からもっと詳しく事情を聞きたいです。なので、日嗣の処遇については、日嗣の言い分を全て聞いたあと、鷹無家の分家たちも交えて、どのような罰が適当か鷹無家の私的な裁判にかけて決めます」

「わかった。そうしよう。俺もそれがいいと思う」

「はあ!?　早く殺せ！　くそっ！　縄をほどけ！　殺さないなら死んでやる！」

自決の魔法を起動させるポーズを取ることもできず、日嗣さんは暴れる。

そして私に憎悪の目を向ける。

「――……お前だけ救われると思うなよ。お前は絶対に美芳国から逃れられない。読書会はお前の離脱を許さない！」

その言葉が心に突き刺さる。そんなの、承知の上だ。

「彩云易散琉璃脆(さいうんえきさんりゅうりぜい)って言葉、忘れるな」

その言葉に、思わず日嗣さんから目を背ける。

宗一郎さんは動揺した私を覗き込む。

「どういう意味ですか？」

「えっと……白居易（はくきょい）という漢詩人が書いた一節で、彩雲は消えやすいし、瑠璃という宝石は壊れやすいという意味です。つまり美しいものは儚（はかな）いというたとえです」

第九室に所属するスパイたちは、この言葉をよく口にする。

美芳国に忠誠を誓い、危険を冒し、任務に失敗したら潔く自ら死を選ぶことを厭わない私たちスパイは、間違いなく美しくて、儚い生き物であると、己や周りの心を昂らせる目的でよく使った。

でも、今は違う。

任務に失敗したスパイは、潔く死ねと日嗣さんは暗に言っている。

「彩雲……。だから、日嗣は彩雲を見て、その言葉を思い出してあのポーズをとっていたのか……」

うわごとのように大吾さんが呟く。

そういえば、大吾さんが庭先にいる日嗣さんを見つけた時に「あいつ、また変なポーズを取っているな……」と言ったのを思い出す。

私は見ていなかったからわからなかったけれど、あの時の謎が解ける。

「オレもその言葉、忘れない」

日嗣さんは私たちから背を向ける。

自分も、潔く死ぬ。そう言っているのが伝わって、唇を噛む。

その姿から、もう話すことはないと言っているのがわかったのか、離れた場所にいた鷹無家の人たちが日嗣さんを連れていった。その背を見ていた大吾さんが口を開く。

「……ありがとう、宗一郎。日嗣のことは複雑だとは思うが、感謝する」

「いえ……」

宗一郎さんは俯きながら、それだけ呟く。

「お前も、宗一郎を護ってくれて感謝する」

大吾さんは私に向かって深く頭を下げる。まさかお礼を言われるとは思わなくて、戸惑いが増したけれど、以前のような敵対心がないことが伝わってきた。

大吾さんは、連れていかれる日嗣さんを追うように歩き出した。

立ち竦む宗一郎さんの拳が強く握りしめられていることに気づいて、そっと手を添える。宗一郎さんは俯いたまま口を開いた。

「母のことを許せ、だなんて……、父を思うと酷です。でも、今まで日嗣がしてくれたことが全部嘘だなんて思いたくもないんです」

「全部嘘でもないと思います」

スパイとして欺くために潜り込んでいても、全部が嘘だったなんて、思えない。

「あとはもう、公平な場で日嗣さんの事情を聞いた上で裁かれるべきです」

そう言った私を見て、宗一郎さんは強く握った拳を解く。

「そうですよね……」

はい、と頷く。私も、同じように公平な場で裁かれたい。

でもまだ私にはこの物語の幕引きが残っている。

そんなことを考えていると、宗一郎さんは私に向き直った。

「あの、お願いがあります。僕ともう一度アサナトの魔導書の究極魔法を解読してほしいんです。詠唱は僕がやります。君には負担はあまりかからないと思います」

「え……、何の……」

宗一郎さんは私の手を取り、自分の左胸に当てる。

「僕が幼い頃君に掛けた魔法は、君を苦しめたかったからではなく、護りたかったからです」

それは——。目を瞬くと、宗一郎さんは大丈夫、と言うように頷く。

「ロイさんを護るために、魔法をかけます」

その言葉に目を閉じる。

読める。あの時と同じ魔法。

私は抗うことなく、大きく頷いていた。

# 終章

「――どうして私を見逃してくれているんですか？」

昼下がりの午後、私は宗一郎さんの寝室にいた。

窓辺に大吾さんがいて庭を眺めている。宗一郎さんはロイに魔法を使ったあとに倒れ、昏々と眠り続けている。

事態を知った孝仁様は酷く狼狽し、取り乱した。お医者様も来てくれたけれど、宗一郎さんは特に異常はないとのことだった。大吾さんが孝仁様に経緯を説明してくれて、ようやく孝仁様は落ち着いたようだった。

大吾さんと二人で宗一郎さんの目覚めを待っている間、疑問に思っていたことを尋ねると、大吾さんは息だけの声で小さく笑う。

「自分は元々宗一郎の味方だ。お前は宗一郎に害を与えないと判断した。それだけだ」

「味方だったとしたらどうしていつも突っかかるようなことをするんですか？　神保町の時も、工場の時も――」

「勘違いするな。俺は宗一郎の味方だが、お前の味方じゃない。初めから俺は得体の知れないやつだとお前を疑って見張っていた」

その言葉に、ぴんとくる。

「もしかして、あの人型の紙――」

私の部屋のベッドの上に落ちていた、あれは――。

「気づいたか？　あれは俺の形代だ。たまに飛ばしてお前を見張っていた。へたくそな顔を描かれたがな」

思わず頬が熱くなる。宗一郎さんの魔法道具作りを手伝って怪我をした時、距離を置かれて、泣き顔を描いたのを思い出す。

「神保町の時から、私を疑っていたんですね……」

「中級魔法以上の魔法を使える人間は、何もせずとも監視対象だ。……お前が怪しいと確信したのはあの工場の時だ」

製糸工場で、私たちが作った魔法道具を破壊した時。

「製糸工場におかしな魔法道具があることが俺の耳に入ってきた。見に行ってみると、音楽の鳴る箱があった。聞いたこともない曲に、箱に施された見たこともない美しい花の絵。これを誰が作ったのか女工に尋ねると、お前が花の絵を描き、曲を歌って覚え込ませてくれたと言った。念のため調べたが、まだ日本では知られてはいないものが多かった。一つや二つならどこかで見知ったのかもしれないと気にもしなかったが、あれは花と曲がそれぞれ九つあった」

あの曲も花も海外のもの。いくら日本が鎖国状態ではないとはいえ、軽率だった。

「だから私に美芳国以外の国に行ったことがあるか？　と尋ねたんですか？」

尋問のようなことをされたのを思い出した。大吾さんはようやく気づいたかと言わんばかりに苦笑して、「そうだ」と頷く。

「だがお前は鎖国状態の美芳国以外の国に行ったことはないと言った。それでも美芳国で他国の文化を知る手段があったのかもしれないと思ったが、念のため探索の魔法で素性を調べた。すると本物の《月守椿》は台湾島にいた。そこで怪しいと確定した」

思わず、勢いよく立ち上がる。

「い、今、本物の椿さんは台湾島にいる、と？」

「ああ、そうだ。あちらにいる部下に念のため調べさせた。船から落ちたところを偶然近くにいた漁船に助けられたらしい。あの女も強い女だな。台湾島でホワイトローブ・ウィッチの活動をしているらしい」

足に力が入らなくなって、再び椅子に腰かける。

「生きて……いた」

よかった。──よかった！

私たちが本物の椿さんにしたことは到底許されないことだけれど、本当によかった。

「……お前が何者なのか素性を追い始めた時、ロイも美芳国とつながりがあることがわかった。だが二人ともそれ以上美芳国や他国との関わりが見えてくることはなかった。ただ怪しいことはわかったから、製糸工場の魔法道具はお前が一緒に作ったのなら危険だと俺が判断し、念のため壊した。──悪かったな」

聞き逃しそうなほど小さな声だったけれど、大吾さんは謝罪してくれた。

今の話から、国から命令された取り締まりではなかったことや、大吾さんの単独行動で魔法道具を壊した理由が、ようやくわかった。

「そのあともお前たちが魔法道具を作っていることは知っていたが、帝のお墨付きをもらったことでさすがに手が出せなくなった。そうこうしているうちに美芳国の人間が横浜港で見つかり、そちらのほうに気を取られた」

それも日嗣さんが堂々と美芳国の兵隊たちを不法入国させるための罠。

「日嗣が離脱していた最中に、また美芳国の人間が見つかり、お前が宗一郎に危害を与えることが目的ではないことはわかっていたから、仕方なく表紙をお前に探してもらうことにした」

「私のことを多少なりとも疑っていたのに、あの時はどうして……」

「……美芳国の者が何度も捕らえられたと聞いた一族の連中の間に、十五年前の表紙奪還戦を思い出したのか、不穏な空気が漂っていた。表紙はどこだと騒ぎ立て、これを機に宗一郎を次期当主の座から引きずり下ろして幽閉しろと訴えるやつがいた。造反を企むやつらもいて、日嗣もいない俺は、表紙を一族の解読者と探したら、俺に伝えず、黙って回収される危険があった。……俺は一族の連中を誰も信じられなかった」

大吾さんの行動を思い返すと、宗一郎さんを第一に考えていたことがわかる。

「大吾さんは、どうして宗一郎さんに辛く当たるんですか？　誰よりも忠実に宗一郎さんを護ろうとしているのに……」

大吾さんは私には目も向けず、窓辺から庭を眺めている。

大吾さんの言っていることとやっていることがちぐはぐだ。何か理由があると思ったけれど、私には話せないこともあるだろう。

「ごめんなさい、忘れてください」

俯いた私に、大吾さんは静かに口を開く。

「……俺たち一族は、鷹無家を当主とし、分家の五家が支えている。数百年も前だが分家の一部が鷹無家に謀反を起こそうとした過去がある。さらにその混乱の中、分家たちは鷹無家に取り入ろうとして他の分家を出し抜こうとしたそうだ。余計な騒動を嫌った鷹無家は、分家は皆、平等に扱うとした。それ以来分家たちはお互いに見張り合い、鷹無家に必要以上の関わりを求めないとしている」

「それが理由で……？」

「ああ。他の分家を差し置いて柳瀬家が鷹無家と親しくしようならば、今度は他の四家が結託して柳瀬家が取り潰される。十五年前の表紙奪還戦があった時、孝仁様は柳瀬家を頼ったが、他の四家は大騒ぎだった」

「自分の家を護るために、宗一郎さんとは疎遠にしているということですか？」

尋ねた私に、大吾さんは頷く。

「分家にも鷹無家には不可侵という密約がある。密約を破ったことで分家が一つ滅びれば、他の分家には好都合だ。あいつらは足を引っ張る時を虎視眈々と狙っているからな」

その言葉に思い当たる節があった。

帝の前で新年の挨拶をした時、一族の人たちがどこかお互いに一線を引いているような違和感を覚えたのは、きっとそういう理由。

「もちろん、宗一郎が一族を束ねていくことが最善だが、俺はあいつが表紙を護るという《御役目》を果たすことでその役割も十分すぎるほどになっていると思っている。幼い頃に表紙を体に納められ、《箱》を食い破ろうとする表紙を、今日まで魔力で抑え込んできたんだ」

「知っていたんですか？　宗一郎さんが箱になっていること」

大吾さんは、静かに部屋を見渡す。

「いや、知ったのは昨日ロイの記憶を消した時だ。ようやく全部腑に落ちた。てっきり俺は宗一郎が生贄になっていると思っていた」

「生贄……。そういえば以前そんなことを言っていましたね」

「ああ。表紙奪還戦のあとしばらくして、突然宗一郎は人が変わったように夜中に大声で叫んだり、暴れたり……。俺はてっきり魔導書の表紙をどこかに隠して、もし表紙を見つけても、宗一郎を殺さないと封印が解かれないような魔法をかけられたと思っていた。その影響で混乱しているとな。この部屋に物が少ないのは、宗一郎の力が暴走した時に凶器になって誰かを傷つけないためだ」

意外なほど物が少ない部屋。大吾さんは周囲を見渡す。

「大分物が増えたな。増えるたびに安心した。宗一郎が安定している証拠だからな」

感慨深げに頷く大吾さんにつられて、私も同じように頷く。

「宗一郎が自我を取り戻すまでの一年。俺は何もできずにこの場所に突っ立って宗一郎をずっと眺めていた」

――俺は同い年だから相談相手にと、無理やりここに通わされたよ。

そう言った大吾さんを思い出す。

「お前も宗一郎の杖を握って、聞いたんだろう？　――あの声を」

ぐらりと自分の両目が揺れる。思い出したら、冷たいものが全身を駆け巡る。

「あれは……、一体……」

「あの杖は、アサナトの魔導書の表紙を開いたら入っていた杖だそうだ。表紙と同じものでできていて、表紙の分身とでも言うのかもな。あの杖を使うことで初めて究極魔法は完璧に扱えるそうだ」

表紙の分身。あの杖を握った時を思い出すと、今でも肌が粟立つ。

「アサナトの魔導書には、意思がある。そう聞いたことがあるだろ？　まさにあれは生きている。あの声は幻聴なんかじゃない。俺も一度だけあの杖を握った。もう二度と握りたくないと思うほど恐ろしい声だった。宗一郎は自分が箱になったことであの声を四六時中聞き続けていたんだな。だから暴れたり混乱していたんだとようやくわかった」

思わず宗一郎さんを見る。穏やかに眠っているけれど、本当は今もあの声と戦っているのではないかしら。急激な不安に駆られる私に、大吾さんは微かに笑う。

「一年経ったある日、宗一郎の異様な行動はぴたりと止んで、元の宗一郎に戻った。当時はよくわからなかったが、宗一郎がアサナトの魔導書に勝ったんだ」

――ああ、嘆かわしい。**我はこの男に封じ込められた。今や表にも出られぬ。我は不滅だというのに。**

頭の片隅に追いやったあの声が甦る。

「宗一郎は表紙奪還戦のあとから大きく変わった。攻撃魔法は使わなくなり、誰かを傷つける魔法よりも、誰かの生活を豊かにするような魔法道具を作ることに傾倒していった。俺はあの一年、宗一郎を傍で見ていたから、それがいいと思っていた」

「そんな風には見えなかったのですが……」

反論すると、大吾さんは声を上げて笑う。

「さっきも言ったが、分家同士が足を引っ張り合っている。宗一郎が正気を取り戻した頃、柳瀬家は鷹無家から離れた。無論俺も宗一郎と疎遠にさせられた」

大吾さんはしばらく押し黙る。

「……宗一郎には宗一郎の生き方があるからそれを無下にできないし、生活魔法を重視して生きていくと決めたのなら、さっさと引退させて代わりに俺が役目を継ぐのが宗一郎の幸せにもつながるだろうと思っていた。でも俺から引退しろと促すのは一族が揺らぐ原因にもなることもわかって、どうしたらいいか思案した結果、辛くあたることしかできなかった」

後悔しているのかしら。目を伏せる大吾さんを見ていたら、そんな思いが生まれる。

「俺ができることは、あいつに辛くあたることであいつがこんな環境に嫌気がさし、いろんなしがらみなんて捨てて、ここから飛び出していくように仕向けることだと思っていた」

不器用なのは、大吾さんも、宗一郎さんも。どこかでボタンを掛け違えている。

「……大吾さん。以前宗一郎さんは私に、〝大吾はきっと僕のことは嫌いでしょうが、僕は大吾のことを頼りにしています〟と言いました」

「え……？」

「こうも言っていました。〝大吾は僕の代わりにその全てを引き受けてくれているんです。大吾の本当にやりたいことは別にあったのかもしれないのに〟と」

大吾さんは呆然としながら宗一郎さんに目を向ける。

「宗一郎さんも、大吾さんのこと案じています。二人とも同じように心配しあってて、でも本音を直接話さないから、本心が伝わらないんです。本家と分家の決まりなんてどうでもいいのではないですか？　それよりも二人とも腹を割って話すべきです」

あの写真立ての映像で、大吾さんが宗一郎さんを心配そうに覗き込むシーンがあった。あれが本来の大吾さんの姿。

昔も今も変わらず、大吾さんは宗一郎さんを心配していて、心からの味方なのだ。

宗一郎さんもわざわざ大吾さんのシーンをあの中に残したのは、もし記憶を失っても、大吾さんは自分の味方だと覚えていたかったからとしか思えない。

「……俺は、お前が誰で何をしていたか、なんてどうでもいい。俺からお前の正体を他の誰かに言うつもりはない」

大吾さんは顔を背けて窓から庭を見下ろしていて、その表情はわからない。

「お前の処遇は宗一郎が決める。ただお前を殺すと決めた時は――俺が殺しにいく」

「……はい。私からもお願いします。その結果になっても、全て受け入れます。ただ、私は自分で死ねます。大吾さんが背負う必要はありません。それでも見届ける人が必要であれば、申し訳ないですがお願いできますか？」

宗一郎さんが、大事。私も大吾さんもそう思っている。

「……わかった。お前は本当に……、強い女だな」

そんなことはない。強ければ、とっくに自決して誰も煩わせることはない。

ただ今は、宗一郎さんと話がしたい。その願いだけで息をしている。

緩く日が陰っていく。宗一郎さんはまだ目覚めない。

穏やかな空気の中で、私たちはしばらく沈黙していた。


いつかのように、誰かが私の髪に触れている。恐る恐る、でも好奇心に溢れていて、何度も私の髪を撫でてくれる。

あの日と同じように瞼を開く。でももう睫毛は引っかからない。

すんなりと広がった、燃えるような赤い世界の中で、微笑んでいる人がいる。

「……宗一郎さん」

「えっと……、座ったまま眠っては風邪を引きますよ」

いつの間にか夕暮れになり、宗一郎さんは起き上がって私の頭を撫でていた。

「宗一郎さん、よかった！」

勢いのまま抱きついた私を、宗一郎さんは戸惑いながらも受け止めてくれる。

涙が溢れて視界を奪い、まるで子供のように声を上げて泣く。

もう目覚めないかと思った。

不安でたまらなかった。

宗一郎さんはおずおずと私の髪に頰をつけ、しがみつく私をあやすように、抱きしめ返してくれる。

「心配をかけました。君に完全回復魔法をかけてもらったのに、面目ないです」

宗一郎さんの声はあまりに穏やかで、泣き疲れた私の心を癒すように広がる。

「一度は死の縁に立ったあとですよ？　完全回復魔法で回復しても、そのあとすぐに究極魔法を唱えるだなんて誰でも倒れます。すみません、止めればよかった」

「僕が望んだことですから」

そっと私を引き離し、宗一郎さんは心配そうに私の目を覗き込む。

「君は大丈夫でしたか？」

「はい……。疲れましたが、少し休んだらもう何ともないです」

宗一郎さんは、ほっとしたように息を吐き、私に向き直る。

「あの……、椿さんは全部思い出しましたか？」

「え、えっと、多分……。全部と言われるとよくわかりませんが」

「……さっきまで昔のことを、夢に見ていました。できたら話してもいいですか？」

私を気遣ってくれる問いかけに、何度も頷く。

「……僕の母は鷹無家に生まれ、歴代最強と謳われるほどの詠唱者でした。父は魔法の力も持っていないただの軍人でしたが、任務で母と出会い、恋に落ち、周囲の大反対を押し切って、婿入りして結婚したそうです」

「孝仁様が、軍人？」

「ええ。見えないでしょう？　今は大分太りましたが」

　宗一郎さんが朗らかに笑う。確かに写真や映像で見た孝仁様は痩せていた。

「その後、父は母のために軍を辞め、実業家に転身しました。商人として世界を巡り、母のために魔導書のページを集めていたそうです。数年前にロイさんと知り合ったのもその最中だと聞きました。彼は解読者だそうですから」

　孝仁様が魔法の力を持っていないのなら、誰か解読者がいないとページを集められない。そこに目をつけて鷹無家に入り込んだのがロイだった。

「二人が結婚してしばらくして僕が生まれました。僕が幼い頃は、単純に魔法が使えるのがとても楽しくて、攻撃魔法も喜んで使っていたんですよ」

　大吾さんが、素晴らしい次期当主が生まれて鷹無家は安泰だと言われていた、と言っていたのを思い出す。

「――でもあの日、すべてが一変しました」

　宗一郎さんの声音が落ち、思わず身を固くする。

「僕が八歳の時です。刈海家が美芳国にあった表紙を奪還して日本に持ち帰った、と一報が入りました。一族は鷹無家に集まり、表紙が届けられるのを待ちました。僕は危険だからと前線には行けませんでしたが、表紙を見てみたいという好奇心からこっそり庭の茂みに隠れて待っていたんです」

宗一郎さんがしばらく黙り込む。私は急かさずにじっと続きの言葉を待つ。

「……鷹無家の解読者は表紙の気配を察して、にわかに沸き立ちました。ただ現れたのは、表紙ではなく、美芳国の魔法部隊でした」

ハッと小さく息を呑む。震えた体を押し込めるように、奥歯を食いしばる。

「一瞬で地獄絵図です。僕は目の前で血を分けた親類たちや名も知らない他国の兵士たちが簡単に殺されていくのを見ました。魔法を使って誰かを殺すのを見たのは、その日が初めてだったんです。母も躊躇せずに攻撃魔法で応戦して、僕らを護るために誰かを殺していたんです。僕にはすごく――……、衝撃的でした」

宗一郎さんは昨日まで攻撃魔法を使わなかった。それはこの時の体験から？

「母たちを非難するつもりはありません。《鷹無家》は代々魔法を使って帝を、この国を護ってきました。僕もゆくゆくはそうなるんだと、漠然とは思っていましたが、護るという言葉の意味を――現実を、目の当たりにして絶望したんです。僕にとって魔法は、楽しいものではなく、誰かの命を簡単に奪う恐ろしいものに変わったんです」

気づけば両手で宗一郎さんの手を握っていた。きっと宗一郎さんは今もこの時の光景を引きずっている。その心を蝕むトラウマを知って声を上げて泣きたくなったけれど、唇を引き結ぶことで何とか堪えている。

宗一郎さんは俯いて私を見ない。でも、そのぼさぼさの髪の隙間から覗く瞳はいつか見たように、昏い。

「僕が庭にいると、茂みから赤い振袖を着た少女と、大陸の服を着た少年が走っていきました。すると突然少年は少女を殺そうとして——、僕は少女を助けていました。今思えば、あれが日嗣と君だったんですね……」

悲しそうな声で宗一郎さんが呟く。

「君は僕も敵だと思って逃げたんでしょう。そのうちに木の根に足を取られて倒れ込みそうになったところを抱き留めていました。その時気づきました。赤い振袖だと思ったのは誰かの血でした。そして彼女はその腕の中に何かを抱えていたんです」

宗一郎さんの目が私を捉える。まるで魔法がかかったように逸らせない。

「僕は彼女の手を引いて走り出していました。敵か味方なのかわからないのに、ただ彼女と目が合った瞬間、なぜか護りたいと思ったんです」

その時、肩がじわりと熱を持つ。

船上で見たあの悪夢を思い出す。倒れ込んだ私の肩を抱き留めて支えてくれたのは鳥の巣頭の少年。私の手を引いて、護ってくれたあの少年が今目の前にいる。

「でも途中で美芳国の刺客に襲われました。二人でしたが、眉間に赤い花の絵が描かれた女性の刺客は、異様なほど魔力が強かったんです。ここまでかと思った時、少女は一人で魔法を詠唱し敵を倒しました。一人で唱えたので初級魔法だと思ったのですが、とても威力が強く、彼女のおかげで逃げることができました。でもそのあとも何度も襲われ、彼女が持っているのがアサナトの魔導書の表紙だと気づきました」

手の中に、ずしりと何かの重みが甦る。滑らかなベロアの表紙の手触り。頬ずりしたくなるような、あの――。

「追っ手をまいたほんの少しの時間、彼女は僕に言いました。自分が囮になって魔法部隊の目を引きつけるから、その間に僕が表紙を持って逃げて、鷹無家の人に渡してくれ、と。恐らく自分は捕まるだろうけれど、殺される前に自白魔法をかけられると厄介だから、今ここで記憶を消してほしい、と言ったんです」

記憶を――、その言葉に私たちの間に緊迫感が張り巡らされる。

「記憶消去の魔法はアサナトの魔導書の表紙に書かれている十の究極魔法のうちの一つだと彼女は言いました。僕がためらっていると、また美芳国の追手がやってきました。僕らは再び逃げ、屋敷の中に入ろうとした時、再度囲まれました。人数が多く、これはもう逃げられないかもしれないと思ったら、彼女は自分の胸元のロケットペンダントを開いて魔導書のページを呼び出しました」

宗一郎さんの目が、私が首にかけているロケットペンダントに向く。

「解読者は魔法式を解読できるだけで、初級魔法の詠唱すらできません。だから彼女のことは詠唱者だと思っていました。なのに、魔導書のページを納める《箱》を持ってページを呼び出している。だから僕は――本当にそれを読めるのか尋ねました」

――それ、よめる？

その声とともに、二重ガラスに映し出された記憶が動き出す。

**少年は淡々とした口調で私に尋ね、私は首を縦に振る。**

**私が微かに発した言葉を聞き取り、少年が口を開く。**

「その瞬間、周りにいた刺客たちが全員地に伏していました。その時、僕は彼女が解読者でも詠唱者でもある、特別な存在だと知りました。驚いている間もなく、彼女は僕にもう一度記憶を消してくれ、と訴えました。僕は悩みました。記憶消去の魔法は彼女の今までの思い出も何もかも消すことになる。それは死ぬよりも辛いことかもしれないと思ったんです。でも状況が許さなかった」

――いいの？

昏い瞳が、静かに私に向かっている。

「いい。これが最善。そうじゃなければ、お父様が命と引き換えにして守ったものを台なしにしてしまう」

この両手で抱えたものを、愛しむように抱きしめる。

「私のすべてで、これを守るの。私はどんなに辛い未来が待っていようと生き抜くことを選ぶ。だから――お願い。私の全てを消して」

「僕は、彼女に衝撃を受けました。よっぽど彼女のほうが《御役目》に忠実でした。そのあとすぐに、彼女は迷うことなく解読しました。僕は覚悟を決めたまっすぐな瞳を見ていられなくて、彼女の両目を隠すように手をかざして詠唱しました。究極魔法である記憶消去の魔法を十歳も迎えていない幼い僕らが――発動させたんです」

その瞬間、私はそれまでの記憶を失った。

「究極魔法を使ったことで、遠くにいた美芳国の魔法部隊も鷹無家の人間も集まってきました。そこで激しい戦闘が起き、美芳国は劣勢となりました。彼女がまだ表紙を持っていると思いこんだのか彼らは命からがら特に確認せずに彼女を連れ去り、表紙を持った僕は母に保護されたんです。究極魔法を使った代償で、絶望的な疲労感が襲い、指一本動かせない僕は、彼女が攫われるのを見ていることしかできませんでした」

魔法を使うと疲労する。それが究極魔法なら、命と引き換えでもおかしくはない。

「僕は途端に後悔しました。彼女の記憶を消し、結局護ることもできず、彼女は美芳国に拉致されてしまった。あの日から今日までずっと、後悔しています。僕は記憶なんて消さずに彼女を護れたんじゃないかって」

宗一郎さんは深く項垂れる。

「でも幸いだったのは、唱えることができたといっても、不完全な究極魔法だったことです。あの時僕が振ったのは、アサナトの杖ではなく、普通の杖でした」

大吾さんが、あの杖を使うことで初めて究極魔法は完璧に扱えるそうだ、と言ったのを思い出す。

「日嗣の記憶を消すために母が使ったのも恐らく普通の杖だったんでしょう。しかも母が死んだと同時に、日嗣の記憶消去の魔法は解けてしまい、自分が美芳国の人間だと思い出したんだと思います。日嗣が母にあのポーズをとらせた理由はわかりません。でも犯人は自分だと気づかせたかったように思います。後悔して、罰を受けたくなったからだと僕は思いたいです」

宗一郎さんは、寂しそうに瞳を伏せる。

「……あの、ロイさんはどうなりました？」

「ロイは……、ここ一年ほどの記憶を失いました。美芳国にいた記憶はありますが、今回の任務についての記憶はなくなりました。大吾さんが波止場まで送っていってくださって、恐らく美芳国に戻ったと思います」

あの日宗一郎さんと唱えたのは、記憶消去の究極魔法。でもあの時、宗一郎さんは大吾さんと少し話して、大吾さんの赤い杖を借りて唱えていた。そのまま宗一郎さんが倒れてしまった混乱で忘れていたけれど、きっと宗一郎さんは記憶消去の魔法を不完全にするためにわざと……。

「奥さんとお子さんのことも、忘れてしまったんでしょうか？」

「いえ、大丈夫です。今は記憶が混濁しているからぼんやりとしか覚えていないようでしたが、でもその内、家族のことも、必ずロイは思い出します」

私自身時間がかかったけれど、過去のことを思い出した。だからロイも必ず思い出す。

「あの魔法はもう二度と使わないと決めていたんですが、でも命だけは奪いたくなかったんです。いちかばちか短期間の記憶消去を望みましたが、そうなってよかった」

「はい。恐らく国に戻ったら、ロイは返り討ちにあって記憶を失ってしまったとみなされ、任務続行不可能と判断されるでしょう。失敗は失敗でも裏切りなどではないですから、大きな罰は与えられないはずです」

裏切りなら容赦しないだろうけれど、ロイはまだ利用価値があると欣怡たちは思っているはず。飼い殺しは続くのかもしれないけれど、これが今ロイに対してできる最善。

「……宗一郎さん、今まで申し訳ありませんでした」

深く、頭を下げる。

「私は美芳国のスパイです。貴方から表紙を奪う任務を受けて鷹無家に参りました。貴方を騙していたこと、心から謝罪します」

宗一郎さんの手が私の肩に置かれ、顔を上げさせられる。

きっと軽蔑されている。そう思って恐る恐る向けた視線の先で、宗一郎さんは柔らかく微笑んでいた。でもすぐに宗一郎さんは私に向かって頭を下げる。

「僕のほうこそ謝らなければならないです。君の記憶を消してしまって、申し訳ありませんでした」

「私がお願いしたことですから宗一郎さんのせいでは……」

宗一郎さんは「僕のせいです」と呟く。悔いている宗一郎さんに慌てて口を開く。

「そんな、宗一郎さんに表紙を託せて私は……」

私が記憶を消してとお願いしたことで、宗一郎さんは自分が箱になることを選んだ。

——これが宗一郎の、あの子に対する贖罪なの？

そう尋ねた繭子さんを思い出す。ただただ胸が苦しい。

「……私は宗一郎さんが苦しむようなことを望んでいたわけではないんです。私のせいで貴方に多くのことを背負わせてしまった」

そんなことはない、と宗一郎さんは首を横に振る。

「僕も君に苛酷な運命を背負わせてしまいました。表紙を受け取って、僕だけぬくぬくと平和に過ごしていられなかったんです」

泣き顔になった私を見て、宗一郎さんは躊躇いながらも私の手をそっと握る。

「あの……、いつから私があの時の少女だと気づいていたんですか？」

「写真立ての映像を見たと君が言った時です」

「え？　写真立て？」

「はい。僕は君の記憶を消したことで、記憶なんて簡単に消せるものだと理解していました。だから何かの拍子で記憶が消えた時のために、思い出せるようにあの写真立てを作りました。写真立てには実は鍵がかかっているんです。自分の記憶をあの写真立てに覚え込ませた時に、君が僕に自分の名前を伝えた時のことを思い出し、その記憶を鍵にしました」

「それは……、もしかしてあの写真立てには私の声が覚え込ませてあった、とか……」

宗一郎さんの部屋の鍵と同じように、写真立ての裏に書かれた鉛筆書きのキーワードを私の声で読み上げないと映像は流れない。写真立てはそんな仕掛けを施した魔法道具。

「そうです。君と僕の声でしか起動しません。他の人の声では映像は流れないんです。

もちろん僕の記憶の中の君の声ですから、正直、本当に起動するかは五分五分でした。あの写真立ては僕のための保険として作ったものでしたから、本来なら僕一人の声だけでよかったんです。でも、もしかしたら——、生きてさえいれば、もう一度君に会えるかもしれない。そう思うことが、幼い僕の大きな支えだったんです。だからその時のためにだなんて空想して、こんなギミックを考えて……。そうしたら、起動した」

ぎゅっと繋いだ手に宗一郎さんは力を籠める。思わず顔を上げると、宗一郎さんが私を見つめていた。

「僕が記憶を消したあの時の少女は君だと、あの瞬間、確信したんです」

そう言った声は、まるで私たちに降り注ぐ光のように穏やかだった。

「だから、君がスパイだとわかった時は驚きましたが、やっぱり君があの時の少女だったと裏付けをもらったみたいでした。さらにロイさんが、日本なら蓮花が相応しい。表紙も欲しいが、鍵が開いて完全になった蓮花が欲しいと言ったのを聞いて、もう絶対にそうだと、実は心が躍ったんです」

日本に私が相応しいのは、私は元々日本で生まれ育ったから。記憶を消されたことで、私は魔法の能力に鍵がかかった状態だった。鷹無家に行くことで何らかのかたちで記憶を取り戻し、アサナトの魔導書を一人で解読、詠唱できる特別な魔法使いに戻るのを欣怡は期待していたんだろう。

「……宗一郎さん。私のことをこれ以上負い目に思わないでください」

何もかも背負い込まないでほしい。

「あの時記憶を消してほしいとお願いしたのは私自身です。宗一郎さんはただ手伝ってくれただけ。その結果、美芳国で生きていただけです」

全部私が決めたこと。

「ですが……」

「今日まで、宗一郎さんは私を覚えていてくれた。それで私は救われました」

二度と取り戻せないと思っていた名前を思い出させてくれた。

「できたらもう一度、私の本当の名前を呼んでくださいませんか？」

椿でも、蓮花でもない、私の本当の名前。

途端、宗一郎さんの瞳から、涙が一滴ぽたりと落ちる。それと同時に強く掻き抱くように抱きしめられる。

「紫野、さん……！」

私の本当の名前。――刈海紫野。

私は帝の隠密頭である刈海家の一人娘として生まれた。

万葉集にも詠われたムラサキという花が野に一面咲いている様子を私が生まれる前に見た父が、花の名から名付けてくれたそうだ。

当時から解読も詠唱も一人でできる特別な存在だと言われて育った。

同じ帝の護衛である鷹無家と刈海家は表裏一体。陰と陽のように、鷹無家が表ならば、刈海家は裏。二家は有事の際にしか顔を合わせることはなく、表に立つ鷹無家とは別に、刈海家は常に陰として帝を護ってきた。

本来ならば私と宗一郎さんは、死ぬまで出会うことがなかった。

でもあの日、運命は回り出した。

——私のすべてで、これを守るの。私はどんなに辛い未来が待っていようと生き抜くことを選ぶ。だから——お願い。私の全てを消して。

そう言ったあと、私は彼に言った。

——私は紫野。刈海紫野。……貴方だけは私の名前を覚えていてほしい。

忘れてもよかったのに、貴方は律儀に私の名前を覚えていてくれた。

あの写真立ての裏に書かれた、シノ、という文字。あれは私の本当の名前。

写真立ての魔法道具を起動させる鍵にして、忘れないでいてくれた。

「貴方は私が失ったものをずっと大事にしてくれた。それを知ることができて、私はとても幸せです。感謝の気持ちでいっぱいなんです。本当にありがとうございました」

もう謝らない。その代わりに感謝の言葉を使おう。

私たちは長い時間、寄りかかるように抱きしめ合っていた。ゆっくりと夜の帳（とばり）が降りてくる。月が窓枠の中に姿を現し、私たちを覗き込むまでずっとそうしていた。

夜が深まり、月が山の端に隠れて見えなくなる。

私はバルコニーの手すりに立ち、杖を振る。

「――シャルト」

自分の背に羽が生え、手すりを蹴る。浮かんだ体は音も立てずに地面に着地する。

夜の闇の中でもどっしりと構える白亜の豪邸に向かって静かに頭を下げる。

もうここには戻ってこない。

日嗣さんが言った通り、遅かれ早かれ私が裏切ったことは必ず美芳国に伝わる。

その時に私が宗一郎さんの傍にいたら、また彼を巻き込んでしまうだろう。

両手が真っ赤に染まったことを思い出したら怖くなる。今度こそ宗一郎さんが命を落とすことになるかもしれないと思うと、それだけでもう恐ろしくてたまらなくなる。

それに、命だけは奪いたくないと願う宗一郎さんの前で、私が多くの人を傷つける魔法を使うことになるかもしれない。

私も宗一郎さんと同じように、あの表紙奪還戦の夜のことがトラウマになっていて人殺しができない。でも護りたいものが明確になった今ではもう、覚悟はできている。

だからせめて綺麗な思い出のまま消えたい。そんな風に思うのは、こんなにも自分が宗一郎さんのことを想っているから。

汚い自分を見せたくないのは、私のささやかなプライドなのかもしれない。

音を立てずに静かに歩き出す。

宗一郎さんに消滅の魔法を唱えたいと頼まれた時、思い知った。

お互いにお互いの幸せを願っているのに、その願いが叶う時にはどちらかがいない。

どう考えても私が進むべき道は一つしかない、と。

あの時から決めていた。

宗一郎さんが助かっても、私は彼の傍から離れようって。

表紙のありかについて知っているのは、自分以外には大吾さんを含め宗一郎さんの身内だけだ。漏れ伝わることはないだろう。私が消えれば、この秘密は護られる。

欣怡には魔導書の表紙のありかはまだわからないとだけ報告し、自白の魔法をかけられる前にどこかでひっそりと命を絶とうと、もうずっと決めていた。

降るような星空の下、吐く息の白さが星の光に炙り出される。

ぽろりと涙が頬を滑って落下する。両手で受け止めても、次から次へと溢れ出す。

決めたことに後悔はない。ただ一つ胸に残るのは、自分の気持ちを宗一郎さんに伝えなかったこと。

好きだと、言えなかったこと。

何も言わずに消えるのが最善だと信じていた。そのほうがお互い傷が浅く済む。
宗一郎さんは私のことなんてすぐに忘れて、ほかの誰かと幸せになってほしい。
心の底からそう願うのに、悔しくてたまらない。
この先もしかしたら宗一郎さんと得るはずだった様々なことがあったのかもしれない。
あの人の笑顔や泣き顔、怒った顔、見たいものが沢山あった。
――ほかの誰か？　そんなの馬鹿みたい。
菫さんとの関係を邪推して勝手に嫉妬していたのは、私。
こんなにも好きでたまらないのに、私の前に伸びる道は一本だけ。
門を抜けたら、一気に駆け出そう。
魔法で欣怡に報告を送ったら自決の言葉を呟いて、そのまま海に飛び込もう。
私にはそんな未来しか選べない。
涙で足元がおぼつかない。心が千々に裂かれる。
肺の奥に冷たい空気が突き刺さり、息をするのも苦しい。
もう――、どう足掻いても、宗一郎さんには二度と会えない。
陽だまりのようなあの人の傍で、誰も傷つけない魔法を使いたかった。
そんな世界、どこにも存在しないって、私が一番よくわかっているのに――。
そう思った時、背後から抱きしめられる。

驚いて体を震わせた私を抑え込むように、さらに強く力を籠める。

「――好きです、紫野さん」

耳元で囁かれたこの声の主を、私は知っている。

「宗一郎さん……、どうして……」

「君の考えていることなんて、お見通しですよ。きっと自分が留まれば、僕を危険にさらすとか考えているんでしょう。だから一人で消えようとしている。違いますか？」

尋ねられて、唇を噛みしめる。

「でも、実際そうです！　きっとすぐに美芳国からまた刺客が来る。私はもう宗一郎さんが私のせいで傷つく姿なんて見たくない！」

「そう思うなら、僕の傍にいてください」

穏やかな声音に、目を瞬く。

「美芳国に、アサナトの魔導書の表紙は僕の心臓の中にあると言えばいいんです」

「そんな――！」

「僕は今、簡単に美芳国だって滅ぼせるんですよ」

ハッと、息を呑む。見張った目に、星々の光が飛び込んでくる。

「ただし、君が僕とずっと一緒にいてくれたらの話ですが」

アサナトの魔導書の表紙には、国一つ簡単に吹き飛ばせるほどの威力を持つ魔法式が書かれている。

今の私なら、それを解読できる。

そして宗一郎さんなら、解読した魔法式を詠唱できる。

究極の兵器と呼ばれるそれを、私たちは今、紛れもなくこの手にしている。

欣怡や美芳国がそのことを知ったら、もう私たちに簡単に手出しができなくなる。

「自分の命を護るために、君に傍にいてほしいと言っているのではありません。僕はもう君の手を離すことは考えていないだけです」

宗一郎さんの手が私の手に重なる。

「初めて会った幼い頃から、きっと僕は君に恋をしていて、あの日からずっと、いえ、この先もずっと、僕の原動力は紫野さんなんです。もう一度君に会うためだけに、辛いと思ったことも乗り越えて、僕は生きてきたのも同然ですから」

ぎゅっと強く手を握られて、心が震える。

表紙を託したあの日から、私を忘れないでいてくれた。

傍にいたい。でも――。

「私は……、絶対に宗一郎さんを危険にさらしてしまいます。だから……」

「そんなこと、どうでもいいです。僕は君が悩む必要がないくらい強くなります。今はもう、言い訳なんてせずに、紫野さんが僕をどう思っているのかだけ教えてください」

そんなの――。

「好き、です。宗一郎さんのことが好き。どうしようもないほど、貴方が――」

喚く私の唇を、その唇で塞ぐ。あまりに優しいキスに、嘘みたいに不安が消える。

「……ずっと僕の傍にいてください。僕は紫野さんもこの表紙も、最期まで全力で護り切りますから」

この想いは、不滅であり続ける。

宗一郎さんはそう誓って、降るような星空の下、私にもう一度口づける。

晴れない憂いを、宗一郎さんが嘘のように消してくれる。

宗一郎さんと一緒なら、この先何があっても、きっと乗り越えられる。

「傍に……、います」

私の想いもまた、不滅だと約束できるから。

【幕】

<初出>

本書は書き下ろしです。

この物語はフィクションです。実在の人物・団体等とは一切関係ありません。

# あとがき

『天詠花譚（てんえいかたん）　不滅の花をきみに捧（ささ）ぐ』をお手に取っていただきまして、誠にありがとうございます。梅谷百（うめたにもも）です。日本に魔法文化が流れ込んでいたらどうなるか、という《もしも》の世界の物語、楽しんでいただけていたら幸いです。

魔法が登場する物語をいつか書いてみたいと思っていたので、あとがきを書いている今、感無量です。『天詠花譚』の姉妹編『天詠水譚（てんえいすいたん）』も、私のサイトに置いてありますので、是非そちらも読んでいただけたら嬉（うれ）しいです。どうぞよろしくお願い致します。

さて、謝辞になりますが、超美麗なカバーイラストを描いてくださったNardack（ナルダク）様、この物語に関わってくだった全ての方々に感謝申し上げます。

そしてこの物語を書けたのも、担当様である小松（こまつ）様のおかげです。いつも相談に乗ってくれて、暴走する私を導いてくださって、心よりお礼申し上げます。一緒に物語をつくることができて、とても楽しかったですし、すごく勉強になりました。

最後に、ここまで読んでくださいました読者様の存在で私は今日も物語を書けます。本当にありがとうございました。皆様に、特大の愛と感謝を込めて。

梅谷　百

メディアワークス文庫

# 天詠花譚（てんえいかたん）

不滅（ふめつ）の花（はな）をきみに捧（ささ）ぐ

梅谷 百（うめたに もも）

2022年2月25日　初版発行

発行者　青柳昌行
発行　株式会社KADOKAWA
〒102-8177　東京都千代田区富士見2-13-3
0570-002-301（ナビダイヤル）
装丁者　渡辺宏一（有限会社ニイナナニイゴオ）
印刷　株式会社暁印刷
製本　株式会社暁印刷



●お問い合わせ
https://www.kadokawa.co.jp/（「お問い合わせ」へお進みください）
※内容によっては、お答えできない場合があります。
※サポートは日本国内のみとさせていただきます。
※Japanese text only

※定価はカバーに表示してあります。


Printed in Japan
ISBN978-4-04-914161-0 C0193

メディアワークス文庫　https://mwbunko.com/

本書に対するご意見、ご感想をお寄せください。

**あて先**
〒102-8177　東京都千代田区富士見2-13-3
メディアワークス文庫編集部
「梅谷 百先生」係